어둠 속 촛불이면 좋으련만

어둠 속 촛불이면 좋으련만

내
인생의
문장들

장석주 지음

인물과
사상사

세상의 문장들에
바치는
오마주

평생 읽고 쓰며 산 걸 후회하지는 않는다. 읽고 쓰는 일과 담 쌓은 인생이란 상상조차 할 수가 없다. 아마 끔찍했을 테다. 내가 책에서 구한 것은 앎과 지혜가 아니라 순수한 몰입과 기쁨이다. 책을 읽을 때 나는 불안에서 해방된다. 그리고 나와 세계는 하나로 결합한다. 나는 책이 나를 빨아들이는 그 찰나를 사랑한다. 나는 책에게 삼킴을 당한다. 내가 읽는 책에게 내 살과 피, 시간을 바쳤다. 나는 속이 텅 빈 채 무가 되었다. 나는 무의 충일 속에서 그저 발가락만 꼼지락거렸다. 그 찰나가 왜 그토록 좋았을까?

나는 교실, 카페, 화장실, 기차 안, 비행기 안, 풀밭, 무덤가, 바닷가, 휴양지, 영안실, 도서관, 여관, 여행지 같은 장소들에서 읽었다. 이 세상의 모든 장소에서 새벽과 낮과 밤을 가리지 않고 읽었다. 그걸 큰 미덕으로 알고 유쾌한 취향으로 삼았다. 어느 순간부터 뭔가를 끼적이길 시작했다. 내 생각에 쓰기와 읽기는 손바닥의 안과 밖이다. 둘은 하나다. 읽기에 매달린 것은 쓰기가 생업인 자의 업보일 테지만, 무엇보다도 그걸 좋아했기 때문일 것이다.

좋은 문장을 만나면 감탄하고 부러워하고 즐거워한다. 책들은 저마다 좋은 문장들을 품는다. 나는 독창적인 문장, 깊이를 헤아릴 수 없을 만큼 심오한 문장, 세상의 구태의연함을 무찌르는 문장, 나를 전율하게 만든 문장, 심신을 고요로 물들이는 문장들에 반한다. 누군가 발견해주기를 바라는 문장이나 탄성을 지를 만큼 아름다운 문장을 만났을 때 애써 기억 속에 남겨두려고 하지는 않았다. 그가 누구이든지 타인의 문장을 노트에 적는 습관을 경멸한 탓이다. 좋은 문장들은 그저 망각에 밀어놓는 편이다. 그리고 오랜 세월이 흐른 뒤 씨앗이 발아해서 땅거죽을 밀고 나오는 새싹 같이 우연히 망각의 덮개를 뚫고 나오는 문장들은 사랑할 만하다고 여겼다. 그건 진짜 좋은 문장일 테니까!

다 알다시피 책들은 문장들로 이루어진다. 문장은 저마다 겪은 세상, 느낌과 사유의 집적체, 무언가로 꽉 찬 알곡이다. 선지식의 앎을 담은 씨앗들이다. 좋은 문장들은 표현의 독창성, 함축성, 의미의 함량, 문장형식의 간결함, 심장 박동 같은 리듬감뿐만 아니라 세상의 새로운 발견과 발명, 혁신의 계기를 품어야만 한다. 나는 문장들을 오래 씹고 목구멍으로 삼킨다. 그것을 내 살과 피로 만들어야 한다. 나는 그렇게 조금씩 내면의 성장을 이루었다. 좋은 문장들은 어깻죽지를 내리치는 죽비처럼 나를 깨운다. 생의 경이와 기쁨을 맛보게 해준 문장들아, 고맙다! 고백건대, 문장들이 내면 형질을 바꾸고, 비루함의 바닥에서 나를 끄집어냈다. 읽은 것들이 나를 조금이나마 더 나은 사람으로 빚는 데 보탬이 되었을 테다.

문장들은 피의 분출이고 체험이며, 결국 누군가의 기억과 마음에 일던 파동을 전한다. 문장들 중에서 용케도 망각에서 꺼낸 문장들, 권태와 느른함에 빠져 있던 심장에 화살처럼 박힌 문장들, 두개골을 빠갤 듯 울림이 컸던 문장들을 애써 모았다. 이것은 초봄의 차가운 공기 속에서 시린 무릎에 담요를 덮고 다시 곱씹으며 읽고 싶은 문장들이다. 하지만 최고의 문장들만 모았다고 할 수는 없다. 그걸 다 품고 있기엔 내 해마와 편도체의 용량이 너무 작다는 걸 알아주시기를 바란다. 어쩌면 조촐했을지도 모를 이 문장들과 만났을 때 나를 스쳐간 세월과 감응을 이 자리에 소환한다. 이 책을 읽을 미지의 독자들께 감사의 말씀을 드린다. 이것은 문장들에 대한 나의 오마주다.

2024년 초봄
장석주

차례

가장
단순한 것을
배우라

가장 단순한 것을 배워라! 자기의

시대가 도래한 사람들에게는 결코 너무 늦은 것이란 없다!

_베르톨트 브레히트, 장석주 엮음, 「배움을 찬양함」,

『장석주 시인의 마음을 흔드는 세계 명시 100선』(북오션, 2017년)

묵은해가 가기 전 강변으로 나가 마지막 해를 전송하고 돌아온다. 갈대는 시들어 바람에 서걱거리고, 갈대숲에 숨은 어미 고라니와 어린 고라니들은 부지런히 먹이를 찾는다. 임진강변 습지와 들판에는 몽골이나 시베리아 같이 북쪽 추운 나라에서 날아온 독수리들이 내려앉아 먹이를 찾고 있다. 둥근 빵 같고 방금 딴 오렌지 열매 같은 해는 금세 밤의 장막 속으로 사라진다. 밤이 지나면 새날이 밝는다. 첫 해는 한반도의 간절곶만이 아니라 페루 마추픽추에도, 바오밥나무가 자라는 마다가스카르섬에도, 중국 변방의 위구르족 마을에도 불끈 솟을 것이다.

　돌아보니 묵은해에도 내 삶은 조촐하고 평범했구나. 나는 탐조 일지를 쓰지 않고, 새들이 어디에서 먹이를 구할지를 궁금해하지도 않았다. 가슴 뛰는 사랑을 꿈꾸지 않고, 난민을 돕는다는 유니세프 모금에도 참여하지 않았다. 내게 유산을 남긴 부모도, 독신으로 살다가 죽은 고모나 이모도 안 계신다. 죽었다 깨어나도 유산 상속으로 부자가 될 가능성은 없다는 뜻이다. 나는 신문에 기고할 문장 몇 쪽을 끼적이고, 새 모이만큼 작은 식량을 축내며 사는 소규모의 삶에 만족한다.

묵은해를 분주하게 보낸 나 자신에게 수고했다고 어깨를 다독여주자. 자기혐오와 무력감과 분노 따위는 쓰레기통에 처넣자. 한 겹이 아니라 일곱 겹의 삶을 살도록 애쓰자. 타인의 요구에 맞추지 말고 제 뜻과 의지대로 충만하게 살자. 아침마다 사과 한 알씩을 먹고, 가장 좋아하는 책을 읽고, 가장 좋아하는 음악을 듣자. 우리가 가진 원자 하나하나를 아낌없이 연소시키며 살자. 무엇보다도 한 생을 배우고 탐구하는 여정이 되도록 하자. 배움이란 인간으로 태어난 모두에게 부과되는 으뜸의 의무다.

많은 이가 공자를 동양의 스승, 배움의 은사로 꼽는다. 공자만큼 전 생애에 걸쳐 배움에 모범을 보여준 사람은 드물다. "나는 열다섯 살에 배움에 뜻을 두었고, 서른 살이 되어서는 자립했으며, 마흔 살이 되어서는 흔들리지 않았고, 쉰 살이 되어서는 천명을 알았고, 예순 살이 되어서는 귀가 순해졌고, 일흔 살이 되어서는 마음이 가는 대로 따라도 법도를 넘지 않았다"(『논어』, 「위정편」)고 했다. 공자는 열다섯 살에 배움을 인생의 큰 목표로 세운 사람이다. 그렇다고 인생이 순탄하지만은 않았다. 서른 살에 자립하지만 제나라에서도, 노나라에서도 일자리를 찾지 못해 백수건달로 지냈다. 나이 쉰 살에 이르기까지 빈둥거리며 서책을 섭렵하고 배움에 전념하며 예를 익히고 제자들을 가르치는 일을 게을리하지 않았다.

쉰 살에 이르러서 천명을 깨닫는 경지에 이르렀다는 공자의 선언은 얼마나 크고 강렬한지! 이 선언은 망치로 두개골을 쪼개는 듯하고, 우레와 같이 우렁차게 울려 퍼진다. 겨우 마흔 넘어 『논어』를 읽었다. "열 가구 정도의 작은 마을에도 나처럼 충성스럽고 신의가 두터운 사람은 있겠지만 나만큼 배우기를 좋아하지는 못할 것이다."(『논어』, 「공야장편」) 항상 배우면서 그것을 익히는 것은 기쁜 일이다. 배움에 대한 공자의 자부심에 감히 견줄 만한 사람이 없었다.

모름에서 앎으로 나아가는 것, 생각과 실천에 거침이 없는 경지로 나아가는 것, 그게 배움이다. 배움의 길에 나선 자는 자기가 모르는 것을 물어야 한다. 배움에는 늦음도 없고 끝도 없다. 배움의 궁극은 인격의 완성이다.

시인 베르톨트 브레히트Bertolt Brecht는 "가장 단순한 것을 배우라!"고 권유한다. 본질은 항상 단순한 법이다. "당신 자신이 알지 못하는 것은/당신이 모르는 것이다." 난민 수용소에 있든지, 감옥에 갇혀 있든지, 부엌에서 일하든지, 우리는 항상 배움을 향해 나아가야 한다. 배움 앞에서 망설이지 말고, 여러 일에 앞서 배움을 시작하라. 인류 영혼의 성장을 이끈 그 많은 지성은 바다에 떠 있는 이정표이고 등대일 테다. 이들의 인격은 불운과 불행으로 단련되고, 삶의 시련에 처해서도 꺾이지 않고 혼돈을 넘어 지혜로 나아간다. 지금보다 더 나은 사람이 되고 싶다면 배움에 힘써라! 굶주린 자여, 책을 손에 들어라.

당신은
눈물 젖은 빵을
먹어보았는가?

눈물 젖은 빵을 먹어보지 못한 사람과는 인생을 얘기하지 마라. 울먹이며 다음날을 기약하면서 캄캄한 절망의 시간을 겪지 않은 사람은 끝내 어두운 힘을 모를 테다.

_요한 볼프강 괴테, 안삼환 옮김, 『빌헬름 마이스터의 수업시대』

(민음사, 1999년)

눈물 젖은 빵을 먹어본 적이 있는가? 뼈가 녹을 듯한 고통 속에서 절망을 견딘 적이 있는가? 스무 살 무렵 내 소유 목록은 단순했다. 외투 한 벌, 낡은 구두 한 켤레, 고물 타자기, 몇 편의 습작시, 이력서에 쓰지 못하는 독서 편력, 방황의 여정들, 파산한 영혼을 위로하는 파가니니와 차이콥스키와 멘델스존의 바이올린 협주곡들. 이것이 내가 가진 것의 전부였다. 시를 쓰고 이튿날엔 그걸 찢어버리는 가난한 청년이었다. 종일 빈둥대며 음악에 빠져들거나 책을 읽는 게 내 생활의 전부였다.

그 시절 내 미래는 불투명했다. 이 시기의 암담함을 녹여 「내 스무 살 때」란 시를 연필로 꾹꾹 눌러 썼다. "불안은 나를 수시로 찌르고/미래는 어둡기만 했지/그랬으니 내가 어떻게 알 수/있었을까, 내가/바다 속을 달리는 등푸른 고등어처럼/생의 가장 아름다운 시기를 통과하고 있다는 사실을/그랬으니, 산책의 기쁨도 알지 못했고/밤하늘의 별을 헤아릴 줄도 몰랐고/사랑하는 이에게 〈사랑한다〉는 따뜻한 말을 건넬 줄도 몰랐지."

내가 절망과 불안을 품었으면서도 그걸 견뎌낸 것은 아직 세상에 웃음, 내일, 음악이 있었기 때문이다. 하지만 나는 단 한순간도

자살을 생각하지는 않았다. 자살은 환멸과 절망에 빠진 자가 세상을 향해 내보이는 최후의 결단이고 용기인지도 모른다고 생각했다. 사람들은 더는 환멸할 수 없고, 더는 절망할 여력이 없을 때 죽음을 택하는지도 모른다.

「밥」이란 시는 밥벌이의 무서움을 깨닫고 쓴 시다. 돌이켜보니, 내 나이 불과 스물여섯 살 때였다. 나는 "한 그릇의 더운밥을 먹기 위하여, 나는 몇 번이나 죄를 짓고, 몇 번이나 자신을 속였던가"라고 썼다. 밥 한 그릇의 사슬에 매여 있는 목숨을 부여잡고, 굽히고 싶지 않은 머리를 조아리고, 정작 해야 할 말을 숨겼으며, 잡고 싶지 않은 손을 잡고, 가고 싶지 않은 곳에 발을 들여놓아야 했다. 그 절망을 어떻게 버티고 견뎠던가? 나는 시립도서관을 다니며 꾸역꾸역 책을 읽었다. 책은 절망으로부터의 가장 쉬운 도피처였다. 시립도서관의 식당에서 도시락 찬밥을 뜨거운 우동 국물에 말아 먹는 날은 그럭저럭 호사를 누린 날이다. 그야말로 '눈물 젖은 빵'을 먹으며 하루하루를 견디던 시절의 이야기다.

또 한 번 인생의 위기와 마주했는데, 한 필화 사건으로 전격 구속되어 구치소에 수감되었을 때다. 그 일로 출판사의 문을 닫고 가정은 풍비박산이 나는 시련을 겪었다. 내가 피땀을 흘려 일군 모든 게 공중분해되어 흩어지고 말았다. 서울구치소에서는 두 달 뒤에 풀려났는데, 허무와 분노가 한꺼번에 밀려왔다. 나는 세면도구만

빈센트 반 고흐, 〈감자 먹는 사람들〉
1885년, 캔버스에 유채, 네덜란드 암스테르담 반 고흐 미술관 소장.

을 챙겨 제주도로 내려갔다. 서귀포에는 K가 살고 있었다. K는 일제 강점기 때 전분 공장을 하다가 해방 뒤엔 복싱을 가르치는 도장으로 쓰던 고모의 집을 관리했다. K는 내게 별채의 방 한 칸을 내어주었다. 마당 끝자락은 벼랑이고, 그 너머는 망망대해였다. 한밤중 오줌 누러 나와 먼 바다의 배들이 밤샘 조업을 하느라 불을 밝힌 광경을 하염없이 바라보기도 했다. K는 제주도 한구석에 사는 무명의 작곡가였다. 그는 아내와 어린 딸을 두고 빈둥거리다가, 밤엔 기타를 연주하며 노래를 불렀다. 나는 그 노래에서 변방에 눌러앉은 자의 평온함과 슬픔을 느꼈다. 그의 작곡 노트엔 세상의 빛을 보지 못한 아름다운 수백 곡이 빼곡하게 들어 있었다.

심심한 날엔 운동화 뒤꿈치를 반쯤 구겨 신은 채 서귀포의 극장으로 가서 영화를 보고 들어왔다. 이명세 감독의 동화 같은 영화 〈첫사랑〉도 그때 보았다. 제주도 더부살이를 마치고 올라와 출판업을 정리했다. 제주도를 떠난 뒤 K를 만나지 못했다. 경기도 안성에 살 때 K가 술에 취한 채 전화를 걸어 종잡을 수 없는 넋두리를 늘어놓았다. 아내와 헤어졌다고 했다. K는 한참 동안 소식이 없었는데, 나중에 알아보니 알코올 중독자로 살다가 암으로 죽었다고 했다. 그의 인생에 어떤 평지풍파가 있었는지 나는 알지 못한다. 그가 죽었다는 소식을 듣고 나는 한참 동안 마음이 쓸쓸해 마당가를 서성거렸을 뿐이다. 잘 가시게. 거기선 편안하시길.

나를 만든 것은 "눈물 젖은 빵"이었다는 생각이 든다. 그 빵을 씹으며 꿋꿋하게 살고자 했다. 그나마 다행인 것은 내가 "울먹이며 다음날을 기약하면서 캄캄한 절망의 시간"을 통과하며 살아남은 사람이라는 점이다. 나는 절망의 힘을 믿는다. 나는 태어남의 재난에서 도망가지 않고, 그것을 견디고 이겨냈다. 어떤 경우에는 살아남음이 의로움이다. 나는 생존자가 된 것에 은근한 자부심을 느꼈다.

이토록 미친,
슬픈,
가엾은 사랑

롤리타, 내 삶의 빛, 내 몸의 불이여, 나의 죄, 나의 영혼이여 롤-리-타
혀끝이 입천장을 따라 세 걸음 걷다가 세 걸음째에 앞니를 가볍게 건드린
다 롤. 리. 타.

_블라디미르 나보코프, 김진준 옮김, 『롤리타』(문학동네, 2013년)

『롤리타』의 첫 문장은 명문장이다. 심장의 리듬을 담은 문장, 어떤 절대의 순간을 서늘하게 꿰뚫는 문장, 감각적인 기쁨과 충만을 담은 문장, 영혼을 울리면서 존재의 쇄신을 선물로 안겨주는 문장이 명문장이다. 명문장들은 몇 방울의 피, 깊이를 헤아리기 어려운 고독, 순도 높은 침묵으로 이루어진다. 우리가 읽은 것들은 무지의 자각에 이르게 하고, 궁극에는 여린 정신을 단련시키고 삶의 지침으로 오롯했다. 명문장들은 거울이 되어 우리 내면을 비춰준다. 그 거울을 통해 제 내면을 들여다보고, 인생을 더 좋은 것으로 바꾸는 데 힘을 보탠다.

블라디미르 나보코프Vladimir Nabokov는 우리 존재를 "영원한 암흑 속에서 일어난 짧은 전기 누전"에 불과하다고 말한다. 그 짧은 동안 우리는 생각보다 많은 비참과 고통을 겪는다. 유년기의 달콤한 행복이나 자연의 아름다움은 그 비참과 고통에 대한 보상인 것. 러시아 상트페테르부르크의 귀족 집안에서 장남으로 태어나 엄청난 유산을 상속받지만 조국을 떠나 유랑하는 디아스포라가 그의 운명이었다. 나보코프 일가는 볼셰비키혁명의 소용돌이를 피해 1919년 독일로 이주하고, 아버지가 베를린에서 한 극우파에 의해 암살당한 뒤 1940년 나치를 피해 다시 미국으로 망명해 뉴욕에 정착한다. 나보코프는 하버드대학 등에서 문학 강의를 하는 한편 모국어가 아닌 영어로 소설을 썼다.

1955년에 나온 『롤리타』는 작가 자신이 가장 사랑한 작품이었다고 공언한다. '롤리타'라는 여주인공 이름을 호명하면서 시작하는 이 작품은 20세기 문학작품 중 가장 시끄러운 논란과 소동을 낳았다. 이 소설로 말미암아 '롤리타 콤플렉스'라는 용어가 생기고, 스탠리 큐브릭Stanley Kubrick 감독과 에이드리언 라인Adrian Lyne 감독에 의해 두 번이나 영화로 만들어진 '문제작'이다. 지금은 고전의 반열에 올랐지만 출판 초기에는 소아성애자의 뒤틀린 욕망을 다룬 '청소년 유해 도서'로 분류되는 소동을 피하지 못했다.

나보코프는 어린 시절부터 나비 채집에 열을 올렸다. "남아메리카의 가장 외진 지역에 서식하는 다양한 나비 무리"를 가리키는 '블루' 연구에서 큰 업적을 남겼다. 그는 항상 나비 표본을 바라볼 때 가장 행복했다고 말한다. 1942년에서 1948년까지 하버드대학 비교동물학 박물관에서 곤충학 특별연구원으로 근무했다. 나보코프는 유복한 어린 시절이나 나비같이 아름다운 것에 대한 매혹에서 덧없음을 느꼈을 것이다. 그것은 영원히 지속되는 것들이 아니니까. 그럼에도 그는 평생 나비를 쫓아 열대우림 등지를 헤매 다녔다. 나비는 그에게 잃어버린 어머니, 모국, 아름다움에 대한 덧없는 환영 같은 게 아니었을까?

다시, 나보코프의 장편소설 『롤리타』를 읽었다. 이토록 미친, 슬픈, 가엾은 사랑 이야기라니! 나는 또다시 전율을 느끼고 탄식을 내뱉었다. 알다시피 『롤리타』는 늙은 유럽(험버트)이 어린 아메리카(롤리타)를 능욕하는 은유로 이루어진 "가장 더러운 책"이라는 추문에 휩싸였다. 『롤리타』는 유해 서적으로 낙인이 찍혀 모든 도서관에서 퇴출당하는 수난을 겪었다.

"롤리타, 내 삶의 빛, 내 몸의 불이여, 나의 죄, 나의 영혼이여 롤-리-타 혀끝이 입천장을 따라 세 걸음 걷다가 세 걸음째에 앞니를 가볍게 건드린다 롤. 리. 타." 『롤리타』의 첫 문장은 여전히 내 심장을 때린다. 그 첫 구절은 읽자마자 내 가슴에 들어와 단박에 새겨졌다. 여러 번에 걸쳐 낮은 목소리로 이 첫 문장을 소리내어 읽는다. 『롤리타』를 완독하지 못했다면 이 문장을 향한 내 경탄을 다 이해하기는 어려울 테다. 이 문장을 왜 그토록 좋아했는지 나조차도 이해하기 힘든 사태다.

사랑하는
사람만이
기다린다

나는 그를 사랑하는 것일까? 그 사람, 그 사람은 결코 기다리지 않는다. 때로 나는 기다리지 않는 그 사람의 역할을 해보고 싶어 한다. 다른 일 때문에 바빠 늦게 도착해보려고 애써본다. 그러나 이 내기에서 나는 항상 패배자이다. 무슨 일을 하든 간에 나는 항상 시간이 있으며, 정확하며, 일찍 도착하기까지 한다. 사랑하는 사람의 숙명적인 정체는 기다리는 사람, 바로 그것이다.

_롤랑 바르트, 김희영 옮김, 『사랑의 단상』(동문선, 1991년)

우리는 먼 곳으로 떠난 연인을 기다리고, 관공서에서 인허가권이 떨어지기를 기다리고, 나라가 식민지로 전락했을 때 이국에서 조국의 해방을 기다리고, 그리고 오늘보다 더 나은 내일을 기다린다. 기다림은 무엇인가? 기다림은 생명의 시간을 담보로 잡는다. 그것은 생명을 담보로 잡은 존재의 기망이고, 우리는 그걸 뻔히 알면서도 속아준다는 점에서 기다림은 존재에게 내려지는 유죄 선고다. 또한 그것은 숨은 욕망의 발가벗김이고 존재에 대한 불가피한 제약이다. 한마디로 기다림이란 자아와 욕망하는 대상 사이에 가로놓인 균열과 비대칭성을 드러내는 존재 사건이다.

우리는 자주 기다림에 예속당한다. 이때 기다림은 존재를 절망적인 무기력에 내팽개침으로써 삶이 광대놀음이라는 사실을 폭로한다. 기다림에 관한 시는 한결같이 기다림이 욕망의 좌초에서 생기는 것임을 말한다. '너'는 오지 않는다. 욕망함의 대상인 '너'의 귀환이 이루어지지 않고, 그것이 끝없이 유예되면서 우리는 고갈에 이른다. '너'는 오지 않고, 시간의 '문'은 닫힌다. 이렇듯 기다림은 타자의 부재 속에서 이루어지는 지루하고 초조한 존재의 공회전이다.

사뮈엘 베케트Samuel Beckett의 희곡의 두 방랑자, 에스트라공과 블라디미르는 시골길에 서 있다. 그들이 기다린다는 '고도'의 정체는 모호하다. 중요한 것은 '고도'가 아니라 기다리는 행위 그 자체다. 그들은 앙상한 나무 한 그루만이 서 있는 시골길 위에서 기다림이란 헛발질을 하고 있다. "우린 꽁꽁 묶여 있는 게 아니냔 말이다." "묶여 있다고?" "그래 묶여 있단 말이야." "묶여 있다니 어떻게?" "손발이 다." "도대체 묶인 누가 묶고, 누구에게 묶여 있다는 거야?" "네가 말하는 그 작자에게." "고도에게? 고도에게 묶여 있다고? 무슨 소리야? 무슨 뚱딴지 같은 소리야?" (사이) "그자 이름이 고도라고?" "그럴 걸." (사뮈엘 베케트, 『고도를 기다리며』)

그들은 고도가 딱히 누구인지도 모른 채 고도를 기다린다. 그러나 온다는 고도는 오지 않고 낯선 소년이 나타나 오늘 밤에 고도가 오지 못하며, 내일은 꼭 올 것이란 전갈을 전한다. 모든 것은 불확실한 채 오직 한 가지 고도를 기다려야 한다는 사실은 분명하다. 그들은 무의미한 농담을 하거나 장난하고 춤추는 것으로 기다림의 지루함을 잊고자 한다. 그들을 묶고 있는 것은 '고도'가 아니라 기다림이라는 기괴한 지옥이다. 황량한 길 위에 서 있는 두 방랑자는 기다림이란 지옥에 빠져 있는 것이다.

지리멸렬한 기다림과 그것을 인내심 깊게 견디는 일만 남아 있다. 그들의 기다림은 오지 않는 메시아 '고도'를 향한 기도이자 탄원이다. 기다림은 대상에게 버려짐이라는 전제에서 시작하고 그것을 향한 욕망의 유예가 그 현재다. 기다림은 희망과 기대를 낳는다. 그래서 기다림이 곧 구원이라는 착시가 생겨난다. 기다림은 부재하는 그것을 욕망함이고, 따라서 그것은 역동하는 존재의 사건이 아니라 대상과 자기 사이의 하염없는 반복운동이다. 기다림은 사랑이 짊어지는 숙명이다. 시대를 막론하고 사랑하는 자들은 늘 기다렸다. 덜 기다리는 자가 덜 사랑한다고 말할 수는 없지만 더 많이 기다리는 자가 더 많이 사랑한다는 것은 분명하다. 기다림은 사랑을 숙성시키고, 그 결속을 단단하게 다진다. 전자문명 시대는 이 기다림의 의미조차도 탈색시킨다. 기다림은 연인 사이에 불가피하게 생기는 물리적 거리에서 발생하는데, 두 사람이 언제 어디에 있든지 실시간으로 연결하고 접속할 수 있는 인터넷과 휴대전화가 나오면서 그 거리를 단박에 지워버린 탓이다. 그렇다고 기다림의 본질인 존재의 고갈과 존재의 경화가 바뀌는 것은 아니다.

신라 때 사람인 박제상은 일본에 볼모로 붙잡혀간 왕족을 구하러 간다. 결국 왕의 동생을 모국으로 보내지만 그 자신은 신라로 돌아오지 못한 채 일본에서 죽는다. 박제상의 아내는 치술령이라는 고개에서 남편을 기다리다가 망부석이 되었다. 왜 기다리는 자들은 돌이 되고, 죽음에 이르는가? 박제상의 아내가 보여주는 것처럼 기다림은 대상에 대한 자기 증여다.

사랑의 난감함은 사랑하는 대상이 가진 불투명성 때문에 일어난다. 사랑할수록 나는 사랑하는 사람에 대해 더 모르는 것이 많아진다. 비밀이 많고, 수수께끼 같은 존재를 사랑하는 탓에 우리는 곤경에 빠지지만 그럼에도 미지의 누군가를 사랑하고, 그를 애타게 갈망한다. "사랑하면 할수록 더 잘 이해하게 된다는 말은 사실이 아니다. 사랑의 행위를 통해 내가 체득하게 되는 지혜는, 그 사람은 알 수 있는 사람이 아니라는 것, 그러나 그의 불투명함은 어떤 비밀의 장막이 아닌 외관과 실체의 유희가 파기되는 명백함이라는 것이다. 그리하여 나는 미지의 누군가를, 그리고 영원히 그렇게 남아 있을 누군가를 열광적으로 사랑하게 된다. 신비주의자적인 움직임! 나는 알 수 없는 것의 앎에 도달한다."

사랑의 일 중 태반은 기다리는 일이다. 기다림에 대한 무한 투자. 기다림은 우리를 먼 곳으로 데려가지 않고 한자리에 묶어놓는다. 어린 시절, 시장에 따라간 내게 어머니는 이렇게 명령한다. 어디 가지 마! 여기서 꼼짝 말고 기다려! 그때 기다림이 내 존재를 삼켜버리는 것을 깨달았다. 나는 일찍이 기다림이 현전에 대한 무자비한 구속이라는 사실을, 기다림이 만드는 욕망함의 패임으로 내 현전이 일그러질 것임을 벼락 같이 깨달았던 것이다. 이 하염없는 존재 퍼주기는 결국 자기 고갈에 이른다. 더는 기다릴 힘이 없을 때 그들은 망부석이 되어버리는 것이다. "그에게는 더이상 기다릴 힘이 없다. 만약 그 힘이 있다면 그는 기다리지 않으리라. 그는 이전보

구스타프 클림트, 〈키스〉
1907~1908년, 캔버스에 오일, 오스트리아 벨베데레 미술관 소장.

다 기다릴 힘을 덜 갖고 있다. 기다림이 기다릴 힘을 마모시키는 것이다. 기다림은 마모되지 않는 것이다. 기다림은 마모되지 않는 마모이다."(모리스 블랑쇼, 『기다림 망각』) 철학자 모리스 블랑쇼Maurice Blanchot가 성찰하고 있듯이 기다림은 마모되지 않는 마모다.

사람들은 메시아가 나타나서 악에 물든 세계를 멸망시키고 우리를 구원하리라는 약속이 실현되기를 기다린다. 그들은 새 하늘과 새 땅이라는 지복의 시간이 오기를 기다리면서 현세의 고난을 참는다. 정작 예수는 메시아라는 칭호를 마다하고 메시아니즘도 거부했다. 기다리는 자들은 메시아가 도래하기 전에 먼저 기다림의 무한 속에서 자기를 고갈에 빠뜨린다. 기다림 속에서 자기를 의미에서 분리하고 자기를 배제하는 일은 흔하다. 기다림은 자기의 흩어짐이다. 마침내 기다림은 그것의 주체와 그 주체가 욕망했던 기다림의 대상을 무화시키고 그 텅 빈 자리에는 "기다림 속에서, 기다린다는 것이 기다림의 불가능성일 수밖에 없는 시간의 부재가 군림한다".(모리스 블랑쇼, 『기다림 망각』) 살아 있는 동안 누구의 기다림도 끝나지 않는다. "어디로 갈까?" "멀리 갈 수 없지." "아냐, 아냐. 여기서 멀리 가 버리자." "그럴 순 없다." "왜?" "내일 다시 와야 할 테니까." "뭣하러 또 와?" "고도를 기다리러."(사뮈엘 베케트, 『고도를 기다리며』)

지금 당신은 누군가를 기다린다면 당신은 사랑에 빠진 상태다. 안타깝게도 기다림에는 종말이 없다. 다만 기다림의 주체와 대상이 사라지고, 기다리는 시간들이 흘러가 부재에 이를 뿐이다. 우리 존재가 유한함에도 기다림은 시간의 무한성을 쥐고, 우리를 흔든다. 실은 기다림은 시간의 무한성 속에서 제 몸을 한없이 길게 늘어뜨릴 수 있다. 먼저 끝나는 것은 기다림이 아니라 기다리는 사람이다. 생명은 유한하지만 기다림은 불사이고 무한이다. 기다림이 품격을 가지려면 "어둠의 행실"을 벗고 "빛의 갑옷"을 입을 때다. 아무 일도 일어나지 않고 아무도 지나가지 않는 시골길 위에서 고도를 기다리는 두 늙은 방랑자처럼 우리는 이 불모의 세상에서 어떤 메시아를 기다려야 하는가? 메시아는 이미 우리 안에 와 있지 않은가?

사랑하는 자에게 기다림의 역할은 가장 기쁘고 설레며 무거운 짐이다. 사랑하는 자들은 기다리는 자들이다. 사랑에 빠지면 곧 기다림에 익숙해진다. 사랑의 권력을 쥔 쪽은 항상 덜 기다린다는 사실은 명확하다. 그 반대편에 사랑의 약자가 있다. 그들은 사랑에 굶주린 탓에 사랑에 갈급해진 상태다. 사랑의 약자들은 늘 먼저 약속 장소에 가서 기다린다. 그들은 왜 기다림에 안달복달하는가? 그건 상대보다 더 많이 사랑하는 까닭이다. 물론 기다림이 사랑의 실패에 대한 징조는 아닌 건 분명하다.

편도나무여,
내게 신에 대해
이야기해다오

나는 편도나무에게 말했노라.
"편도나무야, 나에게
신에 대해 이야기해다오."
그러자 편도나무가 꽃을 활짝 피웠다.

_니코스 카잔차키스, 장석주 엮음,
「편도나무야, 나에게 신에 대해 이야기해다오」,
『장석주 시인의 마음을 흔드는 세계 명시 100선』(북오션, 2017년)

가을이면 한반도 식물 생태계를 이루는 수종 중 단풍나무, 당단풍나무, 신나무, 복자기나무, 빗살나무, 화살나무, 마가목나무, 자작나무, 은행나무, 느티나무, 참나무, 백합나무, 머루나무, 산수유 등 활엽수 잎들은 붉고 노랗게 고운 자태를 뽐낸다. 단풍이 절정에 이르는 이 계절을 그 어떤 보석과도 바꾸고 싶지 않다. 나는 가을의 이틀을 성 베네딕도회 왜관수도원에서 지내고 돌아왔다. 이 가톨릭 수행 공동체는 1927년 함경남도 원산 인근의 덕원에 처음 자리 잡는다. 6·25전쟁 때 사제들이 인민군에 의해 순교를 하는 등 고초를 겪은 뒤 성 베네딕도회는 북녘 덕원을 떠나 남녘 왜관에 정착을 한 뒤 오늘에 이르렀다.

성 베네딕도회 왜관수도원에서 세미나를 하고 위층 피정의 집 숙소에서 하룻밤을 지낸다. 수도원을 찾은 것도, 수도원에서 잔 것도 다 처음 겪는 일이다. 방에는 1인용 침대 둘, 책상, 세면대, 벽에는 십자가에 달린 예수 형상과 '기도하고 일하라Ora et Labora'라는 표어가 적힌 달력이 있었다. 베개에 머리를 눕히자 말자 잠에 들었다가 새벽에 일어나 창밖을 보니 가로등이 켜져 있고 키 큰 나무들이 풀밭에 그림자를 드리우고 서 있다. 피정의 집에서 아침식사를 했는데, 식단은 밥과 황탯국, 전복죽, 김치, 두부부침, 시금치무침, 멸치볶음 등으로 조촐했다. 접시에 음식을 덜어 와서 먹었다. 반찬은 정갈하고 간이 세지 않아 입맛에 잘 맞았다.

수도원에 머무는 이틀 동안 나는 숭고한 감정에 휩싸여 작가 니코스 카잔차키스Nícos Kazantzakis의 시를 떠올렸다. "나는 편도나무에게 말했노라./편도나무야, 나에게/신에 대해 이야기해다오./그러자 편도나무가 꽃을 활짝 피웠다." 카잔자키스는 지중해의 크레타라는 섬에서 태어나 『그리스인 조르바』를 써서 세계적인 명성을 얻은 그리스의 국민작가다. 그의 살과 뼈와 피와 심장 전체는 크레타의 흙에 잇대어 있다. 그는 크레타의 흙 한 줌을 쥐고 기쁨으로 충만한 채로 눈물을 흘리는데, 그것은 그의 영혼이 오직 크레타의 흙과 공기로 빚어진 탓이다.

"정열적으로 조용히, 나는 크레타의 흙을 한 줌 꼭 쥔다. 나는 이 흙을 방황의 시절에 항상 몸에 지니고 다니면서, 벅찬 고뇌의 순간에는 손으로 그 흙을 꼭 쥐며, 마치 아주 다정한 친구의 손이라도 잡은 듯 힘을, 큰 힘을 얻었다. 그러나 이제 날은 저물고 하루의 일은 끝났으니, 그 힘으로 나는 무엇을 하려나? 이제 나는 그 흙이 필요 없다. 나는 마치 내가 사랑했다가 헤어져 작별을 고하는 여인의 젖가슴을 만지듯, 크레타의 흙을 형언할 수 없는 기쁨과 부드러움과 고마움을 느끼며 꼭 쥔다. 나는 영원히 이 흙이었고, 나는 영원히

이 흙이리라. 오 가혹한 크레타의 흙이여. 그대를 짓이겨 투쟁의 인간으로 창조하던 순간은 어느새 흘러가버렸구나."(니코스 카잔차키스, 『영혼의 자서전』)

내가 스무 살 때인가, 그 이듬해였던가. 헌책방에서 우연히 산문집 한 권을 구해 호주머니에 넣고 나왔다.『어둠의 심연에서』. 작가 이름이 낯설었다. 그리스의 작가라는데 발음조차 제대로 할 수가 없었다. 그게 카잔차키스와의 첫 만남이다. 나는 비닐 커버가 씌워진 책의 표지가 닳도록 읽었다. 내 영혼의 한쪽을 찢을 듯 천둥 같은 울림이 대단했다. 몇 해 뒤 신춘문예 공모에 시가 당선하고, 그걸 계기로 한 출판사에 입사했다. 내게 온 첫 일감이 카잔차키스의 자전 기록인『영혼의 자서전』의 교정 일이었다. 그의 생애는 피의 여로 그 자체다. 그 원고를 읽는 동안 내 가슴은 더워졌고 영혼은 고압의 전류에 감전되는 듯했다. 그 교정지를 붙들고 읽는 내내 언젠가 그의 고향인 그리스의 크레타에 꼭 가보리라 굳은 마음을 먹는다.

2013년 여름, 나는 한 방송국의 기획으로 '장석주의 지중해 인문학 기행'에 나선다. 그 프로그램 촬영을 위해 한 달 동안 지중해에 잇대인 튀르키예의 연안 도시와 그리스의 아테네 등을 훑으며 돌아다녔다. 그 여정 중에 크레타섬 언덕바지의 카잔차키스 무덤을 찾아가 붉은 여름 꽃 한 송이를 바칠 수 있었다. 그 순간 내 심장은 몹시 뛰었다. 스물다섯 살 청년의 꿈을 거의 서른 해만에 이룬 셈이다.

구스타프 클림트, 〈비치 그로브〉
1902년, 캔버스에 오일, 독일 드레스덴 뉴 마스터즈 갤러리 소장.

한적한 언덕에 있는 카잔차키스 무덤엔 아무 장식도 없는 나무로 된 십자가 하나가 서 있고, 평평한 돌무덤이 놓여 있었다. 무덤 앞 묘비에는 작가가 생전에 쓴 묘비명이 그리스어로 새겨져 있었다. "나는 아무것도 바라지 않는다. 나는 아무것도 두려워하지 않는다. 나는 자유다." 누구보다 고향 크레타를 사랑한 작가는 이국을 고달프게 떠돌며 고향의 흙 한 줌을 쥐고 "형언할 수 없는 기쁨과 부드러움과 고마움을 느꼈다"고 적었다.

나는 젊은 시절 진리에 대한 목마름으로 번민하고 방황했다. 신과 진리에 대해 이야기해줄 편도나무가 없었던 까닭에 나는 많은 의문과 물음에 마주쳐야만 했다. 인류는 홀로코스트, 크메르 루주 Khmer Rouge, 난징대학살을 겪으며 수십만 명에서 수백만 명이 생명을 잃는다. 또 6·25전쟁 300만 명, 베트남전쟁 400만 명, 소련·아프카니스탄 전쟁이나 이란·이라크 전쟁에서도 수십만 명에서 100만 명이 죽었다. 희생자들 중 다수는 여성과 어린아이들이다.

왜 무고한 여성과 어린이들에게 이런 비극이 일어났을까? 전능하다는 신은 왜 이런 악행에 대해 눈감고 침묵만 하는 것일까? 그 신은 도대체 어디에 있는가? 나는 신을 믿고 죽음이라는 실존의 불안에서 벗어나고 싶었지만 신의 현존을 의심하고 종교라는 울타리 안쪽을 기웃거린 적이 없다. 성경이나 불경 따위의 경전을 섭렵했으나 믿음을 얻지 못한 채 회의주의자로 남았다.

종교는 구원을 약속하지만 천국이나 영생 같은 구원은 내세에나 실현될 것이다. 구원은 미래시제의 일이고, 그것은 현찰이 아니라 약속어음이다. 그 어음이 부도가 나지 않을 것이라는 확신은 자주 흔들린다. 그 구원과 진리는 실내 공기처럼 안락하지만 어딘지 정체되었다고 느낀다. 과학의 창문으로 들어오는 차갑고 신선한 공기에 더 마음을 빼앗긴 까닭에 나를 유신론적 신앙 체계에 묶어두는 일은 불가능했다. 나는 성경이나 불경보다는 차라리 진화 생물학자인 리처드 도킨스Richard Dawkins의 도발적인 논거들에 더 공감하는 편이다.

성 베네딕도회 왜관수도원 피정의 집에 머무는 이틀 동안 빈방에서 무릎을 꿇은 채 묵상을 하고 기도를 했다. 삶의 찰나가 영화 필름처럼 흘러가는 가운데 심장이 크게 뛰고 피들은 아우성쳤다. 나는 혼돈에 내동댕이쳐지는 것 같고, 강가의 흔한 돌멩이 중 하나인 듯 외로웠다. 내 입술에서 '어머니!'라는 짧은 부르짖음이 흘러나옴과 동시에 눈물 몇 방울이 솟구쳤다. 왜 어머니를 불렀을까? 나도 알 수가 없다. 내 영혼이 헐벗고 가난했던 것은 절반의 삶만을 살았던 탓이다.

수도원에 머물며 불신에서 벗어나 신실한 신자가 되는 계기를 찾거나 사랑의 외로운 직무에 대한 깨달음을 얻지는 못했다만 나는 우주 궤도를 도는 해와 별들에게 감사하고, 단 한 번도 어김없는 계절의 순환에 대해 감사하고, 우주의 질서에 순응하며 존재하는 당신과 나의 살아 있음에 감사했다. 나는 꿈꾸고 열망한다. 무엇보다도 당신의 안녕을 빌었다. 부디 당신과 내가 절반의 삶이 아니라 온전한 삶을 뜨겁게 사랑하며 살게 되기를!

짐승은
침묵과 도약으로
채워져 있다

짐승들의 세계는 침묵과 도약으로 이루어져 있다. 나는 짐승들이 가만히
엎드려 있는 모습을 바라보는 것을 좋아한다. 그때 그들은 대자연과 다
시 접촉하면서 자연 속에 푸근히 몸을 맡기는 보상으로 자신들을 살찌
우는 정기를 얻는 것이다.

_장 그르니에, 김화영 옮김, 『섬』(민음사, 1997년)

철학자이자 작가인 장 그르니에Jean Grenier는 고양이의 영특함에 관한 아름다운 성찰을 보여준다. 그르니에의 산문을 읽을 때마다 나는 경탄을 금치 못한다. 동물은 늘 측은한 존재다. 그들을 떠올리면 내 마음은 연민으로 가득 찬다. 그들은 덜 진화된 인류의 형제들이다. 동물은 죽음의 고통을 모르고 삶의 관능적 기쁨도 누리지 못한다. 그들은 말을 잃은 채 오직 무지와 침묵의 덩어리로 머문다. 그렇다고 내가 동물을 우생학적으로 열등한 존재로 대하고 여기는 것은 아니다. 동물은 대자연에 탯줄을 대고 맺어진 채로 자연에 제 생을 의탁한다. 무지를 무지로서 견디며 자연에서 정기를 얻는 동물이 우리에게 보여주는 침묵과 도약은 그들 안에 숨은 놀라운 능력의 일부다.

어느 날 너는 내게로 왔어

두 팔을 뻗어 안으려 하자

너는 낱낱의 원소가 되어 사라졌어

넌 공중에 빗방울을 파종하는 구름이었어

낮잠 끝에 흩어지는 모래알이었어

안 돼, 그렇게 가버리는 건 싫어

안 돼, 네가 없다면

난 미쳐버릴 거야.

네 살점을 조금만 떼어주면 돼

네 피를 한 모금만 마시게 해주면 돼

아아, 그러면 살 수 있을 텐데,

널 사랑할 수 있을 텐데,

– 졸시, 「고양이」 전문

달은 늘 하늘의 고양이, 고양이는 변신한 집 안의 달이다. 둘에게 피의 연대란 없지만 둘은 이복형제처럼 나란히 엮인다. 달은 하현 때 야위고 보름 때 둥글어진다. 야생의 부름에 고양이는 불쑥 집을 뛰쳐나간다. 고양이는 무단가출했다가 불쑥 돌아온다. 고양이는 여자의 예측할 수 없는 내면이고, 달은 여자의 하얀 외면이다. 그 둘은 여자의 표상이다. 고양이는 평시에 작은 혀로 내 손을 핥고, 부드러운 등을 내 몸에 비빈다. 그토록 다정한 고양이는 달이 뜬 어느 날 저녁 자취를 감추고 사라져 애를 태운다.

내가 평생 사랑한 모든 여자는 다 고양이였다. 여자들은 다시 돌아오지만 이미 마음이 헐벗고 가난한 나는 고양이(여자)에게 줄 것이 없다. 나(고양이)의 마음이 엇갈린다. 엇갈리는 두 마음 사이로

안니발레 카라치, 〈고양이와 장난하는 두 아이〉
1587~1588년, 캔버스에 오일, 미국 뉴욕 메트로폴리탄 미술관 소장.

차고 축축한 달빛이 흐른다. 여자는 다이아몬드를 원했으나, 나는 숯을 주었을 뿐이다. 그러니 사랑은 쓰다. 그러므로 "가장 아름다운 사랑도 약간은 쓰다".(니체)

고양이를 반려동물로 삼은 이들은 자신을 집사라고 부른다. 그들은 고양이를 소유하는 대신 고양이의 필요에 열심히 부응하며 그 수고를 보람으로 삼는다. 반려동물들은 인간의 외로움을 달래주고 '가족의 아류'라는 직위를 얻는다. 야생 고양이는 인간에게 잠자리와 먹이를 얻고 자유와 대자연이라는 영역을 잃는다. 고양이 진화 연대표에 따르면, 고양이는 4,000년 전 이집트 가정에서 기르기 시작했다. 2,500년 전 이집트는 고양이 반출을 막았다. 하지만 고양이는 인도, 그리스, 극동 지역으로 흘러나갔고, 500년 뒤 로마 제국의 번창과 함께 세계 전역으로 퍼졌다.

야생에서 와서 인간과 살게 된 고양이는 지구의 대륙 어디에서나 흔하게 발견되는 동물이다. 고양이는 인류 다음으로 지구 생태계에서 큰 성공을 거둔 생물이다. 부드럽고 상냥한 고양이 안에는 길들지 않는 원시 상태의 동물이 숨어 있다. 고양이 안에 숨은 또 다른 고양이는 예기치 않은 순간 낯선 방식으로 제 본성을 드러낸다. 고양이가 날카로운 발톱을 세우고 송곳니를 드러내며 공격 자세를 취하는 것이다. 쇄골이 퇴화된 고양이는 아주 작은 공간이라도 그 속에 제 몸을 숨길 수가 있다. 고양이 액체설은 그래서 나왔을 것이다.

인류는 문명 저 너머에서 온 고양이를 사랑한다. 어쩌면 우리가 사랑하는 것은 고양이가 제 몸통 속에 숨긴 침묵과 도약일 것이다. 몸통이나 두개골이 작은 고양이가 무슨 생각을 하는지 나는 모른다. 고양이의 몸통을 꽉 끌어안고 그 부드러움과 갈비뼈 아래에서 뛰는 심장 박동을 느낄 뿐이다. 고양이는 몸통이 작은 만큼 분뇨의 양도 소량이다. 제 분뇨를 모래로 덮어 냄새가 퍼지지 않도록 하는 이 귀엽고 사랑스러운 동물이라니!

은유는
시의
숨결이다

물고기들은 고체 상태의 물이다.
새들은 고체 상태의 바람이다.
책들은 고체 상태의 침묵이다.

_파스칼 키냐르, 송의경 옮김, 『옛날에 대하여』
(문학과지성사, 2010년)

파스칼 키냐르Pascal Quignard는 "문학사에 기록될 만한 프랑스 현존 작가 중의 하나"로 높이 평가되는 작가다. 그의 소설을 처음 읽은 것은 스무 해 전쯤이다. 『은밀한 생』은 자아의 연대기를 섬세하게 엮은 소설인데, 얼핏 철학 에세이를 닮았다는 느낌이었다. 철학적 사유를 펼쳐 보여주는 이 소설은 시와 산문 그 중간 어디쯤에 있을 것이다. 『은밀한 생』 이후 우리나라에 나온 키냐르의 책을 다 구해 읽은 내 생각에 그는 소설가가 아니라 은둔하는 철학자에 더 가깝다는 것이다.

"저는 일찍 일어나서 일찍 잠들어요. 사실 듣는 것을 아주 싫어해요. 듣는 것 자체가 싫다기보다 무리 지어서 함께 듣는 것이 싫은 거죠. 재채기가 날 것 같고, 숨이 막히고, 무리가 함께하는 집단적이고 사회적인 청취잖아요? 딱 정해진 시간에, x라는 양에, 음 하나하나를 충분히 늘이는 y라는 소스테누토의 힘. 다 주문된 감동이죠."(파스칼 키냐르, 『파스칼 키냐르의 말』) 그는 무리로 엮여 움직이는 사회적인 환경을 극도로 회피한다. 글을 쓸 때도 늘 은둔할 수 있는 "작은 구멍", 즉 "감정적 세포 구멍"이나 "리듬적 세포 구멍"이 필요하다고 말한다.

키냐르의 소설은 반反산문적이다. 소설을 쓸 때 언제나 시와 철학과 산문과 아포리즘을 뒤섞는 그의 문장은 서사에서 멀어지고 시의 은유에 더 가까워진다. 특히 언어의 기원을 찾는 그의 모색은 늘 감탄을 자아낸다. 키냐르의 소설은 독창적인 사유와 상상력의 자유로움이 나를 얼어붙게 만든다. 여기 물고기들과 새들과 책들에 대한 놀라운 은유를 보라. 물고기들이 고체 상태의 물이라니! 내 둔중한 뇌를 죽비처럼 후려치는 듯한, 이것은 산문이 아니라 놀라운 시적 은유다!

은유란 무엇인가? 멕시코 시인 옥타비오 파스Octavio Paz는 "천둥은 번개가 번쩍인 것을 공표한다"고 쓴다. 무심하게 끼적인 듯 보이지만 이 구절은 비범하다. 번개가 번쩍이고 그다음 천둥이 울린다. 번개가 생이라면 천둥은 시일 테다. 이 둘은 떼어놓을 수 없는 짝패다. 번개는 탄생과 죽음, 동물과 식물, 불과 바람, 돌멩이와 망치, 세계를 구성하는 모든 원소를 다 품는다. 천둥은 그것의 내부에서 울려 나오는 메아리다. 열 번 울리는 천둥(시)들은 열 겹의 번개(생)를 품는다. 번개가 없다면 천둥도 있을 수 없다.

멕시코 시인의 저 문장은 사실에서 한 치의 어긋남이 없다. 이 문장은 사실의 전달을 넘어서는 하나의 은유로 오롯하다. 은유라는 한에서 이 문장은 사실을 넘어서서 사유를 무한 확장하는 힘을 갖는다. 나는 시가 생성되는 비밀의 핵심이 은유에 있다고 생각한다. 시는 말의 볼모이고, 시의 말들은 은유의 볼모다. 은유는 시의 숨결이고 심장박동, 시의 알파이고 오메가다. 시는 항상 시 너머에 있다. 그 도약과 비밀의 원소를 품은 게 바로 은유다. 상상력의 내적 지평을 무한으로 확장하는 은유에 대해 사유하며 그 내부로 깊이 파고들수록 놀라웠다.

나는 시를 "눈먼 부엉이의 노래, 바람과 파도의 외침, 늑대들의 울부짖음, 땅이 내쉬는 한숨"이라고 받아들인다. 나는 시인이 사물과 세계의 다양한 중재자, 예언자 없는 시대의 예언자라고 믿고, 같은 맥락에서 시인과 시들이 그 나라 국민의 영적 건강을 책임진다는 옥타비오 파스의 말을 믿는다. 그렇지 않다면야 저 무수한 시인과 시가 무슨 쓸모가 있겠는가!

매일 새로운 것을
발견할 수 있는
산책

보행자는 내면의 지리의 세찬 바람 속을 걷는다. 신체는 세상을 살아가
는 인간의 조건이고, 만물이 끊임없이 움직이는 이 세상은 명확한 의미나
분위기로 남아 이미지로, 소리로, 맛으로, 냄새로, 질감으로, 색채로, 풍
경으로 탈바꿈한다. 본질적으로 예민하고 관능적인 걷기는 감각적 습관
의 변화이고, 길을 걸으면서 의미와 가치의 지표들을 끝없이 깨닫고 쇄신
한다는 확신이다.

_다비드 르 브르통, 문신원 옮김, 『느리게 걷는 즐거움』
(북라이프, 2014년)

가끔 낯선 이국의 도시를 걷고 싶다는 충동에 휩싸일 때가 있다. 그곳이 보들레르, 아라공, 장 콕토, 마르셀 프루스트, 헤밍웨이, 피카소, 쇼팽, 오스카 와일드, 제임스 조이스, 앙드레 지드, 벤야민, 사르트르, 카뮈, 밀란 쿤데라가 사랑했던 파리라면 더욱 좋으련만! 파리는 숱한 예술가들에게 창조와 영감을 주는 도시다. 파리는 문화인들을 매혹하고, 예술가들에게 영감을 주고 걸작들을 쓰게 했다.

한 세기 전 유길준은 『서유견문』에서 파리를 돌아보고 "시내에는 누대와 시장이 바둑판처럼 즐비하고, 연못과 공원이 별자리처럼 흩어져 있는데 도로의 청초함과 가옥의 화려함이 세계에서 으뜸이다"고 적었다. 100년 뒤 파리에서 거주한 경험이 있는 인문학자 정수복은 "파리는 모든 것을 처음 바라보는 아이처럼 매일 새로운 것을 발견할 수 있는 끝없는 산책의 공간이다"고 적는다.

산보, 산책, 만보, 소요 따위는 모두 걷기를 지시한다. 삶을 돌아보고 의미를 곱씹게 한다는 점에서 걷기는 철학 행위다. 필경 걷기는 산책자를 도시의 골상학자로 만든다. 산책자들은 거리의 경관, 간판, 쇼윈도, 패션, 군중을 흥미롭게 뜯어보고 도시와 사람들의 '운명'을 꿰뚫어본다. 산책자들은 거리의 역사와 기억을 채집하고, 신

기한 것, 놀라움, 황홀한 사건들, 삶의 기쁨과 의미들을 얻는다. 나
스스로를 가리켜 종종 "나는 산책자다"고 말한다. 산책이 내 정체성
의 일부라는 뜻이다. 나는 햇빛 아래로 나서서 걷기를 좋아하는데,
걷기는 하늘과 태양과 바람을 가슴으로 품는 일이고, 빛으로 가득
찬 누리에 발을 디디며 자유와 고요함 속에서 몸을 끌고 앞으로 나
아가는 활동이다. 전진의 리듬에 존재를 내맡기는 이 무보상적 행위
를 통해 얻는 것은 전적으로 무해한 기쁨과 기분전환일 것이다.

　하루의 일부를 쪼개 걷기에 나서는 것은 이것이 내면의 기쁨
을 채우는 활동인 까닭이다. 이 활동은 분명 귀한 시간을 쪼개서 할
만한 가치가 있는 일이다. 걷기는 "소리로, 맛으로, 냄새로, 질감으
로, 색채로, 풍경으로" 세계를 겪으며 충만해지는 경험이고 자기 성
찰의 계기적 시간이며, 살아 있음을 오롯한 기쁨으로 만끽하는 기회
다. 걷고 나면 몸의 감각이 되살아나고, 둔중했던 기분은 가벼워지
며, 마음은 환희로 가득 찬다.

　걸어라, 그러면 더 행복해지리라! 들을 가로지르고, 산 능선
을 따라 나아가며, 바닷가를 끼고 저 멀리까지 나아가라! 이것저것
을 상상하고 머릿속에서 일어나는 생각을 곱씹으며 걸을 때 실타래
같이 얽힌 것들은 가지런해지고, 의혹과 혼란의 먹구름은 말끔하게
걷힌다. 그다음 가슴 한편에 샘물이 솟듯 기쁨이 솟는다. 걷기란 한
마디로 세계를 온몸으로 맞는 관능으로 초대하는 것이다. 우리가 두

다리를 써서 걸을 때 경험의 주도권은 우리에게로 돌아온다. 기차나 자동차 같은 문명의 도구들은 육체의 수동성과 세계에서 멀어지는 법을 가르쳐주지만, 걷기는 눈의 활동만을 부추기지 않고 온몸으로 세계를 끌어안도록 이끈다. 우리는 자주 목적 없이 그냥 걷는다. 지나가는 시간을 음미하고 존재를 에돌아가서 길의 종착점에 더 확실하게 이르기 위해 걷는다. 전에 알지 못했던 장소와 얼굴을 발견하고 몸을 통해서 무궁무진한 감각과 관능의 세계를 확장하려고 걷는다. 누군가 왜 걷느냐고 묻는다면 나는 길이 거기에 있기에 걷는다고 말할 것이다.

걷기는 시간과 공간을 새로운 환희로 바꾸어놓는 가장 느리고 고즈넉한 방식이다. 세찬 바람 속을 뚫고 걷는 일은 존재의 약동이고, 내면의 광맥에 닿음으로써 잠정적으로 자신을 놓아버리는 행위다. 그것은 어떤 정신상태, 세계 앞에서의 행복한 겸손, 현대의 이동수단들에 대한 무관심이거나 저항, 사물에 대한 상대성의 감각을 벼리는 일이다. 산책은 몸을 몸으로 되돌리는 행위이고, 서두르지 않고 시간을 향유하며 감각을 쇄신하는 인간 활동 중 하나다. 나는 여전히 산책자다. 이 자랑스러운 선언은 내 인간적 존엄을 고스란히 담아낸 것이다.

우리는
자기 안에 국경을
갖고 산다

국경의 긴 터널을 빠져나오자, 눈의 고장이었다. 밤의 밑바닥이 하얘졌다.

_가와바타 야스나리, 유숙자 옮김, 『설국』(민음사, 2002년)

조국을 떠나 다른 나라에 와서 거주하는 사람은 누구나 자기 안에 국경을 갖고 있다. 프랑스 철학자 기욤 르 블랑Guillaume Le Blanc은 외국인으로 사는 것이 "아무 곳에도 존재하지 않는 것이며 일정한 거처 없이 머무는 것"이며, "국가에의 소속과 참여의 결핍에서 산출된, 거의 지각되지 않는 일종의 중간지대 즉 이차적인 영역의 정체성"만을 갖는다고 말한다.(기욤 르 블랑, 『안과 밖』) 이들은 보이지 않는 "집단의 내적 국경"을 품고 아무도 아닌 자로 살며, 늘 추방의 위협에 떨며 겨우 불확실한 지위만을 누릴 수 있다.

많은 이주노동자가 그렇듯이 국가적 장소와 시간이 지워진 상태로 들어온 외국인들은 국지적인 토박이로 사는 동일자들이 태생적으로 공유하는 종족적·언어적 친밀성 바깥으로 내쳐진다. 동일자 질서의 재생산에서 배제되고, 동일자의 영토에서 자기 몫이 없다는 점에서 외국인들은 보이지만 보이지 않는 존재이고, 이들의 목소리는 메아리가 없는 부재의 목소리다. 그런 연유로 제 나라를 떠나 '국경'을 넘은 외국인들의 실존은 불안하고, 아무 보호도 받지 못한 채 차별과 비인간적 대우에 방치되는 경우가 잦다.

"국경의 긴 터널을 빠져나오자, 눈의 고장이었다. 밤의 밑바닥이 하얘졌다." 이토록 아름답고 시리도록 청결한 첫 문장이라니! 『설국』을 처음 읽은 것은 한국문학전집들을 독파하는 데 막 재미를 붙이기 시작한 청소년기였을 테다. 거의 반세기 전 일이지만 이 첫 문장은 가슴에 각인된 채로 남았다. 『설국』에 나오는 '국경'은 군마현郡馬縣과 니가타현新潟縣의 접경 지대를 가리킨다. 기차가 터널을 빠져나와 '설국'에 도착하는데, 이 터널은 군마현과 니가타현을 잇는 시미즈清水 터널이다.

　　가와바타 야스나리川端康成는 왜 굳이 터널을 통과하면 나오는 고장으로 들어서는데 '국경'이란 용어를 썼을까? 기차가 빠져나온 터널을 경계로 두 고장의 모습은 달라진다. 터널 저쪽이 회색빛 도시라면 터널 이쪽은 "밤의 밑바닥"까지 하얗게 변해버린 백색의 세계다. 흑과 백처럼 극명하게 달라진다는 뜻에서 두 세계에는 국경이 있는 셈이 아닐까? 이 '국경'이란 용어는 경계라는 뜻을 품으면서 뜻밖의 이격 효과를 불러온다. '국경'이란 말이 만드는 메아리는 실로 작지 않다.

　　『설국』에는 섬세한 감정의 포착, 눈 풍경에 대한 감각적인 묘사, 사랑을 '아름다운 헛수고'라고 말하는 주인공의 나른한 허무주의가 깔려 있다. 주인공 시마무라는 도쿄라는 번잡하고 낡은 인습의 세계에서 '국경'을 넘어 눈의 고장에 당도한다. "밤의 바다"까지 하얗게 만들어버리는 눈은 순수의 표상이다. 그곳은 눈의 고장이고,

아름다운 고마코와 요코가 있는 세상이며, 저 '국경'을 넘어야만 닿을 수 있는 먼 이방이다. 시마무라가 눈의 고장에 오려면 제 가슴 안에 '국경'을 넘어야 한다.

시마무라는 무용비평가라고 하지만 백수에 가깝다. 눈이 내리는 계절에 고마코라는 게이샤를 만나기 위해 '눈의 고장'을 찾는다. 어느 해 니가타로 오는 기차 안에서 본 요코라는 여성의 청순함에 이끌린다. 요코는 죽음을 향해 가는 유키오를 간호하는데, 그 치료비를 고마코가 대고 있음을 알게 된다. 고마코는 해마다 저를 찾는 시마무라에게 덧없는 애정을 느끼지만, 시마무라는 유키오가 죽고 혼자 남은 요코의 청순함에 이끌린다. 어느 겨울날, 시마무라는 고마코와 이야기를 나누는 가운데 마을 창고에 불이 난 것을 보고 급하게 창고로 향한다. 화재가 난 창고 2층에서 요코는 실신한 채로 꽃잎이 떨어지듯 추락한다. 그 장면을 시마무라는 "무저항, 생명이 사라진 자유로움으로 삶도 죽음도 정지한 모습"으로 제 마음에 각인한다.

『설국』은 조각보처럼 여러 단편을 이어 붙인 작품이다. 온통 폭설로 뒤덮인 이국 온천 지대의 풍경과 풍습이 손에 잡힐 듯 인상적으로 그려지는데, 서사의 줄기가 뚜렷하지는 않는다. 스웨덴 한림원은 1968년 가와바타 야스나리를 "자연과 인간 운명에 내재하는 존재의 유한한 아름다움을 우수 어린 회화적인 언어로 묘사"해냈다는 선정 이유를 밝히며 노벨문학상 수상자로 호명한다.

일요일에는
게으름을 피우며
느리게 살자

말하자면, 게으르다는 것은 있는 그대로 내버려둔다는 것이다. 그것은
슬기로움이나 너그러움의 한 형태다. 물러났다가 세상으로 다시 돌아와
야 한다. 이러한 삶의 방식은 한가로이 거닐기, 남의 말 들어주기, 꿈꾸
기, 글쓰기 따위처럼 사람들이 별로 소중하게 여기지 않는 순간에 깃들여
있다.

_피에르 쌍소 외, 함유선 옮김, 『게으름의 즐거움』(호미, 2003년)

가끔 버트런드 러셀Bertrand Russell의 『게으름에 대한 찬양』을 일부러 찾아 읽는다. 근대에 창안된 기술과 유행들이 사회 전반을 압도하면서 세계가 빠른 속도로 바뀌고, 그 환경 속에서 나 자신을 잃었다는 자각이 찾아들 때마다 나를 다독이는 일이 필요하다. 오늘날 과학과 기술이 일으키는 변화의 속도는 멀미를 일으킬 만큼 빠르다. 모더니스트 시인 이상과 같이 시대를 훨씬 앞지르는 근대인이었던 '모던 뽀이'조차도 졸도할 듯한 위협과 현기증을 느낀다. "암만해도 나는 19세기와 20세기 틈바구니에 끼여 졸도하려 드는 무뢰한인 모양이오. 완전히 20세기 사람이 되기에는 내 혈관에는 너무도 많은 19세기의 엄숙한 도덕성의 피가 위협하듯이 흐르고 있소 그려."(이상, '사신')

전근대에서 근대로 이행하는 '사이'에 끼어 있는 사람은 누구나 '무뢰한'이다. 시대와 가치관의 유동과 변전의 속도에 미처 적응하지 못하자 근대의 총아인 이상마저도 멀미와 현기증을 느꼈다. 그들이 누린 게으름은 당대의 노동 분업과 생업의 분주함에 대한 영웅적 저항이다. 그들은 액체화되어 흐르는 근대를 먹어치우고, 근대의 징후들과 그 이미지들을 언어적 현존으로 뱉어낸다.

내 안에는 땅을 향한 갈망이 살아 숨쉰다. 땅과 이어진 느림의 삶을 누리려면 디지털 권력과 관심 경제attention economy로 흩어진 관심의 주권을 되찾고, 신체 감각을 땅에 잇고 확장해야 한다. 디지털 기기의 전원을 끄고 자연에 깃든 정적을 받아들이며 '아무것도 하지 않는 삶의 순간'을 느린 리듬을 되찾는 것이야말로 우리가 행복해지는 조건이라는 뜻이다.

고용노동부가 입법 예고했던 근로시간 개편안은 노동 시간의 경계를 유연하게 하자는 것이 핵심이다. 이 개편안은 주당 최대 52시간 노동이란 근로 조건의 틀을 바꾸는 걸 전제로 한다. 일할 때 몰아서 하고 쉴 때는 푹 쉬자는 것이 개편안의 고갱이다. 인력난에 시달리는 중소 제조업체에서 성수기나 납품량이 급증할 때 노사 합의로 시행한다고는 하지만, 그래도 장시간 노동이 우리 신체와 정신에 일으킬 부작용을 세심하게 살펴야 한다.

좋은 노동이란 항상 땅과 땅의 충만감을 갈망하는 인간의 욕구에 응답한다. 땅과의 접촉에서 분리되는 노동은 우리를 과부하로 내몰 수 있다. 노동은 삶을 좋은 방향으로 바꾸려는 노력이고, 자아실현이다. 그것은 우리 현존의 기반이면서 다른 한편으로 더 많은 돈과 여유, 경제적 안정을 이유로 우리 하나하나를 식민지로 삼는 매개다. 워커홀릭 대부분은 행복하지 못한데 이것은 업무 성과와 생산성을 숭배하는 사회의 지배에서 자유롭지 못한 까닭이다. 워커홀릭은 아무것도 하지 않는 무위의 시간을 견디지 못한다. 그들은 한 장소에 고요하게 머물며 살아 있음을 느끼고, 신체 감각을 자연에 더 밀착시킬 기회를 잡지 못하는 불가능에 빠져 있다.

다시 한번, 오늘날에 느림과 게으름의 의미를 돌아보는 일은 예사롭지 않음을 되새긴다. 피에르 쌍소Poerre Sansot는 느림과 게으름에 붙은 혐오의 딱지를 떼고 그 가치를 조명한 프랑스의 철학자다. 자, 오솔길을 게으르게 걸어보자. 주변 풍경에 정신이 팔려 이것저것 해찰을 하면서 걸어보자. 그런 찰나, 숲속의 향기, 바람의 쾌적함, 직립한 두 다리를 떠받치는 대지의 단단한 안정감이 오롯이 내 것으로 바뀐다. 게으름이 거머쥔 느림은 일에서의 해방이고, 쉼, 여유, 한가로움 그 자체다. 온갖 즐거움과 행복의 겨움을 향유할 자유도 느림과 게으름이 거들지 않는다면 절대 불가능해진다.

생산과 효율성을 섬기는 자들이 느림과 게으름을 미천한 행위로 낙인찍고 쫓아버린 것은 어리석음 중 하나다. 우리의 불행은 느림과 게으름의 가치를 잊은 채로 그것에서 멀어진 데서 시작되었다. 느림과 게으름이 품은 평화, 안식, 느긋함, 창조의 기쁨은 사라지고 상생의 미덕은 얇아졌다. 그 대신 사나운 경쟁과 속도주의가 세상에 득세한 뒤로 우리 삶은 전에 없이 작아지고 비루해졌다. 행복의 유효기간은 더 짧아지고, 불행의 지속 시간은 늘어났다. 나날이 일요일인 듯 게으름을 피우며 느리게 살자. 우리 삶이 지금보다 더 나빠지는 경우는 없을 테다.

네가 누구냐를 아느냐보다
누가 너를 아느냐가
더 중요하다

살아온 세월에 상관없이
이력서는 짧아야 하는 법

간결함과 적절한 경력 발췌는 이력서의 의무 조항,
풍경은 주소로 대체하고,
불완전한 기억은 확고한 날짜로 탈바꿈시킬 것.

결혼으로 맺어진 경우만 사랑으로 취급하고
그 안에서 태어난 아이만 자식으로 인정할 것.

_비스와바 쉼보르스카, 최성은 옮김, 「이력서 쓰기」, 『끝과 시작』
(문학과지성사, 2016년)

이력서를 쓸 때마다 난감해진다. 이력서에 기입할 만한 그럴듯한 학벌도 출세한 경력도 전무한 탓이다. 나는 젊은 시절 아무것도 아닌 존재, 곰팡이거나 유언비어와 같이 한심한 존재에 지나지 않았다. 스무 살 청년 백수로 음악감상실과 시립도서관을 오가며 세상을 겪었다. 처음으로 커피 향을 맡고, 까르륵 웃는 아기들에 경탄하며, 모란과 작약이 피어나는 계절에 내 감각이 깜짝 깨어나는 데 놀랐다. 나는 인간의 마음이 분자적으로 작동한다는 걸 겨우 깨닫고, 지구라는 별에 불시착했음을 알아챘을 뿐이다.

내가 깨달은 진실은 인간은 고작해야 태어나 일하고, 먹고, 웃고, 슬퍼하다 죽는 존재라는 것이다. 내 앎과 경험의 전부는 이력서에 적을 수 없는 것투성이다. 이력서에는 나를 인간으로 빚은 독서 경력이나 방황의 이력, 우정의 변천사, 세상의 경이로움에 대한 깨우침 따위를 적을 수는 없다. 이력서가 요구하는 것은 삶의 숨은 진실이 아니라 개관적 사실뿐이다.

이력서는 제목만 있고 내용은 없는 소설에 견줄 수가 있을 거다. 이력서란 세상이 요구한 최소한도의 자기 증명일 테다. 젊은 시절에 여러 번 이력서를 썼다. 이력서를 썼던 까닭은 내 사회 조직의 일원으로 소속된 채로 아침에 일어나고, 혼잡한 대중교통을 이용해 어딘가로 나가기 위해서였다. 일을 하라! 너의 시간을 노동으로 채우고, 그것을 임금과 교환하라! 세상은 그렇게 명령한다.

비스와바 쉼보르스카Wislawa Szymborska는 이력서를 쓰는 법에 대해 쓰며 삶의 모순적 진실을 밝혀낸다. "이렇게 쓰는 거야. 마치 자기 자신과 단 한 번도 대화한 적 없고,/언제나 한 걸음 떨어져 객관적인 거리를 유지해왔던 것처럼." 혹은 "풍경은 주소로 대체하고,/불완전한 기억은 확고한 날짜로 탈바꿈시킬 것." 나는 이력서 쓰는 법을 모르지 않았지만 그럼에도 이력서를 쓸 때마다 심한 좌절을 겪었다.

> 네가 누구를 아느냐보다, 누가 널 아느냐가 더 중요한 법.
>
> 여행은 오직 해외여행만 기입할 것.
>
> 가입 동기는 생략하고, 무슨 협회 소속인가만 적을 것.
>
> 업적은 제외하고, 표창 받은 사실만 기록할 것.

이 시는 우리가 이력서를 쓰면서 왜 번번이 좌절을 겪어야 하는지, 그 사정을 조목조목 짚어낸다. 이력서에는 내가 '나'라고 믿는 모든 요소들, 삶의 맥락들, 그리고 감정의 파동들을 담아내는 게 불가능하다. 이력서는 그저 "살아온 세월"과 그 과정의 숭고함을 돌아보지 않고, 항상 형식에 치우친다. 이력서에는 정작 중요한 내역을 건너뛰어야만 한다. 이력서는 내가 누구인지를 제대로 드러내 보일 수가 없다. 나는 늘 서류 분쇄기 속에 사라지고 말 이력서에 목을 매는 인생은 가엾다고 생각한다.

인간은 우주 속에서 하나의 수수께끼다. 인간은 진화의 역사에서 이루어진 생식세포의 고리 속 하나를 이루는 고리, 유전자의 전달자, 지각을 가진 '생존기계'다. 인간은 언젠가는 죽는 존재다. 이로 인해 인간은 더욱 수수께끼가 되고 만다. 단세포 해조류와 균류에게 생각이 필요 없는 것은 그것들이 개체로서 죽음을 겪지 않기 때문이다. 죽음이 없는 것들에게는 살아남으려는 노력도 무의미하다. 죽음에 잇대어져 있는 생명체는 제 체세포를 환경에 최적화 상태로 제 형태를 바꾸며 진화해온 긴 여정으로 제 역사를 써간다. 정말 인간에게 중요한 것은 무엇인가? 기억하라, 그것은 이력서에는 적을 수 없는 인간적 진실의 깊이, 아름다움과 숭고함에 반응하는 에피파니의 찰나들, 삶과의 뜨거운 싸움, 우정의 역사 따위다.

나는
전적으로
신체일 뿐이다

"나는 전적으로 신체일 뿐, 그 밖의 아무것도 아니며, 영혼이란 것도 신
체 속에 있는 그 어떤 것에 붙인 말에 불과하다"고. 신체란 커다란 이성
이며, 하나의 의미를 지닌 다양성이고, 전쟁이자 평화, 가축 떼이자 목자
이다. 형제여, 네가 '정신'이라고 부르는 너의 작은 이성, 그것 또한 너의
신체의 도구, 이를테면 너의 커다란 이성의 작은 도구이자 놀잇감에 불과
하다.

_프리드리히 니체, 정동호 옮김, 『차라투스트라는 이렇게 말했다』
(책세상, 2000년)

내가 여섯 살이거나 일곱 살 때였을 거다. 혼자 방에 있다가 손을 유심히 들여다보게 되었다. 작은 손을 앞뒤로 뒤집으며 들여다보았다. 손은 참 이상하게 생겼구나! 손금이 그어진 손바닥과 길이가 다른 다섯 개의 손가락이 뻗어 나온 손을 들여다보니, 미처 생각지도 못한 의문이 일어났다. 손은 왜 이렇게 생겼을까? 아마 처음으로 그런 의문을 품었을 것이다. 당연한 것은 당연한 것이 아니다. 그건 내가 몸 가진 존재라는 인식의 시작점이었다. 몸이 있어야 삶도 있을 수 있다는 생각을 품은 것은 조숙한 탓이었을까?

아버지는 뼈를 주고, 어머니는 피를 주었다. 덕분에 나는 몸으로 사랑하고 몸을 써서 일을 하는 존재가 되었다. 몸이 없다면 사랑도 일도 불가능할 테다. 몸은 자아의 '벙커'이자 존재를 감싸는 '거푸집'이다. 살갗 아래 이것은 하나의 기적, 가장 경이로운 미스터리일 것이다. 타인은 나를 신체로 발견한다. 채혈을 하려고 주삿바늘이 몸을 찌를 때 나는 진저리를 친다. 이 끔찍함은 내 몸이 이것을 공격으로 인식하는 탓이다. 반면 맛있는 걸 먹으면 만족감에 젖은 고양이가 가르랑거리듯 콧노래라도 부르고 싶다.

나는 전립선과 괄약근을 가졌다. 두 신체 기관은 뇌나 심장에 견줘 덜 중요하다고 여겨진다. 이것은 존재감이 미약해서 아프기 전에는 제가 있음을 잘 드러내지 못한다. 전립선과 괄약근은 그 나름으로 내 존재를 떠받치는 신체 기관들이다. 건강검진을 받은 뒤 내 전립선이 커진 걸 알았다. 전립선이 비대해지면 여러 문제를 야기한다. 주치의는 비뇨기과에서 정밀 검사를 받아보라고 권하지만 그 검사를 차일피일 미루고 있다.

피가 흐르는 혈관의 길이는 총 11만 2,000킬로미터, 지구를 두 바퀴 반이나 도는 길이다. 피는 세포들에 산소와 영양분을 운반하고, 노폐물과 찌꺼기는 수거한다. 우리가 생명을 유지하는 것은 피가 쉬지 않고 일하는 덕분이다. 이 놀라운 물질은 붉은 액체로 된 정신이다. 피는 기질과 존재론적 특성을 품는다. 따라서 피는 존재 증명의 수단이다. 한 철학자는 '피로 써라!'고 명령한다.

물고기가 물속에서 지느러미를 살랑이며 움직이는 걸 관찰하며 나는 자주 놀란다. 물고기를 좋아하는 것은 내가 물고기를 관찰하는 눈이 있기 때문이다. 눈은 수정체, 망막, 동공으로 이루어지고, 이것을 시신경이 감싼다. 눈은 세상을 보는 창이다. 눈꺼풀 아래 눈이 있다는 사실은 얼마나 다행인가! 눈꺼풀은 눈을 보호한다. 나는 눈으로 달빛 너머의 세상을 보고, 눈으로 본 것을 시로 쓴다.

위는 신체의 축소판이다. 나는 위를 통해 인생의 비통함과 비루함을 배웠다. 본 적은 없지만 내 위가 작을 것이라고 상상한다. 적

존 레이버리, 〈아버지와 딸〉
1898년경, 캔버스에 유채, 프랑스 파리 오르세 미술관 소장.

게 먹어도 위는 금세 포화 상태에 이른다. 위는 근육의 크기는 주먹만 하지만 신축성이 뛰어나 잘 늘어난다. 네가 먹은 것을 말해봐. 네가 누구인지를 말해줄게. 위는 음식물을 분자 단위로 분해하고 위액을 섞어 소화시킨다. 이것은 휴식을 모르고 일하는 일꾼이고, 가장 겸허한 노동자다.

나는 담낭이 우리 신체 내부에서 어떤 일을 하는지는 잘 모른다. 의사조차도 "담낭은 쓸모가 없어요. 문제를 일으킨다면 당장 떼어내세요"라고 말한다. 담낭 제거 수술은 간단하다고 한다. 하지만 나는 당분간 담낭을 없앨 계획이 없다. 쓸모없는 것은 쓸모없는 그것대로 그냥 두고 싶다. 담낭이 쓸모없게 된 것은 담낭의 문제가 아닐 테다. 농업혁명 이후 크게 바뀐 생활환경 탓도 있겠지만, 그것은 내 일이 아니다. 나는 갑상샘 항진증이나 저하증을 앓는 이의 고통을 모른다. 내 아내는 갑상샘이 고장 난 탓에 가끔 식욕이 폭발해서 폭식을 한다. 그래도 체중은 준다. 열량을 과소비하고 신진대사가 빨라진 탓이다.

"반짝이는 존재의 둔덕, 쥐색 세포들의 의회, 꿈의 공장, 공 모양의 뼛속에 들어 있는 작은 폭군, 모든 것을 담당하는 뉴런들의 밀담… 그 변덕스러운 쾌락의 극장."(다이앤 애커먼, 『마음의 연금술사』) 이것은 무엇일까? 바로 뇌다. 이것은 "복잡한 화학공장"이자 "자그마한 번개들이 여기저기 번쩍이는 무정한 공간"(앞의 책)이다. 뇌에는 작게 쪼개진 자아들이 머문다. 뇌는 경험을 기억으로 배열하고, 직관과 은유를 길어내는 만능 천재다. 이것은 미래 계획을 세우고 여러 사안을 결정하며, 특정 취향으로 이끌고 삶을 빚는다. 일상의 감시인이자 생물학적 필요에 부응하며 삶을 빚는 장인인 내가 없다면 우리는 아무것도 아닐 것이다.

신체보다 이성과 정신이 우월하다는 인식은 오랜 동안 서양에서 공인된 인간 이해의 바탕이었다. 그런 인식의 두터움 속에서 신체는 하찮은 것으로 여겨지며 홀대를 받았다. 기껏해야 자아라거나 정신이라는 것의 부속물에 지나지 않는다고 여겨졌던 것이다. 프리드리히 니체Friedrich Nietzsche는 거기에 반기를 들고, 신체가 잃어버린 주권을 복권시킨다. 신체는 이성이나 정신의 도구가 아니라 우리가 가진 자원의 전부다. 우리는 신체로서 밥 먹고 일하며 사랑하고 잠을 잔다. 신체 없이 인간은 아무것도 아니다. 신체는 언제나 존재의 외관 그 이상이다. 우리는 하나의 신체로서 "커다란 이성"이고, 내 존재는 반박할 여지없이 "전적으로 신체"일 뿐이다.

바다는
처음의
자유다

바다가 요구하는 자질들은 겉으로 보기엔 서로 모순적이다. 바다는 체계적인 방법과 과감한 시도, 숙련과 임기응변, 협력과 자율을 동시에 요구한다. 사실 이러한 자질들은 정확히 개인의 자유라는 이데올로기가 등장하는 데 필요한 것이기도 하다. 자유의 이데올로기는 무정부주의로 변질되지 않기 위해 명확한 제도적 틀 안에 새겨질 필요가 있다. 그럼에도 바다는 가장 나쁜 형태로 인간이 인간을 착취하는 장소이기도 하다. 수많은 선주들이 수많은 선원들을 착취한다. 마치 현실이 되기 전의 자유란 그저 관념에 불과하다는 것을 실제로 보여주려는 것만 같다. 바다는 생명을 낳았다. 그리고 5억 년이 지난 뒤, 바다는 자신의 피조물 중 하나에게 스스로 자유로이 생각하는 능력을 주었다.

_자크 아탈리, 전경훈 옮김, 『바다의 시간』(책과함께, 2021년)

바다는 내륙이 끝나는 곳에서 펼쳐진 신세계다. 여기 육지가 있다면, 저기에 바다가 있다. 바다는 내륙의 외부다. 바다는 언제나 새로 시작한다. 바다는 뭇 생명의 발생 조건으로 완벽하다. 바다에서 미토콘드리아를 갖춘 단세포 유기체인 진핵생물들이 생겨나고, 이것이 몇 억 년 동안 분화를 거쳐 뭇 생명들로 나타난다. 척추동물의 일부에서 진화한 인류의 조상도 바다에서 나서 내륙으로 이동했을 것이다. 그러므로 바다보다 더 생명윤리학의 기초 교양을 기르기에 적당한 곳은 없다.

들은 굳어진 땅이고, 바다의 수량은 가늠할 수조차 없다. 바다는 출렁이는 물로 가득 찬 곳이다. 물은 흐르고 유동하는 것의 총체인데, 바다는 유동하고 출렁이는 시간으로 채워진다. 바다의 시간은 그 무엇에도 속박당하지 않는 비일상의 시간, 피안 저 너머의 시간이다. 바다는 내륙의 부동성을 밀어내며 출렁이는데, 늘 같은 자리에서 출렁이는 바다를 바라보며 자란 이들의 인격은 구질구질하지 않다. 바다가 베푸는 부富와 너그러움 같은 혜택을 받은 탓이다.

나는 내륙의 인간이다. 들의 사람으로 반평생을 사는 동안 나는 들이 생산한 것을 먹고 살을 찌우고 뼈를 키웠다. 나의 피, 생리와 기질, 인격은 모두 들에서 온 것이다. 들은 나의 가능성이자 한계다. 내 안의 내륙 기질은 바다의 부재 속에서 만들어졌다. 내륙의 인간은 땅의 배꼽에서 나온다. 땅의 향기, 땅의 기운생동, 땅의 무량함속에서 인격의 바탕을 빚은 자는 오직 내륙의 관점에서 세계를 보고 인식한다. 그게 자연스럽다. 들은 어머니의 어머니의 어머니의 땅이자 아버지의 아버지의 아버지의 땅이다.

땅은 솟고 가라앉는데, 땅에서 평평한 들은 비옥하다. 강과 하천들은 휘어지고 돌아나가며 들에 물을 공급한다. 조상에게 농법을 전수받은 이들에게 땅의 슬픔과 기쁨, 땅의 평등은 내륙 인간의 운명이자 이념이다. 땅은 자연발생적으로 생겨난 마을에 붙박이로 사는 자들의 유일한 근거다. 들 위에 마을이 서고, 씨족공동체가 번성했을 테다. 그런 마을엔 낡은 신발을 질끈 묶고 일하는 사람들, 농사를 천직으로 아는 이들 말고도 금치산자, 도박꾼, 미친 사람들이 산다. 어느 마을에나 금치산자, 감옥을 나온 자, 패륜아, 허풍쟁이들이 있다. 내가 보기에 내륙은 온갖 인간 군상의 박물관이다.

땅은 농업의 신 사투르누스가 지배한다. 흙에서 나와 흙으로 돌아가는 사람들은 사투르누스를 두려워한다. 내륙의 인간들에게 땅은 조상들의 묘지가 펼쳐지는 바다다. 조상의 뼈와 고혼을 묻은 곳, 이곳은 고토다. 이 고토 위에 세워진 게 '질마재'와 같은 마을들이다. 서정주 시인이 마을의 소문을 민속학적이고 인류학적으로 솜씨 좋게 복원해낸 『질마재 신화』는 '이것이 삶이다!'고 외치는 듯하다. 마을은 사건과 사고의 현장이다. 연애 소문이 무성하고, 인간관계의 비밀이 번성하는데, 시인은 여기에 그들의 슬픔과 해학, 음담패설과 풍속사를 뒤섞어 '마을의 신화'를 빚는다. 이것은 땅과 그 위에 사는 사람이 빚은 '하도나 많이 문질러진' 이야기들의 집약이고, 이 이야기들이 설화와 민담의 시원이다.

땅의 수확물을 거두어 먹고, 자연재해를 견디는 동안 내륙의 인간들에겐 땅과 맺은 관계의 양태로 각각의 인격이 부여된다. 들에서 태어난 자는 다 들의 자산이다. 그를 기른 것도 들이요, 그가 죽어 묻힐 곳도 들이다. 우리를 거두고 기른 것은 대지모신이다. 그들은 땅에서 죽는 숙명에 순응한다는 점에서 운명론자들이다. 하지만 토지는 그들의 소유가 아니었다. 그들은 봉건주의 왕조 국가와 지대地代에 예속되고 지배당했다. 국가는 봉건적 토지 소유자였으므로 농사를 짓는 이들은 토지에 물리는 조세와 지대를 국가에 바쳤다.

아시다시피 바다의 신은 포세이돈이다. 포세이돈이 하품을 하면 바다에서는 태풍이 일어난다. 태풍의 중심엔 눈이 있다. 누구의 소유도 아닌 바다는 날마다 변화무쌍하다. 격랑이 휘몰아치는가 하면 이내 잠잠해진다. 이는 포세이돈의 기분이 시시각각으로 바뀌기 때문이다. 바다에 오면 파도의 말에 귀를 기울여라. 바닷가에서는 가난조차 누추하지도 부끄럽지도 않다. 바다는 언제나 그 누추함을 넘치게 보상한다. 바다가 가르치는 덕목은 속박당하지 않는 자유와 숭고함, 삶의 영예다. 바다에서 배울 진리는 단 하나, "쩨쩨하게 살지 마라!"는 것이다.

일상의 반복과 관습에 질식할 것 같은 이들은 부디 바다로 달려오라! 바다에 오면 가슴이 탁 트인다. 바다는 처음의 자유다. 우리 눈길이 저 수평선에 가닿을 때 망막을 때리는 망망대해는 인간의 불행을 축소시키는 효과가 있다. 내륙의 인간은 땅에 발을 딛고 서서 밤하늘의 오리온좌, 큰곰좌, 북두칠성 같은 별자리를 올려다보고 나아갈 길의 방향을 가늠하고, 미래의 길흉화복을 점친다. 내륙의 인간에게 바다는 영원한 결핍, 겪지 못한 자유의 경험, 끝내 도래하지 않은 시간이다. 바다에서는 누구나 신분의 위계와 관계의 속박에서 벗어날 수 있다. 바다는 한마디로 그 누구의 것도 아닌 자유가 넘치는 곳이다.

들에서 나고 자란 나는 왜 그토록 바다를 좋아할까? 바다는 모두의 소유, 모두의 자유, 모두의 숭고를 아우른다. 3,000만 년 전 영장류 가운데 일부가 바다를 항해한 이후 바다는 줄곧 내륙에서 살 수 없는 사람에게 단 하나 열린 탈주의 길이다. 많은 이가 목숨을 걸고 낯선 나라, 낯선 도시에서 새로운 삶을 꿈꾸며 바다를 건넌다. 고향을 벗어나 모험을 꿈꾸는 자들은 항상 여기 아닌 다른 곳을 동경하는 법이다. 바다 저 너머는 내게 익숙한 세상과는 다른 세상이다.

바다는 미지에 대한 동경을 우리 안에 이식하며 유혹한다. 여기가 아닌 곳, 저 먼 곳으로 떠나자!

나는 왜
당신의 하얀 팔을
사랑했던가?

그녀의 하얀 팔이
내 지평선의 전부였다

_막스 자콥, 장석주 엮음, 「지평선」,
『장석주 시인의 마음을 흔드는 세계 명시 100선』(북오션, 2017년)

사람은 무의 광대무변한 고요 속에서 떨어져 나온 하나의 물방울이다. 하지만 누구나 사람과 사람 사이에 있을 때 비로소 사람다워진다. 저 혼자 외따로 떨어져서 '사랑 없음'이라는 근원적 결핍을 안고 메마른 삶을 견디는 자는 불행하다. 고독은 흩어진 자아를 한자리에 모으는 깔때기다. 견고한 고독은 철학자에게 깊은 사유라는 선물을 준다. 누군가를 사랑한다는 것은 '혼자'를 벗어나는 일이다. 사랑은 혼자 있는 이들에게 본성에서의 갈망이자 감미로운 명령이고, 유토피아적 달콤한 꿈이다. 누군가를 사랑하지도 않고도 잘사는 사람이라면 그는 신체적으로나 정신적으로 어마어마한 힘을 가진 사람이거나 세상에서 파편으로 떨어져 나온 미친 사람일 테다.

사랑은 사랑하는 이와 함께 있고자 하는 욕구의 가장자리에서 바글거린다. 두 몸이 함께 있을 때조차도 사랑하는 이들은 외롭다. 대상을 향한 '나'의 욕구는 끝내 채워지지 않는 결핍이기 때문이다. 사랑을 받아본 적이 없다면 그것은 낯선 경험일 테다. 그이들은 사랑이라는 낯선 감정 앞에서 먼저 두려움을 갖는다. 사랑을 모르고 사랑하니 사랑이 낯설고 두려운 것이다. 사랑은 항상 똑같은 경험의 반복이 아니다. 더 많은 사랑을 겪어봐야 사랑을 더 잘 알 수 있다.

사랑이 깨지는 이유는 사랑을 모른 채 사랑에 빠지기 때문이다. 우리가 모르는 것은 사랑의 대상이 아니라 그 대상으로 향하는 제 욕망이다. 하필이면 왜 사랑하는 대상이 그(그녀)여야만 하는가?

뇌에서 옥시토신 분비가 활발해질 때 상대에 대한 애착이 커진다. 동시에 세로토닌과 코르티솔이라는 화학물질을 내뿜어 뇌수를 적신다. 세로토닌은 행복감을 주는 호르몬이고, 코르티솔은 스트레스 호르몬이다. 그러니까 사랑은 행복과 스트레스를 동시에 불러오는 사건이라는 뜻이다. 사랑은 사랑에 대한 생물학적 욕구이자 불꽃같이 일어나는 감정놀음이다. 말이 행동으로 이어지지 않을 때 '사랑한다'는 말은 공허한 메아리로 사라진다. 그럴 때 말은 가지에 내려앉지 못하는 새고, 가지에 맺지 못한 열매다.

사랑에 빠진 사람들이 언제나, 자, 지금부터 사랑에 빠지자고 선언하는 것은 아니다. 자기도 모르는 사이에 사랑에 빠지고, 이전과는 다른 감정으로 채색된 세상으로 불쑥 진입한다. 결혼과 동시에 두 사람은 사랑의 '밀당'을 그치고 두 사람의 관계를 지속 가능한 우정의 연대로 바꾸어야 한다. 사랑이 갑자기 다가온 뇌에서 분비되는 사랑 호르몬 때문에 벌이는 한바탕 미친 소동이라면, 결혼은 이성의 선택으로 지속되는 나날들이 펼쳐지는 무대일 것이다.

이건 놀랍도록 절제된 사랑의 시다. 매양 보는 여자의 하얀 팔에서 지평선을 끌어내는 상상력이 놀랍다. 한 번도 사랑에 빠져본

적이 없던 스무 살 때다. 민소매 바깥으로 빠져나온 그녀의 매끈하고 하얀 팔은 눈부셨다. 심장이 마구 펄럭거렸다. 그 팔은 아기를 안을 팔이고, 별과 들과 강을 안을 팔이며, 은하를 다 품을 정도로 길게 늘어나는 팔이다. 그 팔은 향기로운 꽃이고, 무지개이며, 끝 간 데 없이 펼쳐진 지평선이다. 지금도 그 하얀 팔이 환영처럼 떠오른다. 그 하얀 팔을 볼 수 없으니 내 지평선은 영영 사라졌다. 그때 나는 처음 깨달았다. 사랑은 가장 원초적인 삶의 몸짓이고, 삶의 핵심을 드러내는 존재-사건으로 다른 무엇보다도 육체의 욕망과 영혼의 가변성과 유동성을 드러낸다는 것을.

이 사랑스러운 시를 쓴 막스 자콥Max Jacob은 초현실주의 예술 사조가 태동하는 데 힘을 보탠 프랑스 시인이다. 그는 파리 몽마르트르에서 시인 아폴리네르와 화가 피카소 등과 교유하고, 가정교사·벽돌공·점술가·경비원·세일즈맨 등의 직업을 전전하다가 제2차 세계대전 중 강제수용소에서 죽은 사람이다.

고양이가
우리에게
온다는 것은

어느 정도 나이를 먹은 뒤에는 새로운 사람, 동물, 꿈, 사건이 생기지 않는다(아주 어린 나이에 이렇게 되는 사람도 있다). 모두 전에 겪었던 일, 전에 만났던 사람이 다른 가면을 쓰고 나타날 뿐이다.

_도리스 레싱, 김승욱 옮김, 『고양이에 대하여』(비채, 2020년)

도리스 레싱Doris Lessing의 『고양이에 대하여』는 읽을수록 놀라운 산문집이다. "어느 정도 나이를 먹은 뒤에는 새로운 사람, 동물, 꿈, 사건이 생기지 않는다." 이 문장을 읽으면서 무릎을 친다. 고양이가 우리에게 온다는 것은 놀라운 꿈의 실현이고 가슴을 벅차게 하는 일대 사건인 것이다. 고양이 한 마리가 오면서 우리의 밋밋한 일상에는 날마다 기쁨과 생기가 더해졌다.

　　우리가 파양한 새끼 고양이 한 마리를 들인 것은 3년 전이다. 고양이 육아 경험을 쌓은 뒤 우리는 아기 고양이를 새로 입양한다. 충남 예산에서 구조된 길고양이가 낳은 아기 고양이 다섯 마리 중 하나다. 우리는 아기 고양이 입양처를 구한다는 소식을 듣고 꽤 먼 곳까지 차를 운전하고 가서 생후 두 달 된 아기 고양이를 데려왔다. 코리안 숏 헤어라는 이름을 얻은 고양이의 후손이다. 몸무게 1킬로그램을 갓 넘긴 아기 고양이의 몸통을 감싼 짧은 털에 두드러진 무늬는 고등어 무늬와 닮았다.

　　종일 관찰해보니 아기 고양이의 활동량은 입이 딱 벌어질 만큼 경이롭다. 고양이의 활동은 노예 같은 인간의 노동과는 확연하게 차이가 느껴졌다. 인간은 노동과 수고의 지속을 통해서만 무언가를 이루며 자기 성과를 달성한다. 그것은 땀을 흘려야 하는 고역이고, 그 수고는 즐거움을 배제한다. 인간은 노동으로 존재의 생기를 소진시키지만, 고양이의 활동은 피로가 쌓이지 않는 발랄함 그 자체다.

고양이의 움직임은 뇌 중추에서 일어나는 생각을 바깥으로 표출한 결과물이다. 인간의 생각함은 뇌 중추에 갇힌 운동성이다. 인간의 생각이 외부 운동을 내면화한 것이라면 고양이의 운동은 곧 고양이의 본성을 외부화한 것이다. 생각을 즉각 운동 에너지로 전환하는 뛰어난 능력 탓에 고양이는 피로나 죽음을 모르고 존재의 고갈을 모른다. 고양이는 수고를 찢고 솟구친다. 고양이는 자유이고 생명의 환희, 빛과 음악, 기쁨으로 빚은 존재 자체다.

불안이나 회의가 고양이를 덮칠 수는 없다. 고양이는 놀이와 운동으로 빚은 신성한 긍정의 정수이고, 욕망으로 퇴행하는 대신 늘 새로운 생성으로 나아간다. 오늘의 고양이는 어제와 달리 새롭다. 어제라는 껍질을 벗고 새로운 존재의 옷을 입기 때문이다. 고양이는 존재의 최고 높은 단계의 양태를 아무렇지도 않게 연출한다. 고양이는 평화스럽고, 다정하며, 행복한 모습이다. 먹고 놀고 사랑하라! 고양이는 단순함에 충직한 태도를 따름으로써 우리를 부끄럽게 한다. 우리의 불행이란 대부분 복잡함에서 온다. 악마는 우리에게 '복잡하게, 더 복잡하게 살아라!'고 속삭인다. 법을 자주 바꾸어 복잡하게 꾸리는 자들을 항상 경계하라.

우리가 불행을 피하지 못하는 것은 기술이 없어서가 아니라 너무 많은 불행을 피할 기술로 인해 우왕좌왕하고, 무언가를 하지 않기 때문이 아니라 너무 많은 것을 하려는 욕망의 과잉으로 불행의 덫에 빠진다. 건강 정보 홍수 속에서 허우적이며 병에 드는 것과 같은 이치다. 삶에서 써먹을 수 있는 정신적 도구를 갖고 있지만 그게 다 무슨 소용인가! 욕망이라는 짐승이 우리의 착함과 영리함을 다 집어삼킨다. 좋은 삶을 망치는 것은 탐욕과 분노, 이기주의, 추악한 욕망의 형해들이다. 항상 심플한 게 더 좋다. 좋은 삶을 살려면, 우리 안의 허접하고 복잡한 욕망들을 덜어내고 고양이의 단순함을 본받으며, 날마다 고양이에게서 영감을 받으시라.

진짜
위험한 것은
산다는 것

진짜 위험한 것은 산다는 것, 바로 그거야. 살아 있다는 것은 그저 존재
가 혼란스러워지는 것이지만, 존재를 매 순간 원래의 무질서 상태까지 해
체하며 생긴 불안을 먹이 삼아, 매 순간 존재를 변조하려는 진짜 정신 나
간 일이라고. 이렇게 위험한 일은 어디에도 없어. 존재 자체에는 불안한
것이 없는데 산다는 것이 그것을 만들어내는 거지.

_미시마 유키오, 박영미 옮김, 『오후의 예항』
(문학과지성사, 2022년)

산책에서 돌아와 스탠드등을 밝히고 어제 읽던 독일 시인 요제프 폰 아이헨도르프Joseph von Eichendorff의 시집을 읽는다. 시집을 읽을 때 고양이들은 내 곁으로 다가와 애기가 칭얼대듯 공연히 운다. 시집을 내려놓고 심심하다고 우는 고양이를 데리고 사냥놀이를 한다. 막대에 매단 깃털이 사냥감이라도 되는 듯 고양이는 그걸 쫓아 달린다. 깃털이 공중에서 펄럭이면 고양이는 그걸 포획하려고 솟구친다. 고양이가 숨을 헐떡일 때쯤 사냥놀이를 그만둔다. 간식 몇 알을 얻어먹은 고양이는 더는 울지 않고 두 앞발을 가슴으로 접어 넣은 뒤 조용히 쉰다.

지난여름 장마 때 물막이용으로 쌓은 모래자루에서 모래가 반 넘어 흘러나왔다. 모래자루에서 모래가 반쯤 빠져나간 탓에 홀쭉해졌다. 그새 아이들은 자라고 노인들의 무릎 관절은 조금 더 닳는다. 해질녘 소란스럽던 새떼가 사라지면 빈 들에는 어둠이 내린다. 종일 모이를 찾아 돌아다니던 닭들은 횃대에 올라앉아 잘 준비를 마쳤다. 어느덧 이웃 교회 첨탑의 십자가 네온 조명에 불이 켜지고, 적막하고 검푸른 하늘에는 청과일 같은 달이 둥실 떠오른다.

이맘때쯤 주방의 냄비에서 배추된장국이 끓고, 밥솥엔 밥물이 넘치며 하얀 김이 피어오른다. 밖에서 돌아온 식구들은 식탁에서 저녁 식사를 기다렸다. 우리는 어머니가 지은 밥과 배추된장국, 시금치무침과 고등어구이, 두부탕수를 먹을 것이다. 우리가 웃으며 식사를 하는 동안 훌륭한 요리사는 만족한 얼굴로 미소 짓고 있었을 테다. 저녁 식사를 차리던 어머니는 지금 여기에 없다. 세월이 흘러 식구들도 뿔뿔이 흩어지고, 이제 나 혼자만 남았다.

당신은 가을을 좋아하는가? 가을 저녁의 달콤한 고독에 갇힌 채로 인생을 돌아보아라. 나는 누구인가? 미시마 유키오平岡公威의 『오후의 예항』은 아버지가 죽은 뒤 양품점을 하는 어머니와 사는 소년 노부로가 겪는 실존적 방황과 혼란, 그 성장기를 담고 있다. "열세 살에 노보루는 자신이 천재라는 것(그의 친구들은 서로 그렇게 확신하고 있었다), 세계는 몇 개의 단순한 기호와 결정으로 이루어져 있다는 것, 인간이 태어나면서부터 죽음은 확실히 뿌리를 내리기에 우리는 그것에 물을 주어 키우는 것 말고는 할 수 있는 게 없다는 것, 번식은 허구이므로 사회도 허구라는 것, 아버지나 교사는 아버지나 교사라는 이유만으로 큰 죄를 범하고 있다는 것 따위를 확신하고 있었다. 그래서 여덟 살에 아버지가 죽은 것은 그에게 오히려 기뻐할 만한 일이고 자랑해야 할 사건이었다."

미시마 유키오는 작중인물의 입을 빌려 "진짜 위험한 것은 산다는 것, 바로 그거야"라고 단언한다. 섬뜩하다. 이어서 인간을 불안

존 에버렛 밀레이, 〈오필리아〉
1851~1852년, 캔버스에 오일, 영국 런던 테이트 브리튼 미술관 소장.

을 먹이 삼아 실존을 이어가는 존재라고 말한다. 애초에 인간 실존은 불안과 고독을 내포한다. 그것은 우리 존재의 중요한 성분 요소다. 그것들은 수시로 마음에 침윤한다. 강해지려면 실존에 내재한 그것들에 맞서 극복해야 한다. 그리고 당신이 이 생에서 누린 모든 행운에 감사하라.

가끔 살고 죽는 일에 대하여 곰곰 생각한다. 우리가 태어나서 살다가 죽는다는 건 불멸의 진리다. 돌이켜보면 생은 내게 많은 것을 주었다. 건강한 심장과 폐와 위를 주고, 온전한 팔과 다리를 주었다. 나는 노동으로 밥을 벌고 그 덕분에 헐벗거나 굶주림을 면할 수 있었다. 내게 지상에 와서 제 생을 마치고 죽어가는 것들을 사랑하는 가슴을 주고, 아름다움과 추를 가려서 보는 눈과 심미적 이성을 준 이 생에 진심으로 감사한다.

지금 누군가는 금생에서의 숨결을 꺼트리고 영원히 우리 곁을 떠난다. 생의 마침표를 찍을 때 한 사람쯤은 당신을 애도하며 눈물을 흘릴지도 모른다. 살아남음이 권력이라면 죽음은 그 권력의 유실이다. 죽음은 생의 불가피한 완결이다. 당신은 최선을 다해 살았는가? 당신이 웃을 때 누군가는 흐느끼고 있음을 알고 있었는가? 당신이 안락한 잠자리에서 잠을 잘 때 누군가는 하룻밤 잠자리를 찾아 이리저리 떠돈다는 것을 기억했는가? 당신은 딸과 아들을 늠름하게 잘 키웠는가? 당신의 선한 영향력으로 세상이 조금이라도 더 나아졌는가? 당신이 잘 살았다면 이는 당신의 가족에게 큰 영예가 될 테다. 지금은 조락과 죽음의 계절, 이 순간 살아 있는 것보다 더 좋은 일은 없다. 살아서 아침마다 사과 한 알을 먹고, 사랑하는 이와 어깨를 나란히 하고 숲길을 산책하며, 골골송을 부르는 고양이의 등을 쓰다듬고, 가을 저녁의 결이 고운 고요 속에 머문다면 이보다 더한 행운은 없다.

아버지가
마시는 술의 반은
눈물이다

아버지 눈에는 눈물이 보이지 않으나

아버지가 마시는 술에는 항상 보이지 않는 눈물이 절반이다.

_김현승, 「아버지 마음」, 『절대고독』(성문각, 1970년)

낙엽이 지고 얼음이 언다. 우리는 눈과 추위의 계절이 닥쳤음을 실감한다. 한해살이풀은 씨앗을 떨어뜨려 다음 생을 기약하고, 잎과 줄기는 칙칙한 빛깔로 바스라진다. 너구리와 오소리 같은 야생동물의 활동성도 눈에 띄게 줄어든다. 겨울에는 천지간에 음의 기운이 퍼져나간다. 조류와 파충류, 네 발 달린 동물들은 먹잇감 구하기가 어려워져 큰 시련을 맞는다. 곰이나 뱀은 먹이 활동을 그치고 동면에 든다. 겨울잠을 자면서 체내 에너지 소모를 최소화하며 시련의 계절을 버텨내는 동물의 지혜는 어디에서 온 것일까?

겨울은 밤이 긴 계절이다. 밤하늘에는 수많은 별과 행성이 저마다 반짝이는데, 이 별과 행성들은 규칙적으로 정해진 궤도를 돈다. 칸트라는 철학자는 별들이 한 치의 오차도 없이 궤도를 돈다는 사실에서 우주가 얼마나 숭고한지를 가슴에 새겼다. 별들이 영롱한 것은 우주 공간이 암흑물질로 차 있기 때문이다. 이 어둠은 우주의 태초부터 있었다. 암흑물질이 은하와 별들을 배태하고 출산했다. 어둠은 생명의 시작이자 기원이다. 우리의 선조들은 어둠이 내리면 동굴 속에서 몸을 웅크리고 잠을 잤다. 낮을 지배하는 맹수들이 더는 어슬렁거리지 않고 잠들기에 밤은 낮보다 안전했다. 뜻밖에도 밤은 생명의 피난처였던 셈이다.

긴 겨울밤을 곤혹스럽게 하는 것은 불면이다. 젊은 날엔 베개에 머리를 얹자마자 혼곤한 잠에 빠졌는데, 점점 깊은 잠에 드는 게 어려워졌다. 머릿속에서 생각이 꼬리를 물고 이어질수록 잠은 멀리 달아난다. 잠을 못 잔 사람은 비몽사몽하며 흐리멍텅한 의식으로 겨우 움직인다. 미국 컬럼비아대학 예술사-고고학부 교수인 조너선 크래리Jonathan Crary에 따르면, 불면은 우리를 고통의 메마름에 빠뜨리고, 의식을 산만하게 흩트리며, 기억력과 창의력을 떨어뜨린다고 한다.(조너선 크래리, 『24/7 잠의 종말』) 불면은 잠에 몰입하는 것을 방해하는 쓸데없는 생각이 많아지기 때문이다. 불면은 "경계警戒의 필요에, 즉 세계에 만연한 공포와 불의를 간과하지 않으려는 태도에 상응"하며, "타인의 고통에 대한 부주의를 피하려는 노력의 불안"이고, "우리를 압도해오는 책임의 무한성에 대한 거의 견뎌낼 수 없는 주의注意가 동반되는 것"이다.

겨울밤이 지나고 새벽이 밝아온다. 어머니와 아버지들은 동이 틀 무렵 먼저 일어나 어린 자식들을 보살피고, 집안일을 도맡는다. 이 세상이 온전하도록 지탱하는 것은 정치가들이 아니라 이 세상의 모든 부지런한 어머니와 아버지다. 새벽에 일어나 아궁이에 불을 피우고, 쌓인 낙엽이나 눈을 치우며, 가축들을 돌보는 이들, 아침밥을 먹고 나가서 은행과 관공서에서 업무를 시작하고, 우편물을 배달하고, 이삿짐을 나르며, 화재 현장에 달려가 불을 끄고, 거리의 쓰레기를 치우는 이들. 이들이 하루를 열고 일과를 시작해야만 세상이 정상으로 돌아간다.

미국 시인 로버트 헤이든Robert Hayden은 「그 겨울의 일요일들」이라는 시에서 '아버지'를 호명한다. 겨울 새벽이다. 일요일에도 아버지는 일찍 일어나 검푸른 추위 속에서 쑤시고 갈라진 손으로 불을 피운다. 가족을 위해 희생하는 아버지의 모습에서 "사랑의 엄숙하고 외로운 직무"에 대해 깨닫는다. 겨울 새벽의 모진 추위 속에서 가장 먼저 일어나서 집안일을 하는 아버지의 모습을 그린 이 시를 읽으며 자신의 아버지를 떠올린 이가 많이 있을 테다. 황태가 영하의 추위 속에서 얼다 녹기를 되풀이하는 강원도 덕장에서 일하는 이도, 아궁이에 불을 넣어 식은 구들장을 달구고 아랫목에 온기가 돌도록 하는 이도 아버지다. 아버지는 새벽마다 소에게 먹일 여물을 마련하고, 찬 재만 남은 아궁이에 불길을 지폈다. 이렇듯 아버지는 삶이 부과하는 수고를 묵묵하게 감당한다.

몇 해 전 돌아가신 내 아버지를 떠올린다. 가슴이 아픈 일이지만, 나와 아버지는 불화했다. 나는 사춘기 때 아버지에게 사랑을 기대했으나 그 기대가 충족되지 못했던 탓이다. 아버지는 무뚝뚝하고 한없이 무력했다. 직장에서 밀려난 뒤 집 안에서 빈둥거리기만 하는 아버지에게 나는 절망했다. 아버지는 밖에 나가서 돈을 벌어 가족을 부양할 책임과 의무를 짊어지는 존재다. 소년들이 나이를 먹는다고 저절로 아버지가 되지는 않는다. 세상을 두루 품는 인격과 통찰력, 자식을 기르는 데 드는 수고를 떠안으며 책임과 의무를 기꺼이 질 만한 부지런함을 갖춰야만 아버지로 거듭날 수 있다.

아버지는 남성 중심의 부계 친족제 사회에서 집안을 이끄는 우두머리이고, 더할 수 없이 숭고한 존재였다. 식구들은 아버지의 말에 순종해야만 했다. 많은 신화나 종교에서 최고신은 항상 아버지로 의인화된다. 아버지는 초자연적인 힘을 지닌 무한 능력자인 까닭에 태양, 불, 번개, 화살, 창, 칼, 쟁기, 삽 같은 것들에 견줘진다. 절대 권력과 권위의 표상이던 아버지의 위상이 예전같지는 않다. 요즘 아버지들은 한없이 작아져서 그 권위는 말할 것도 없고 존재감마저 미미해졌다.

김현승 시인은 아버지가 세상에서 가장 외로운 사람이라고 말한다. 아버지는 세상이 혼란스러울 때 자식의 앞날과 안위를 가장 먼저 걱정한다. 자식 걱정에 늘 심장을 졸이지만 정작 자신을 돌보는 일에는 서툰 존재가 아버지다. 젊은 시절에는 아버지의 외로움을 헤아리지 못했다. 아버지는 내 영웅이 아니었다. 그랬으니 아버지의 슬픔과 외로움은 물론이거니와 그 절망과 두려움에 대해 아무것도 모른 채 불효했다. "아버지 눈에는 눈물이 보이지 않으나 아버지가 마시는 술에는 항상 보이지 않는 눈물이 절반이다." 왜 아니겠는가!

어느덧 세월이 흘러 아버지만큼 나이가 들었다. 뒤늦게나마 아버지의 처지를 짐작하고 젊은 날의 막심한 불효에 후회하며 아버지에 대한 연민을 품게 되었다.

바다는
영원히
출렁인다

바람이 분다, 다시 살아봐야겠다.

_폴 발레리, 김현 옮김, 「해변의 묘지」, 『해변의 묘지』(민음사, 1997년)

심리와 동기의 고갈에서 생기는 세계와 불화하는 욕구의 한 형태, 혹은 존재 내부의 가능성을 초과하는 '더 많이 살고자 함'에서 비롯하는 죽음들! 욕구는 한계가 없지만 시간에는 한계가 분명하다. 피로는 시간의 저항, 지연, 방해 때문에 생기는 자기 파괴의 부정적 에너지다. '더 많이 살고자 함'은 한계에 부닥치는 순간 그 욕구-주체를 찌르는 에너지로 바뀐다. 피로는 잘-있음bien-etre이 아니지만 잘못-있음이라고 할 수도 없다. 피로가 우주적 향유에 대한 의심이고, 잘-있음에서의 이탈 징후인 것은 틀림없다.

피로는 외과적 증상이 아니라 정신신경과적 증상이고, 그것의 가능태는 더 작게 존재-하기, 웅크리기, 소금기둥-되기다. 그런 탓에 피로한 자는 사회와 담을 쌓고 소통하기를 그친다. 그들은 자꾸 제 존재를 세계의 저 바깥쪽으로 밀고 나간다. 장 폴 사르트르의 유명한 단편소설 「구토」에서 주인공 로캉탱이 그런 존재다. 로캉탱은 항구 도시에서 한 귀족의 전기를 쓰는 일에 몰두한다. 그의 일상은 단조롭기 짝이 없다. 일기 쓰기, 사념, 그다지 중요하지 않은 사람들과의 관계 맺기, 카페·도서관·박물관 따위에서 어슬렁대기가 일상의 전부다. '구토'는 이 세계에 가득 차 있는 속물들의 진부함에 대한 생리적 거부다. 속물의 진부함을 견디는 데서 생겨난 피로의 징후다. 마침내 로캉탱은 그 속물들의 세계와 결별한다. "나는 돌아다봤다. 작은 그림의 성당 속의 한없이 고운 백합이여, 안녕, 우리의 자존심이여, 우리의 존재 이유여, 안녕, '더러운 새끼들'이여 안녕."(장 폴 사르트르, 「구토」)

30대 후반, 제주도 바닷가에 홀로 나가 망망대해를 바라보던 시절이 있었다. 내 안의 열망들이 꺾인 채 낙담하고 망연자실하던 시절, 수평선을 바라보는 게 내 소일거리였다. 내 이마에 걸리는 수평선은 바다의 끝 간 데에 그어진 푸른 일획이다. 수평선은 보는 자와 바라보임의 대상 사이 긴장, 즉 시지각적 인식 작용을 일으킨다. 바다의 질감과 색과 깊이를 삼킨 채 침묵을 지키는 수평선은 현실과 비현실의 사이를, 합목적성의 현실과 피안의 경계를 일획으로 가로지른다.

내가 수평선에서 본 것은 무엇이었을까? 그건 부재의 현존이었다. 수평선은 난간이고, 죽음이며, 피안, 붙잡을 수 없는 영원이다. 바다를 바라보는 자의 시선은 수평선으로 향하지만 그것을 자기 소유로 거머쥘 수는 없다. 수평선은 다만 그 자리에 의연하게 있을 뿐이다.

푸른 파도를 가르며 먼 바다 쪽으로 나아갔다가 다시 해변 쪽으로 돌아온다. 헤엄을 치다가 서늘해진 몸으로 물방울을 떨구며 물

밖으로 나오면 백사장에는 여전히 뜨거운 햇살이 들끓고 있다. 땡볕 아래 몸을 눕힌 채 일광욕을 한 뒤엔 마른 팔뚝에 소금 알갱이가 남는다. 팔다리에 노곤함을 느끼며 일어설 때 바다에서는 젊은이들과 아이들의 웃음소리가 끊이지 않는다.

내 시선은 수평선 너머로 뻗쳐갈 수는 없다. 저 너머는 먼 곳이다. 세계는 그 자체로 거대한 바다고, 우리는 눈에 보이지 않는 세계 너머를 꿈꾼다. 세계 저 너머는 누구도 가본 적이 없는 율도국, 무릉도원, 유토피아, 샹그릴라일까? 보이지 않음으로 상상 속에서만 존재하는 그곳은 늘 그리움과 동경의 대상이었다. 반면 현실은 수고와 시련의 자리, 치욕과 환멸의 장소다. 현실에 진절머리를 치는 자들은 늘 보이지 않는 저 너머를 동경하는 것이다.

농경 정착민의 후예로 태어나고 자란 탓에 바다의 부재는 내게 숙명이었다. 바다와 첫 만남을 가진 뒤 나는 여러 바다를 떠돌았다. 제주도에 입도할 때마다 찾던 고운 협재 바다, 속초항에서 출항해 이튿날 새벽에 닿은 금강산 앞바다, 그리스 크레타섬을 감싼 상냥한 지중해, 산토리니섬의 일몰을 수줍게 펼쳐 보여주던 바다, 오디세우스가 고향으로 귀환하기 위해 악전고투하며 떠돌던 악마의 바다, 쿠바 아바나 해안에 펼쳐진 눈부시게 푸른 바다!

폴 발레리Paul Valéry가 제 고향 항구 도시 세트Sete 언덕에서 바다를 바라보며 시를 썼다. "비둘기들 노니는 저 고요한 지붕은/철썩

빈센트 반 고흐, 〈생트 마리 드 라 메르의 바다 풍경〉
1888년, 캔버스에 오일, 러시아 모스크바 푸시킨 미술관 소장.

인다. 소나무들 사이에서, 무덤들 사이에서./올바른 자 정오가 여기에서 불꽃을 짠다."「해변의 묘지」를 내가 줄줄 외웠던 것은 바다를 향한 연모 때문이었으리라. 바다들은 비루한 삶이 펼쳐진 낡은 세계와 이상향 사이에서 영원히 출렁인다. 대지에 맹렬한 불길을 쏟아붓던 여름은 돌연 끝났다. 다시 돌아오지 않는 또 한 번의 여름이 지나가고, 계절과 계절 사이에서 바람이 인다. 다시 살아봐야겠다!

얼굴은
간신히
도피한 사람이다

얼굴은 간신히 도피한 사람이다. 그것을 긍정적으로 정의한다면, 얼굴이 란 정의에 복종하지 않는 것, 나의 신랄한 언어나 예리한 시선이 얼굴에 지정한 자리를 결코 지키지 않는 것이다. 타자는 내가 그것에 대해서 알 고 있는 것에 비하여 언제나 넘치거나 차이가 있다. 겨눔을 당한 존재가 겨누는 측의 의향을 항상 웃돌아 넘어서는 것을 가리켜 우리는 얼굴이라 고 부른다.

_알렝 핑켈크로트, 권유현 옮김, 『사랑의 지혜』(동문선, 1998년)

어쩌면 당신을 사랑한다는 것은 고작해야 당신 얼굴에 떠오른 미소, 그 우아함과 아름다움에 국한하는 것인지도 모른다. 얼굴이 보여주는 미덕과 장점은 우리 마음을 자극한다. 마음은 한순간 걷잡을 수 없이 타오른다. 어쩌면 그것은 돌연한 열정일지도 모른다. 그 열정이 싸늘하게 식으면 사랑도 사그라든다. 그것이 우리 사랑이 내포한 한계이고 모순일지도 모른다.

프랑스 철학자 알렝 핑켈크로트Alain Finkielkraut는 "나는 당신을 사랑하고 있다. 당신을 사랑한다고? 아니면 당신의 장점을? 눈부신 당신의 미소를? 당신의 우아한 자태를? 당신의 약함을? 당신의 성격을? 당신의 훌륭한 행위, 그렇지 않다면 오직 당신이 존재한다는 이 기적적인 사실만을?……그 반대로 헤겔에 의하면, 사랑은 그의 행동이나 특징을 이루는 소멸하기 쉬운 속성과는 일체 관계없이, 사랑을 바치는 상대방의 존재 자체에 긍정적인 가치를 부여하는 것이다"고 쓴다.

얼굴이란 무엇인가? 사랑이 발아하는 계기이자 사랑의 불꽃을 찰나에 점화하는 것, 얼굴은 우리 시선이 사랑의 첫 단계에서 마주치는 존재의 질료다. 사랑 받는 얼굴을 본 적이 있는가? 그 얼굴은 믿을 수 없을 만큼 환하고 우아하다. 빛으로 감싸인 채 타오르는 얼굴! 다만 빛나게 할 뿐, 그 무엇도 태울 수 없는 빛! 핑켈크로트는 "얼굴이란 사람들이 보통 이 이름으로 표현하고 있는 감각적 형태를 지칭하는 것이 아니라, 이웃이 자기 자신의 표출에 대해서 보이는 저항이고, 자신의 이미지로부터 물러나 모습을 넘어서서 자신을 인정시키고, 내가 진실을 파악했다고 믿는 순간에 내 두 손에는 껍데기밖에 남겨 놓지 않는 것이다"고 말한다. 사랑하는 이의 얼굴은 감각적 형태가 아니라 빛으로 감싸인 무엇이다.

얼굴은 그 자체로 예측할 수 없는 실존 사건이다. 얼굴은 사랑의 시작점이자 파국이 일어나는 장소다. 얼굴은 경치나 초상이 아니다. 얼굴은 자아의 무대이자 그것이 활개를 치는 해방 공간이다. 얼굴은 행태를 취하되 형태를 넘어선다. 찰나에 우리 마음을 훔치는 것, 하나의 환영, 즉 얼굴-이미지일 뿐이다. 눈길은 한사코 얼굴을 좇지만 그것은 빈손으로 돌아온다. 얼굴은 소유되지 않고 종속되지도 않는 것에 속한다. 얼굴은 그 주체를 드러내지도 않는다. 타자는 늘 얼굴이란 가면 뒤에 숨는다. 사랑하는 이의 얼굴은 모호한 수수께끼로 변한다.

자, 내가 누구인지를 맞춰봐. 얼굴은 우리에게 수수께끼를 제시한다. 얼굴은 명령한다. 나를 사랑하라! 그 명령을 누가 거부할 수 있을까? 미로 같은 사랑으로 진입하는 첫 입구, 그것이 얼굴인 것을.

우리는 얼굴 앞에서 길을 잃는다. 핑켈크로트는 얼굴에 대해 말하면서 자주 에마뉘엘 레비나스Emmanuel Levinas를 인용한다. "'내 안에 있는 타자의 관념'을 뛰어넘어 타자가 나타나는 방식, 우리는 그것을 얼굴이라고 부른다."

사랑의
목적은
사랑하는 것이다

사랑은 시장에서 거래를 하지도, 행상꾼의 저울을 사용하지도 않아. 사
랑의 기쁨은 지적인 기쁨처럼 사랑 자체로 살아 있음을 느끼는 것이지.
사랑의 목적은 사랑하는 것이야. 그 이상도 그 이하도 아닌.

_오스카 와일드, 박명숙 옮김, 『심연으로부터』(문학동네, 2015년)

오스카 와일드Oscar Wilde는 아일랜드 출신의 문제적 작가다. 『심연으로부터』는 감옥에서 동성 연인에게 쓴 편지를 엮은 글이다. 비평가 리처드 엘먼Richard Ellmann은 이 글이 "지금까지 쓰인 가장 위대하고 긴 러브레터 가운데 하나"라고 평가한다. 1950년대부터 '옥중기'라는 제목을 달고 우리말로 번역된 이 책은 고립된 처지에서 비롯된 절망과 고통, 예술을 향한 신념, 연인에 대한 사랑과 그리움을 담아 쓴 연서이자 명상록이다.

오스카 와일드는 이성애든 동성애든 "사랑의 목적은 사랑"이라고 말한다. 사랑은 우리 안의 살아 있다는 기척이고, 사로잡힘이며, 황당한 자기모순에 빠지는 사태다. 사랑은 해방이자 구속, 에로스의 날갯짓, 헌신과 열정으로 포장된 욕망의 몸짓이다. 그것은 심심함에 대한 모반이고, 불멸에 대한 욕망이 일으킨 불꽃이다. 사랑의 핵심은 에로스인데, 이것은 육체의 헐떡이는 갈망이며 숭고성의 승리에 대한 염원이다. 사랑은 그 자체의 동력으로 할 수 없음을 넘어선다. 믿기 어렵겠지만 사랑은 종종 재난이고 위험한 투자다. 사랑은 뜻밖에도 실존의 위기를 불러온다. 누군가를 죽도록 사랑하겠다는 결의를 다진 자는 실제로 죽기도 하는 것이다.

여름 저녁의 일이다. 하늘엔 석양에 물든 구름이 떠 있고, 거리의 플라타너스 너른 잎은 바람에 서걱거린다. 너는 버스를 타고 온다. 내가 버스정류장에서 심장을 두근대며 기다린 것은 너의 얼굴, 너의 웃음, 너의 목소리다. 네가 버스에서 내리면서 기다림은 끝난다. 나는 당신을 사랑해. 그걸 의심할 수 있을까? 사랑은 외로움의 유일한 대안이라고 하는데, 과연 그럴까? 타자를 통해 내 외로움을 해소하려는 행위는 자주 실패한다. 사랑할수록 더 외로워진다. 사랑은 그 윤곽과 형체가 불분명한 스캔들이고, 부풀린 의혹이며, 실체가 모호한 판타지다. 사랑이 알 수 없는 일이라고 해도 사랑이 인류의 발명품 중 최고라는 사실은 바뀌지 않는다.

사랑은 마치 식물 같다. 자라서 무성해진다. 물과 햇빛을 주며 돌보지 않으면 금세 시들시들하다가 죽는다. 식물을 돌보듯이 사랑도 돌봐야 한다. 식물이나 사랑은 메마름을 견디지 못한다. 사랑을 키우는 것은 증여와 환대다. 사랑은 당신을 조건 없이 받아들이고 품는 일이고, 나를 당신에게 선물로 내어주는 일이다. 연인들은 애틋함, 관용, 포용력 같은 상징 자본을 베풀거나, 반지나 향수, 꽃이나 현금 같은 실물을 증여한다. 사랑이 깨지면 이 거래도 끝난다. 사랑의 마지막은 거래를 청산하는 절차다. 서로에게 준 것을 돌려주고 돌려받는 것은 사랑의 파산에 따른 절차다. 하지만 함께 보낸 시간과 추억을 정산하는 일은 불가능하다.

사랑의 정념에는 중립이 없다. 사랑하거나 사랑하지 않음만이 있을 따름이다. 사랑은 과열 상태의 이상 지속이고, 그 과정에서 감정 자본을 과소비하게 만든다. 사랑의 누추함과 지저분함을 휘발시키고 비현실적인 아름다움으로 포장하는 낭만적 사랑은 대중에게 늘 인기가 있다. 낭만적 사랑의 신화에 열광하는 이들이 꿈꾸는 것은 '영원한 사랑'이다. 깨지지 않는 사랑, 죽음조차 갈라놓을 수 없는 사랑! 그런 사랑은 거의 불가능하다. 꿈과 현실은 다르다. 사랑은 어긋나고 깨지며, 연인들은 사소한 이유로 등 돌리고 제 길을 간다. 어느 영화의 주인공이 '사랑이 어떻게 변해요?'라고 천진난만한 표정으로 묻는 장면이 기억난다. 진실을 말하자면, 사랑은 변하고, 변할 수밖에 없다. 죽을 만큼 사랑한다던 당신은 왜 변할까?

'나는 당신을 사랑해!'라는 말의 함의는 사랑의 지속에 대한 맹세다. 현재에도 사랑하고, 미래에도 사랑하겠다는 약속이다. 이 맹세, 이 약속은 깨진다. 사랑은 타자를 내 안에 들이는 일. 타자를 들일 자리를 내려고 자기를 추방한다. 자기 추방은 나의 시간과 삶, 내 몫의 자유, 권리 따위를 포기하는 일이다. 사랑은 자기를 증여해서 상대를 살찌우려는 가련한 욕망이다. 무엇보다도 사랑은 타자를 나보다 먼저 환대하는 행위다. 타자를 환대하는 방식 중에서 가장 극적이고 아름다운 이 사랑으로 인류는 지구 행성에서 생육하고 번성을 이루었다.

그렇다고 사랑이 불멸이라고 오해해서는 안 된다. 우리의 시간이 유한자산이므로 사랑은 한 시절의 불꽃으로 다 소진되고 끝난다. 감정을 끓어 넘치게 하던 사랑이 끝나면 당신의 변화무쌍한 감정은 차갑게 식는다. 사랑은 늘 시작과 동시에 끝을 향해 내달린다. 결국 사랑은 어느 지점에서 끝난다. 이게 사랑의 진실이다. 하지만 이 진실은 숨겨진다. 사회학자 니클라스 루만Niklas Luhmann은 『열정으로서의 사랑』에서 "사랑의 과도함에는 자기 제한이 없으며, 따라서 충동, 욕망, 요구에도 제한이 없다"고 말한다. 과몰입이 키운 사랑은 그 과몰입으로 종말에 이른다. 과도한 열정은 사랑의 촉매제인 동시에 종말로 치닫게 하는 요인이다.

　　당신은 등을 보이고 떠난다. 당신이 자취를 감춘 이 사태는 '갑자기' 일어난 게 아니다. 파탄의 계기가 되돌릴 수 없을 만큼 진행되었음에도 당사자가 사랑의 관성에 매몰된 탓에 인지하지 못했을 수 있다. 사랑이 끝난 직후 현실은 엉망진창으로 엉켜버린다. 사랑이 만든 예외적인 활기는 사라지고 우리는 다시 공허하고 밋밋한 일상으로 떠밀려간다. 아무 일도 없는 일상이 택배상자처럼 오고, 똑같은 출근, 업무, 회식이 반복되며, 월화수목금토일은 일정한 리듬으로 왔다가 사라진다.

　　우리가 사랑에 목마른 것은 이것이 충족할 수 없는 결핍인 탓이다. 당신은 다시 또 사랑할 수 있을까? 사랑이 끝나면 회한과 후회가 앙금처럼 우리 내부에 가라앉는다. 이런 앙금을 남기지 않으려면 사랑의 자본을 아낌없이 다 써야 한다. 그것만이 사랑의 환멸과 슬픔에서 우리를 구원한다. 사랑할 때 연소하지 못한 감정은 더 큰 상처를 남긴다. 사랑하라, 더 많이 사랑하라! 그래야만 정말 사랑했다 말할 수 있다.

내가
산골로
가는 것은

산골로 가는 것은 세상한테 지는 것이 아니다
세상 같은 건 더러워 버리는 것이다
_백석, 고형진 편, 「나와 나타샤와 흰 당나귀」, 『정본 백석 시집』
(문학동네, 2020년)

오늘날 시인이란 이 세상에 널린 숱한 직업 중 가장 하찮고 지리멸 렬한 직업이다. 수입은 변변치 않고, 보람도 명예도 보잘것없는 직업이다. 시인의 현실태는 현실 부적응자(김소월), 변방의 노동자(백석), 시대의 이단아(이상), 알코올 중독자(김관식), 생활 무능력자(천상병), 금치산자(보들레르), 방랑자(랭보)에 지나지 않는다. 시는 빵한 조각이 감당하는 의미조차도 없을 뿐더러 먼지처럼 가볍게 흩어져 사라지는 것, 그게 시다. 시는 쓸모없는 아름다움에 헌신한다. 시인은 그저 실재와 아름다움에 감응하고, 몽상과 실재를 뒤섞어 새와 풀과 별을 노래한다. 그리고 과거와 현재를 이어주는 한 묶음의 언어 다발을 직조하는 데 평생을 바친다.

시인들은 세계의 가난을 횡단하면서도 이에 굴복하지 않고 제가 겪은 일과 시간을 다양한 이미지로 채록한다. 채록한 목록에는 바닥까지 내려앉은 몰락의 시간도, 등뼈가 휘는 노동의 체험도, 삶의 기쁨과 보람을 상실하고 낙담한 경우도 있을 테다. 하지만 시인은 절망의 극한에서 다시 희망의 가느다란 끈을 찾아낸다. 끓는 물이 100도가 넘지 않으면 주전자 뚜껑을 들어 올리지 못한다. 시는 절망이 끓는 온도를 100도까지 끌어올려 그 힘으로 우리를 짓누르는 현실의 무게를 들어 올린다. 좋은 시는 삶이 여러 번 배신한다 해도 살아봐야 한다고 말한다. 시인은 우리가 살아야 할 희망의 이유를 찾아내고, 숭고와 미의 경지를 독자에게 보여주는 자들이다.

백석은 일제강점기 때 평북 정주에서 태어난 북방의 시인이다. 그는 방랑과 보헤미안 기질을 가진 시인으로 빼어난 평북 방언을 능란하게 구사하며 특유의 시세계를 일구었다. 그는 일본어, 영어, 러시아어 등에 재능을 보인 '모던 보이'이자 20세기 한국 시인 중 손에 꼽을 만큼 좋은 시들을 써낸 시인이다. 하지만 분단된 나라의 문학사에서 사라진 비운의 인물이었다. 그는 김소월, 황순원 등의 문인을 배출한 정주의 오산고보를 나와 일본 도쿄로 유학을 가서 아오야마학원 영어사범학과를 다녔다. 1935년 『조선일보』에서 펴내는 월간지 『조광』 창간에 힘을 보태고, 같은 해 『조선일보』에 시 「정주성定州城」을 내놓으면서 주목을 받는다. 훗날 조국을 떠나 만주에 정착해 측량서기나 보조원, 세관에서 근무하며 생계를 잇다가 1936년 첫 시집 『사슴』을 펴내며 문단의 별로 떠오른다.

『조선일보』(1936년 1월 29일)에는 사회부 기자이자 시인인 김기림의 「『사슴』을 안고」라는 서평이 실리는데, 백석의 외모를 "녹두빛 '더블부레스트'를 젖히고 한대寒帶의 바다의 물결을 연상시키는 검은 머리의 '웨이브'를 휘날리면서 광화문통 네거리를 건너가는 한 청년"으로 묘사한다. 백석은 1935년 『조광』에 시 「정주성」·「산지」·「주막」·「나와 지렝이」·「비」·「여우 난 곬족族」·「흰 밤」 등을 내놓고, 이듬해 서둘러 첫 시집을 묶어낸 것이다.

백석이 보여준 북방 방언의 향연은 매우 인상이 깊다. 보라. 마가리, 개니빠디, 잠풍, 몽둥발이, 벌배, 열배, 매감탕, 토방돌, 아룻간, 홍게등, 텅납새, 무이징게국, 가즈랑집, 깽제미, 물구지우림, 둥글레우림, 광살구, 모랭이, 노나리꾼, 청밀, 냅일눈, 곱새담, 앙궁, 고뿔, 갑피기, 게사니, 울파주, 나주볕, 땃불, 밭최뚝, 마티, 양지귀……. 고조곤히, 지중지중, 쇠리쇠리하야, 씨굴씨굴, 째듯하니, 자즈러붙어, 벅작궁, 고아내고, 너들씨는데, 오구작작, 살틀하던, 임내내는, 이즈막하야, 깨웃듬이, 홰즛하니……. 이제는 들을 수 없는, 들어도 그 뜻을 해독하기 어려운 북방 언어들. 백석의 토속어 지향은 당대의 시인들 중에서 그를 매우 예외적인 존재로 각인시킨다.

일제의 식민지 지배가 엄혹해지자 백석은 한곳에 머물지 못한 채 곤궁한 삶을 꾸리며 피폐해졌다. 해방 뒤에야 만주 유랑을 끝내고 정주로 돌아오지만 분단 뒤 북한에 주저앉는다. 그의 사상이 체제와 맞지 않는다는 평가와 함께 연금과 집필 금지 같은 수난을 겪는다. 1959년 1월, 양강도 삼수군 관평리 농업협동조합으로 하방되어 축산반 소속으로 양치는 일을 했다. 1996년 1월, 여든네 살로 변방의 농장에서 쓸쓸한 죽음을 맞는다. 1930년대에 놀라운 시적 성취에 도달했던 그의 시들은 남녘에서 기피되고, 북녘에서는 금지

귀스타브 쿠르베, 〈겨울 사슴의 은신처〉
1866년, 캔버스에 오일, 프랑스 리옹 미술관 소장.

되었다. 1987년 납월북 작가의 해금 조치에 따라 이동순이 엮은 『백석 시전집』이 나오면서 백석 시들이 남한 독자에게 알려지는 물꼬를 텄다.

「나와 나타샤와 흰 당나귀」는 가난한 시인과 '나타샤'로 불리는 연인의 사랑을 노래한다. '나'는 눈이 쌓이는 풍경을 바라보며 "혼자 쓸쓸히 앉아 소주를 마신다". 북방 지역의 정서를 바탕으로 펼쳐지는 두 연인이 처한 현실은 눈물겹다. 두 연인은 가난하고, 그들의 사랑은 어디에서도 환대받지 못한다. 이 딱한 사랑을 되살리는 길은 어디론가 도피하는 길 밖엔 없다. "눈이 푹푹 쌓이는 밤 흰 당나귀 타고/산골로 가자/출출이 우는 깊은 산골로 가/마가리에 살자"라며 아무도 모르는 산골에 숨어 소박한 삶을 꾸리고자 하는 소망을 드러낸다. 산골로 들어가는 것은 세상한테 져서 쫓겨가는 게 아니라고 항변하지만 그 항변을 곧이곧대로 받아들이기는 어렵다. "세상 같은 건 더러워 버리는 것"이라는 구절은 자존감을 견인하려는 자기 위로를 담아낸다. 이 시를 읽을 때마다 그가 식민지 시대의 시인으로 감내한 비운에 연민과 동감을 느끼며 내 가슴 한편이 무너지는 듯한 슬픔에 물드는 것이다.

사랑은
여름 내내
잡초처럼 웃자란다

봄에 티파사엔 신들이 머문다. 태양과 압생트 풀 향기 속에서, 은빛 갑옷을 두른 바다 속에서, 본연의 색으로 푸르른 하늘 속에서, 꽃들로 빼곡한 폐허와 돌무더기에 세차게 부서져 내리는 햇살 속에서 신들은 말을 건넨다. 어느 순간엔 들판이 태양 빛으로 새까매진다. 두 눈은 무언가를 포착하려 애써보지만 들어오는 거라곤, 속눈썹 끝에서 일렁거리는 빛과 색의 무수한 점들뿐이다. 타는 듯한 열기 속에서 맹렬하게 끼쳐오는 식물들의 아로마 향에 기침이 나고, 숨이 막힌다. 풍경 저 멀리, 마을을 에워싼 언덕들 속에 뿌리내린 시커멓고 거대한 슈누아 산의 그림자가 언뜻 보이는가 싶더니, 이내 확고하고 둔중한 움직임으로 몸을 일으켜 바다로 가서 웅숭거린다.

_알베르 카뮈, 장소미 옮김, 「티파사에서의 결혼」, 『결혼 · 여름』
(녹색광선, 2023년)

한여름의 매미 울음소리는 바위를 쪼갤 듯 맹렬하다. 매미의 생명주기는 여름 한철이다. 땅속에서 굼벵이로 몇 년간 살다가 성체가 되어서는 보름 정도 울다가 덧없이 죽는 게 매미가 아닌가. 매미는 짝짓기를 마친 뒤 제 할 일 다했다는 듯이 죽는다.

어느 해 강원도의 휴양지에서 맞은 가을 새벽, 산책을 나섰다가 매미 사체들이 포장도로에 새까맣게 나뒹구는 걸 발견하고 놀란 적이 있다. 가슴이 서늘해질 만큼 장엄한 주검의 현장이었다. 산 매미들은 찬 이슬에 젖은 날개를 떨며 퍼덕였는데, 그 찰나 "너무 울어 텅 비어 버렸는가, 이 매미 허물은"(마쓰오 바쇼松尾芭蕉) 같은 하이쿠를 속으로 읊조리며, 아, 올 여름도 끝났구나, 했다.

여름의 지복은 선물처럼 모두에게 공평하게 주어진다. 풍부한 일조량과 풍성한 계절 과일들, 수목이 드리운 그늘들, 젊음의 활력과 낙관주의, 바닷가의 향락, 느닷없이 찾아온 사랑의 인연! 사람들이 휴가를 떠난 뒤 텅 빈 도심에 남은 이들은 냉방장치로 서늘한 카페를 찾아가 책 몇 쪽을 읽거나 친구와 수다를 떨며 시간을 보낸다. 정오 땡볕의 기세는 여전히 살벌하다.

우리는 고열로 끈적하게 녹아내린 아스팔트 도로를 건너 동네 단골식당으로 칼국수를 먹으러 몰려간다. 바지락 국물은 맑고 뜨겁고 짭짤하다. 이마에는 땀이 송골송골 맺힌다. 저녁에는 식구들과 둘러앉아 장호원 황도를 먹는다. 잘 익은 복숭아는 베어 물 때마다 단맛과 진한 향기를 뿜어낸다. 남은 생애에 식구들과 황도를 먹는 여름의 행복을 몇 번이나 겪을지를 짚어보며 우리는 진절머리를 친다.

「티파사에서의 결혼」이란 산문을 여는 부분이다. 이 산문을 젊은 시절부터 여러 번 읽은 덕분에 거의 외울 지경이다. 알베르 카뮈Albert Camus의 산문엔 오직 찬란한 대지가 뿜어내는 향기와 여름의 찬란함이 또렷하고, 그래서 불행의 음습한 기운이 스며들 틈조차 없다. 여기 바다와 들판, 폐허와 돌무더기, 쏟아지는 태양 빛과 무더기로 피어난 꽃들에 감각적으로 반응하는 한 인간이 있다. 그의 몸엔 대지에서 자라는 식물의 짙은 향이 배었다.

그는 "이미 황금빛으로 이 세계의 과일을 베어 물고서 입술을 따라 흐르는 강렬한 과즙"에 매혹 당한다. 그는 바다가 토해내는 거친 숨결과 폐허를 빼곡하게 채운 꽃들이 베푸는 축복에 감격한다. 그는 대지와 바다가 치르는 혼례의 증인이다. 나는 그를 부러워하며, 내가 그였으면, 내가 그였으면, 했다. 모호한 것은 단 하나도 없다. 태양은 태양의 진리로써 빛나고, 죽음은 죽음으로써 명료할 뿐이다.

여름마다 카뮈의 산문집 『결혼·여름』을 찾아 읽는다. 카뮈는 고향 알제리에서 보낸 여름을 자주 회상하며, 가난조차 사치가 되게 만드는 알제리에서 보낸 여름의 마술적 행복에 대한 산문을 여러 편 남겼다. 카뮈는 바다의 시인, 여름의 시인, 태양의 시인이다. 여름은 얼마나 많은 축복을 내리는가! 하지만 여름은 곧 끝난다. 여름이 끝나기 전에 우리는 사소한 쾌락에 빠지며, 고매한 정신과 약간의 미덕을 보이느라 애쓴다. 최선을 다해 여름의 열광과 환멸을 익히며, 세월이 흘러도 늙지 않는 슬픔이 있음을 알게 될 것이다. 나는 맹금류가 두 날개를 펼친 채 동물 사체에 달려들어 살을 찢고 삼키듯이 카뮈의 문장을 읽어왔다. 맹금류가 먹잇감을 물고 뜯으며 삼키는 일과 독서는 쌍둥이처럼 닮았다. 우리는 맹금류가 동물 사체에서 영양분을 취하듯이 책에서 정신의 자양분과 타인의 욕망과 살아감의 기쁨을 훔친다.

"9월의 첫 비가 내린다. 마치 며칠 새 이 고장에 부드러움이 스민 듯, 해방된 대지의 첫 눈물 같은 비다. 같은 시기에 캐롭나무가 알제리 전역에 사랑의 향기를 퍼뜨린다. 저녁이나 비가 내린 뒤에, 쌉싸름한 아몬드 향 정액으로 배를 적신 대지 전체가 여름 내내 태양에 바쳤던 몸을 쉬게 하고 휴식하게 한다. 이제 이 냄새는 다시 인간과 대지의 결혼을 축복하고, 우리에게 이 세상에서 진정으로 생생한 단 하나의 사랑을 일깨운다. 끝내는 스러질 것이나 너그러운 사랑을."(「알제의 여름」)

여름이 달군 대지를 식히는 9월의 첫 비가 내린다. 대지와 무성하게 자란 풀들을 적시는 비는 여름의 준엄한 추억과 교훈을 일깨운다. 9월의 첫 비와 함께 여름은 끝난다. 휴가지에서 돌아온 이들은 피부가 태양에 그을려 웃을 때마다 치아만 유독 하얗게 반짝인다. 그들은 어딘가 낯선 데, 그래서 우리가 알던 예전의 그 사람들이 아닌 듯하다. 누구나 여름을 나면서 내면이 성숙해진다. 여름을 행복의 질료로 삼은 이들은 더 명랑하고 낙관적으로 변한다.

여름이 끝난 뒤 맨드라미는 피었다 지고, 석류 열매는 알이 굵어지며 익어간다. 석류 속껍질 안쪽으로 물방울 모양의 종자들이 홍보석처럼 박혀 여문다. 태양의 진리 아래서 석류가 익고 우리도 익어야 할 의무가 있다. 여름에는 여름에 더 충실하자! 미간을 찌푸리며 허송세월하며 보내기엔 여름이란 계절은 너무 소중하다. 당신은 피와 심장이 시키는 대로 살아라! 우리는 저 눈부신 빛 아래에서 쾌락주의자로 사는 데 망설임이나 가책을 덜 느껴도 좋다. 여름보다 더 오래된 여름이 지나간다. 청송사과들이 끝과 시작을 품고 둥근 생을 빚을 것이다.

프란체스코회 수도원의 젊은 수사들처럼 우리는 최선을 다해 여름을 견뎌냈다. 어제 오전에는 오슬로의 지인에게 편지를 쓰고, 오후엔 하지 감자를 쪄서 서너 개를 천일염에 찍어 먹었다. 세탁하려고 내놓은 바짓자락에서 바닷가 모래가 우수수 쏟아졌다. 우리는 지난여름의 쓸쓸함과 위대함을 느낀다. 뇌우가 우는 저녁이 한 줄로 다가오고, 비가 대지를 적시면 여름이 끝날 것을 예감한다. 들길에서 만나던 어린 뱀들과 장마 때 울어대던 맹꽁이들은 다 자취를 감추었다. 비 그친 저녁의 풀벌레들은 파리 나무십자가 소년합창단 소년들처럼 청아한 목소리로 운다.

　자정 너머 솟은 달은 조도를 올려 밤의 야경꾼처럼 도시 골목들을 순찰한다. 당신은 조금 더 외로워지고 선량해지겠으나 우리의 감정생활은 더 윤택해지리라. 우리 사랑은 여름 내내 잡초처럼 웃자라고, 진리와 바다는 항상 우리 뒤에서 천둥처럼 운다. 누군가는 옛 여행자들처럼 아무 보상도 없이 먼 곳까지 걸어갔다가 되돌아온다. 우리는 긴 소매 옷을 꺼내 입고 소슬바람이 부는 언덕에 서서 계절을 전송한다. 그동안 당신 안의 어린 짐승들이 죽고 당신의 털빛은 색깔이 바래어간다.

예술에 대한
탐색의
열정

최근에 나는 운터스베르크의 눈 덮인 정상에 서 있었다. 내 머리 바로
위, 거의 손이 닿을 만큼 가까운 공중에 까마귀 한 마리가 바람 속을
활공하고 있었다. 까마귀의 몸통으로 당겨진 발톱의 노란색은, 새의 이
상적인 이미지가 바로 이것이라고 말하는 것만 같았다. 햇살을 받아 빛으
로 일렁이는 날개는 금색이 섞인 갈색이었다. 그리고 하늘의 푸른색. 그
세 가지는 드넓고 편평한 공중에 널찍한 색채의 띠를 만들며 흘러갔고,
그래서 순간 나는 허공에 휘날리는 세 가지 색의 깃발을 본 듯했다. 그
것은 주장이 없는 깃발, 오직 색채만의 사물이었다.

_페터 한트케, 배수아 옮김, 『세잔의 산, 생트 빅투아르의 가르침』
(아트북스, 2020년)

우리의 세계는 색채의 향연 속에 펼쳐진다. 사람이 식별할 수 있는 색깔은 1,000가지에 이른다고 한다. 놀라지 마시라, 디지털 기술로 빛의 삼원색을 조합해서 만들 수 있는 색깔은 그보다 훨씬 더 많은 1,600만 개라고 한다. 이토록 많은 색깔은 저마다 만물 조응하면서 우리 마음의 깊은 곳 금을 울린다. 색은 기억에 새겨지고, 추억과 환상을 불러오며, 상징과 기호로 변한다. 색깔은 인간의 오감과 비벼지면서 감정과 심리에 영향을 미치고, 마음에 파문을 일으킨다. 인류 무의식에 원초적 체험으로 깃든 색채 경험을 반추하는 것은 의미가 있다.

빨강은 생명의 원점이다. 생명은 대체가 불가능한 절대 가치에 속한다. 그래서 빨강은 고귀하다. 빨강은 이성을 압도하는 본성의 색깔이다. 열정과 희열은 검정도 아니요 노랑도 아닌 빨강을 타고 온다. 빨강은 사랑과 열정의 신호색이다. 반면 흰색은 겨울의 상징이자 알과 젖, 우유의 색으로 인간의 근원을 생각하게 하는 기호가 된다. 흰색을 이야기하면서 떠올린 이용악 시인의 「그리움」이라는 시는 한 폭의 그림이다.

1978년 페터 한트케Peter Handke는 파리의 한 미술관에 걸린

폴 세잔Paul Cézanne의 작품 〈팔짱을 낀 남자〉 앞에 오래 서서 들여다본다. 그림에 매혹되어 그 자리를 떠날 수 없었던 탓이다. 한트케는 그 경험에서 영감을 받아 구상한 『느린 귀환』을 내놓는다. 한트케는 세잔의 '생트 빅투아르산' 연작에 이끌리고, 홀린 듯 화가의 자취를 찾아 나선다. 그리고 세잔의 회화 작업에 경외감을 품고, 마침내 세잔을 인류의 스승이자 예술적 사표로 받아들인다.

이 책에서 독자들은 세 개의 생트 빅투아르산을 만난다. 첫번째는 세잔이 그린 산이고, 두 번째는 페터 한트케가 묘사한 산이고, 세 번째는 실제의 생트 빅투아르산이다. 세 개의 산은 저마다 다르며 또 동일체이기도 하다. 한트케는 세잔의 그림 앞에서 미적인 것이 주는 내면의 법열감에 전율하고, 그림에서 본 생트 빅투아르산을 직접 보러 나섰다. 세잔에게서 받은 감흥과 예술에 대한 탐색의 열정이 시킨 것이다. "서로 연관된 맥락에서 전체를 보려는 열망으로 나는 지금까지와는 다른 아주 특별한 행적을 좇아 그 자취를 찾아 나서게 되었다. 다만 그 형적이 내게 무엇을 가리키는지, 어디로 이끌지는 가늠하기가 어려웠다." 한트케를 몽환과 냉혹함 사이로 난 에움길로 내몬 것은 세잔의 열정과, 그 아래 소용돌이치는 절대의 미에 대한 흠모, 항구적인 것이 품은 영성에 대한 이끌림, 순진무구한 것에 대한 동경, 덧없이 소멸하는 것을 향한 연민과 가여움이다.

한트케는 세잔의 자취를 찾아 떠난 여정에서 저 프로방스의 실편백나무들이 서 있는 '세잔의 길' 위에 서린 고요, 산의 고고함, 자연과 교감하고 숙고하며 예술에 헌신한 세잔이 이룬 높은 예술적 성취를 만난다. 세잔의 그린다는 행위와 한트케의 쓰는 행위는 휴머니즘이라는 하나의 주제로 연결되어 있다. 결국 세잔과 그의 예술에 대한 탐색은 곧 한트케 자신의 글쓰기에 대한 탐색과 겹쳐진 하나의 여정이었음이 분명하다.

이 책은 한 위대한 화가에게 영감을 준 생트 빅투아르산을 찾는 예술 기행문이다. 아울러 단 한 번도 무엇인가에 이끌려본 적이 없는 사람이 이끌렸던 세잔의 그림을 매개로 펼친 예술론이다. 그리고 참 스승의 위대함, 즉 "오직 실재함과 충만함을 통해 유일한 것 또는 그와 같은 것에 귀 기울인다". 이는 세잔에게 한트케가 바치는 오마주다.

시간은
장소마다 다르게
흐른다

우리는 보통 시간이 단순하게, 기본적으로 어디서든 동일하게, 세상 모든 사람의 무관심 속에 과거에서 미래로, 시계가 측정한 대로 똑같이 흐른다고 생각한다. 시간의 흐름 속에서 우주의 사건들이 과거와 현재, 미래의 순서대로 벌어진다고 보는 것이다. 과거는 정해졌고, 미래는 열려 있고……. 하지만 이 모두가 틀린 것으로 드러났다. 시간의 특징적인 양상들 하나하나가 우리의 시각이 만든 오류와 근사치들의 결과물이다.

_카를로 로벨리, 이중원 옮김, 『시간은 흐르지 않는다』

(쌤앤파커스, 2019년)

여름이 만드는 구심력으로 여름 한가운데를 뚫고 거침없이 나아간다. 자귀나무와 배롱나무에 꽃이 필 무렵 봄날은 지구에서 4억 광년 떨어진 궤도를 돌고 있는 행성 프록시마b처럼 까마득히 멀어진다. 우리는 과거도 아니고 미래도 아닌 시간을 지나지만 나의 현재와 당신의 현재는 똑같지 않다. 우리가 어디에 있느냐에 따라 시간은 다르게 흐르고, 사물의 양과 특성이 변화하는 탓이다. 장소마다 다른 양자중력의 차이로 인해 이런 편차가 생겨나고, 그런 까닭에 우리의 현재는 확정할 수 없는 모호함 속에 있다.

우리의 시간은 다른 방식과 다른 리듬을 갖고 흘러간다. 사람들은 모든 장소에서 시간이 같은 리듬과 속도를 갖고, 과거에서 미래를 향해 선조적 흐름을 타고 흘러간다고 믿지만 이는 사실과 다르다. 시간은 하나의 방향, 하나의 흐름만을 갖지 않는다. 이 세계 안에는 다른 속도와 흐름이 존재하고, 다른 방향으로 흐르는 시간이 존재한다. 달에서 하루와 지구에서 하루, 화성에서 하루와 목성에서 하루, 안드로메다 은하에서 하루는 시간의 길이가 제각각이다. 날짜와 운동을 측정할 수 있는 하나의 시간이란 없다는 게 현대물리학이 말하는 시간의 실체다.

우리는 과거의 시간과 미래의 시간이 다른 속도로 흘러간다는 사실쯤은 직관적으로 알 수가 있다. 과거엔 촛불이 더 밝게 빛나고, 젊은 어머니들은 더 기품이 있고 어여뻤으며, 이별이 만드는 슬픔은 더 날카로웠다. 우리는 더 밝고 아름답게 타오르던 촛불과, 더 기품이 있던 젊은 어머니들과, 더 날카로운 이별의 슬픔을 잃어버렸다. 그사이 우리 재능은 평범한 것으로 바뀌고, 우리 삶을 빛내주던 고귀한 빛은 사라져 과거와 견줘 희미해졌다.

어제의 시간과 오늘의 시간이 다른 속도로 흘러가는 가운데 우리는 파동하는 존재로 살아간다. 생이라는 것은 우리가 겪어낸 시간, 운동, 흐름의 총량을 가리키는 것이다. 시간이 흐르면서 그 내면에 남긴 기억의 무늬들. 우리는 그 무늬를 끄집어내 어루만지며 나이를 먹고 어른이 되어간다. 이탈리아 출신의 이론 물리학자인 카를로 로벨리Carlo Rovelli의 양자중력 이론의 관점에서 시간의 본질을 탐구한 『시간은 흐르지 않는다』는 매우 흥미롭다.

"모든 장소의 시간은 다른 리듬과 속도를 갖는다." 양자역학의 장場 안에서 시간은 유일한 것이 아닐뿐더러 장소마다 다른 리듬을 갖는다는 것이다. 시간은 산에서 더 빨리 흐르고, 평지에서는 더 느리게 흐른다. 장소마다 시간이 다른 속도, 다른 리듬으로 흐른다는 사실은 놀랍지 않은가? "여러 장소에서의 시간도 하나로 공통적이지 않지만, 한 장소에서의 시간도 하나만 존재하는 것이 아니다."

모네, 〈생 라자르 역〉
1877년, 캔버스에 오일, 프랑스 파리 오르세 미술관 소장.

그런 전제 아래서만 당신의 시간과 내 시간이 다르게 흘러간다는 게 진리라고 말할 수 있다.

인생이란 이런 시간 속에 빚어지는 사건의 총합이다. 벽과 벽 사이를 내다보는 사이 하얀 말은 눈 깜짝할 새에 지나갔다. 어른들은 그게 세월이라고 말한다. 어린 시절은 그토록 빨리 지나가고, 우리는 나이를 먹으며 늙어간다. 우리는 생의 시간 속에서 우연한 일들을 겪고, 거기에 필연적인 사건들이 겹쳐지며, 인생은 도무지 알 수 없는 방향으로 흘러갔다. 맑은 날씨와 궂은 날씨가 번갈아가며 현존의 뜨락을 방문하고, 행운과 불운이 다른 시각에 찾아온 손님인 듯 방문한다. 처음 사랑을 나눌 때 우리는 우주적 시간 속에서 우주적 파동 그 자체로 존재했다. 버드나무와 회양목은 봄마다 잎을 피우고, 나비와 잠자리는 날개를 얻어 공중을 날고, 매미는 여름 내내 시끄럽게 울어댔다. 심장이 쪼개질 듯한 고통 속에서 첫사랑을 겪어낸 뒤 우리는 세월이 얼마나 무정하고 덧없이 흘러간다는 사실을 뼈저리게 인식했다. 지금은 짐작조차 할 수 없는 이유로 당신과 나는 헤어졌고, 그 뒤로 당신의 시간과 나의 시간은 엇갈리기 시작했다.

닫힌 시간의 곡선 안에서 나는 오래 울었던 적이 있었던가? 당신이 떠난 뒤 견뎌야 할 시간의 밀도와 리듬이 달라져서 힘들 것임을 알았다. 시간의 유일성과 통일성이 전과 달라질 것이란 예감은 적중한다. 과연 나 혼자 맞는 시간의 흐름과 속도가 달라지고, 질서는 엉망진창이 되었다. 당신과 내가 함께 있을 때보다 시간이 내게 덜 우호적이라는 게 분명해졌다. 그 외로움을 혼자 감당하는 내가 불쌍해서 울었다. 저 우주의 시간과 지구에서 우리가 겪는 시간은 다르다. 우리는 다른 속도와 흐름을 가진 시간 속에서 탄생과 죽음을 겪고, 인연을 만나 결혼을 하고, 아이를 낳아 기르며 갖가지 실패와 성공, 희로애락을 겪는다. 당신과 내가 같은 공간, 같은 장소에 있더라도 우리의 시간은 다르게 흐를 것이다.

밥벌이를
직업으로
삼지 마라

사람들이 수레와 헛간으로 피할 때 그대는 구름 밑으로 대피하라. 밥벌
이를 그대의 직업으로 삼지 말고 도락으로 삼으라. 대지를 즐기되 소유
하려 들지 마라. 진취성과 신념이 없기 때문에 사람들은 그들이 지금 있
는 곳에 머무르면서 사고팔고 농노처럼 인생을 보내는 것이다.

_헨리 데이비드 소로, 강승영 옮김, 『월든』(은행나무, 2011년)

내 인생에 영향을 끼친 작가 중 하나로 헨리 데이비드 소로Henry David Thoreau를 꼽는다. 잡역부, 은둔자, 자연주의 문학가, 초월주의 사상가로 알려진 소로는 1845년 7월 4일, 콩코드 고향 마을을 떠나 외딴 숲속 호숫가에 오두막을 지었다. 소로는 오두막에 사는 동안 자발적 고독과 고립 속에서 온전한 하루를 누렸다. 2년 여 동안 숲속에서 은둔하며 하루만 일하고 엿새는 쉬며 자연에서 뒹굴거리며 글을 썼는데, 그걸 엮은 게 『월든』이다.

『월든』이 나온 것은 1854년 8월 9일이다. 나는 새해 들머리에 이 책을 다시 읽는다. 그때마다 마음은 쉬이 더워진다. "왜 우리는 성공하려고 그처럼 필사적으로 서두르며, 그처럼 무모하게 일을 추진하는 것일까? 어떤 사람이 자기의 또래들과 보조를 맞추지 않는다면, 그것은 아마 그가 그들과는 다른 고수鼓手의 북소리를 듣고 있기 때문일 것이다. 그 사람으로 하여금 자신이 듣는 음악에 맞추어 걸어가도록 내버려두라. 그 북소리의 박자가 어떻든, 또 그 소리가 얼마나 먼 곳에서 들리든 말이다. 그가 꼭 사과나무나 떡갈나무와 같은 속도로 성숙해야 한다는 법칙은 없다. 그가 남과 보조를 맞추기 위해 자신의 봄을 여름으로 바꾸어야 한다는 말인가?"

소로가 도시, 기술, 도구-사물을 등지고 자연으로 간 것은 문명 세계의 질서, 관습, 법규가 개인을 옥죈다고 믿은 까닭이다. 문명을 등진다는 것은 인간 생활의 편의를 위해 만든 도구-사물들과 절연한다는 뜻이다. 삽과 쟁기가 손과 발의 연장이고, 망원경과 현미경이 눈의 연장이듯이 사물은 우리 신체의 연장이다. 인류는 이 도구-사물들을 쓰며 산다. 문명 세계에 진절머리를 치며 야생으로 떠났더라도 최소한의 도구-사물에 기대지 않고는 살아갈 수가 없었을 테다.

도시의 일상을 등지고 숲속에서 고독과 마주한 소로에게, 나는 묻고 싶었다. 홀로 숲속에서 지내며 고독의 압박이 너무 커진 순간은 없었는지를, 범인凡人이 누리는 평범한 삶을 떠나 사는 데 따른 회한이 없었는지를. 소로는 왜 숲속에서 은둔자처럼 살았을까? "삶에서 본질적인 사건에만 집중하고, 삶이 내게 가르쳐주려고 하는 것을 배우고, 세상을 떠나는 순간에 내가 제대로 살지 못했다고 깨우치는 어리석음을 범하지 않겠다"는 소로의 고백에 따르면, 그는 어리석음을 피하고, '제대로 살기 위하여' 도시로 떠난 것이다.

소로는 '전설적인 은둔자'로 알려져 있지만 사실 자주 마을을 찾았다. 마을에서 사람들과 담소를 나누고, 어머니가 구운 파이를 먹거나 식구들에 둘러싸여 저녁을 먹었다. 소로는 외딴 오두막에서 혼자 지내며 '타인의 거울 안에서' 사는 것의 피로감과 정신적 긴장에서 벗어나 제 존재 안에서 충만할 수가 있었다. 소로는 우리에게 온전한 고독이 왜 필요한지를 환기시킨다.

소로를 자연주의자로 이끈 사상의 은사는 '자연으로 돌아가자'고 한 철학자 루소와, 초월주의 사상가이자 목사인 에머슨이 있을 테다. 그는 스무 살 때 에머슨 집에서 정례적으로 열린 초월주의자의 모임에 참석했는데, 그는 에머슨의 벗이자 제자이고, 그 집 집사 노릇도 마다하지 않았다. 소로는 무정부주의자였다. 정부에 맞서 시민 불복종 운동에 나서고, 제 세금이 노예제도와 전쟁을 위해 쓰이는 것에 반대하고 세금 납부하기를 거부하다가 투옥된 경험도 있다. 소로의 사상은 간디의 비폭력 저항 운동, 마틴 루서 킹의 흑인 인권 운동, 1960년대 미국의 저항 문화의 불쏘시개가 되었다. 소로는 우리 안에 잠든 정의와 야생 자연에 대한 꿈을 깨운다. 과연 소로는 유화적인 몽상가인가, 내용이 없는 루소주의자인가, 아니면 생태주의를 주창한 구루인가? 그 판단은 각자의 처지에 따라 달라질 수가 있을 것이다.

맥주 첫 모금을
목구멍으로
넘길 때

중요한 것은 딱 한 모금이다. 그다음에 마시는 맥주는 마시는 시간만
점점 길어지고, 평범해진다.……맥주를 들이켜면, 숨소리가 나고, 혀가 달
싹댄다. 그리고 침묵은 이 즉각적인 행복이라는 문장에 구두점을 찍는
다. 무한을 향해서 열리는, 믿을 수 없는 기쁨의 느낌…… 그것은 쓰라
린 행복이다. 우리는 첫 잔을 잊기 위해서 마시는 것이다.

_필립 들레름, 김정란 옮김, 『첫 맥주 한 모금 그리고 잔잔한 기쁨들』

(장락, 1999년)

필립 들레름Philippe Delerm의 산문집을 손에 넣은 건 우연이다. 그게 1999년의 일이니, 꽤나 세월이 흘렀다. 34편의 짧은 에세이가 묶인 낯선 작가의 산문집을 읽은 뒤 그 여운에서 한동안 헤어 나오지 못했다. 첫 맥주 한 모금이 남기는 날카로운 쾌락과 그 뒤의 쓰라린 행복을 감각적인 문장으로 보여준 들레름은 1950년 프랑스의 작은 도시에서 태어난다. 부모님들 두 분 다 교사이고, 그 자신도 노르망디 지방에서 문학교사로 일하며, 중학교에서 연극부와 축구클럽을 이끌었다. 그의 아내 역시 문학교사다.

이 산문집이 심오한 사상을 머금고 있다고는 말할 수 없다. 들레름은 아주 사소한 이야기, 일상의 조각들, 작은 행복의 편린들, 정말 작아서 금세 잊히는 찰나를 포착한다. 그는 목구멍으로 넘기는 맥주 첫 모금의 "무한을 향해서 열리는, 믿을 수 없는 기쁨의 느낌"을 전달하려고 최선을 다한다. 맥주 한 모금을 목구멍으로 넘기는 찰나 최고의 기쁨에 도달하고 그 뒤로는 쾌감이 반감된다. 두 번째 잔부터 맥주는 이미 그 비범함을 잃어버린다. 맥주를 마시는 사람들은 미지근한 행복감 속에서 금세 우울해진다. 하지만 작가는 추억의 창고에 들어 있는 멜랑콜리를, 우리가 겪은 기쁨과 슬픔을 끄집어내

반추하도록 부추긴다.

지하실에서 달콤한 향내를 뿜어내며 덧없이 시드는 사과들, 새벽 거리에서 먹는 크루아상, 무심코 지나쳐버린 어린 시절의 가을, 황금빛 맥주 한 모금의 행복, 느긋하게 보낸 일요일 저녁에 마음을 파고드는 불안을 일깨운다. 특히 음식에 대한 풍부한 감각적 경험을 펼치는 문장들에서 그의 감수성은 눈부시게 반짝거린다. 그의 산문에는 유난히 많은 식음료가 열거된다. 크루아상, 파이, 완두콩, 포르토, 사과, 정원의 점심, 오디, 맥주 한 모금, 바나나 스플릿, 아랍인 상점의 루쿰 사탕, 뜨거운 커피와 갓 구운 빵 같은 것들!

"당신은 가장자리가 장미빛으로 물든 새벽의 푸르름 속에 서 있다.……빵집이 조금 먼 거리에 있어서 오히려 다행이다. 건달처럼 호주머니에 손을 찔러 넣은 케루악, 당신은 모든 것을 앞지른다. 옮겨 놓는 한 걸음 한 걸음이 모두 축제이다. 당신은 자신도 모르는 사이에, 어린 시절에 그랬던 것처럼, 보도 가장자리를 따라 걷고 있는 자신을 발견한다. 마치 중요한 것은 사물들의 여백, 혹은 가장자리라는 듯이. 그것은 순결한 시간, 다른 사람들이 모두 잠들어 있을 때 낮으로부터 훔쳐낸 특별한 시간이다."(「새벽 거리에서 먹는 크루아상」)

푸르스름한 기운이 가득 찬 새벽 거리를 걷다가 불 밝힌 빵집에 들러 방금 나온 크루아상을 산 적이 있는가? 그런 경험의 유무는 그다지 중요하지 않다. 그 새벽 거리에서 나는 외롭거나 혹은 외롭

장 프랑수아 밀레, 〈빵 굽는 여인〉
1854년, 캔버스에 오일, 네덜란드 크뢸러뮐러 미술관 소장.

지 않았다. 하지만 일찍 문을 연 빵집에 들러 크루아상을 사들고 집으로 돌아간다는 생각만으로 내 마음은 붕 떴다. 이른 시간이라 집에는 아이들과 아내가 잠을 자고 있을 테다. 방금 구운 신선한 크루아상을 품에 안고 돌아가는 내 발걸음은 가벼웠는데, 그때 딛는 발걸음 하나하나는 축제였다.

　　이 산문집은 언제라도 좋지만 특히 일요일에 읽기를 권한다. 일요일의 휴식과 은혜 속에서 '부활 프로젝트'를 성공리에 수행한 뒤에 느긋하게 이 책을 읽는 시간에 우리 마음은 기쁨으로 가득 찬다. 일요일이란 어떤 시간이던가? 일요일은 한 주일 내내 함부로 방기되거나 버려진 자기를 되찾고 인격적 존엄을 회복하는 시간이다. 피로를 말끔하게 씻어낸 뒤 끊어진 삶의 원천과 자아를 다시 잇는다. 피로에 짓눌려 죽어가던 자연은 늦잠, 음식, 햇볕, 나태, 음식, 무위, 일과 수고의 일시적 유예, 자연의 축복 속에서 놀랍게 부활하는 것이다. 또한 일요일은 기쁨의 향유로 채워지는 까닭에 고독조차 감미로울 지경이다. 일요일엔 누구나 아무것도 하지 않을 권리, 누구의 침해도 받지 않고 혼자 자유를 누릴 권리를 보장받는다. 일요일에는 누구에게 소유되거나 지배되어서는 안 된다.

　　소로에게 숲속이 도피처였다면, 우리의 도피처는 일요일이다. 먹고 마시며 사랑과 향유를 만끽하고, 삶의 내면을 꼼꼼하게 보살필 수 있는 일요일! 일요일은 요일 중의 여왕이다. 시인이자 철학자인 서동욱은 "요일 중의 요일, 가장 늦게 탄생한 요일들의 막내 자매, 모든 요일들의 여왕이자 노동으로부터 해방된 날"(서동욱, 『차이와 타자』)이라고 적는다!

태양은 머리 위에 떠 있고, 하루 중 그림자가 가장 짧아지는 정오는 빠르게 지나간다. 식사를 하며 곁들인 맥주 몇 잔으로 오후에 접어들며 벌써 몸의 나른함을 느낀다. 한낮의 햇빛은 속눈썹에 매달려 불타오른다. 일요일은 이상하게도 다른 요일의 시간보다 빠르게 지나간다. 아무도 그 흐름을 멈출 수가 없다. 일요일 오전에 우리는 휴식과 휴지의 시간 속에서 존재함을 넘치도록 향유하는데, 그 향유로 인해 우리의 자기성을 강화하고 이 세계라는 토대 위에 자아를 성채처럼 세울 수가 있다.

우리는 우리 자신에게 돌아간다. 수고와 그로 인한 피로는 어느 정도 감경된 게 분명하지만 아직은 부족하다. 일요일의 행복은 풍부한 음식들을 맘껏 먹고 즐거움을 누리는 가운데서 찾을 수 있다. 텃밭에서 거둔 신선한 채소들을 씻어 상에 올리고, 붉은 고기들을 불에 익혀 식탁을 준비한다. 세계가 도구적 연관성의 총체이기 이전에 먹을거리의 총체라면, 우리는 먹고 마시는 즐거움 속에서 세계와 나의 유대를 강화하는 것이다. 음식들이 우리 마음에 기쁨을 넘치게 한다. 자, 맘껏 먹고 즐기자.

피아노를
치는 것은
우주를 아는 것

피아노를 치는 것은 우주를 아는 것이다.

_러셀 셔먼, 김용주 옮김, 『피아노 이야기』(은행나무, 2020년)

러셀 셔먼Russell Sherman은 피아니스트이자 숱한 제자들을 길러낸 피아니스트의 스승이다. 그는 뉴욕에서 태어나 여섯 살 때 피아노를 시작하는데, 컬럼비아대학에서는 인류학을 공부한다. 하버드대학의 객원교수를 거쳐 뉴잉글랜드 음악원에서 피아니스트들을 길러낸다. 『피아노 이야기』는 게임, 가르침, 상관관계, 악보, 코다라는 다섯 가지 주제로 나뉘어 있고, 아포리즘 형식을 취한다. 그의 사색적인 문장은 피아니스트의 손가락이 하는 다양한 쓰임에 대해, 혹은 피아노음악에 대한 이야기를 넘어선다. 그의 아포리즘에는 피아노 저 너머의 풍부한 인문학적 지식들이 녹아 있다. 그의 인문학적 통찰이 우리를 세계와 우주에 대해 깊은 이해로 이끈다.

"피아노는 평범한 애정 표현 방식에는 절대로 응하지 않는 상자요, 기계며, 덤덤한 골리앗이다. 피아노는 말로 표현할 수 없을 만큼 미묘하고 간접적이고 교묘하게 암시적이고 은근한 몸짓으로 유혹해야 한다. 피아니스트의 태도는 한데 융합되어 빛나는 소리의 거울을 이루며 온갖 어울리지 않는 동작을 감추어주는 고상하고 조화로운 생각을 표현해야 한다."

아침에 듣는 피아노 음악이 좋다. 피아노에서 울려 나오는 선율은 늘 명쾌하고, 그 음색과 음감은 믿을 수 없을 만큼 맑고 깨끗하다. 그 선율이 몸통을 통과하면서 나를 투명하게 만들 것만 같다. 젊은 시절엔 돈이 없어 자주 굶었다. 음악감상실에서 주린 배를 안은 채로 듣던 피아노 음악은 황홀경을 안겨주기도 했다.

삶에 음악이 없었다면, 나는 더 불행했을 게 틀림없다. 스무 살 무렵 가졌던 절망과 비탄을 음악의 힘으로 버텨낼 수 있었다. 음악은 영혼을 향상시키고, 마음을 기쁨으로 이끌었다. 몸은 비애건 행복이건 느낌과 감정의 물결이 마지막으로 도달하는 최종 수신처인 것! 오직 좋은 음악 속에서만 내 숨결과 육신은 생기발랄해지고 내 존재를 구성하는 물질의 화학적 성분도 바뀌었으리라. 프랑스 시인 앙리 드 레니에Henri de Regnier라면 이 찰나를 '감정의 왈츠'라고 말했을 테다. 레니에는 "행복은 존재를 팽창시키고 존재를 완전히 장악한다. 우리는 행복이 우리 존재의 말단까지 공급되는 것을, 혈액이 가닿을 수 있는 한계가 계속해서 확장되는 것을 육체적으로 느낀다"고 말한다.

행복은 어떤 지복 상태의 연속에서 오는 느낌의 총체다. 돈과 물질에 쪼들리지 않고, 생명과 신체의 안전이 지속되리라는 믿음을 갖고, 타인과의 관계에서 환대받고, 삶이 의미 있다고 확신을 갖는 것, 이것이 행복의 조건이다. 행복은 복권 당첨같이 만질 수 있는 실물이기보다는 추상이다. 말로 할 수 없는 그 무엇, 행복은 감정이고 느낌이다. 행복은 조건의 충족 여부가 아니라 그걸 온전히 느끼고 향유할 줄 아는 능력에 달려 있다. 행복은 마음의 충만, 의미로 가득 찬 시간, 우리를 기쁨의 지속으로 이끄는 벅찬 경험인 것이다.

　　행복이 몸의 통점처럼 일률적이지 않다. 그것이 주관적인 경험이기 때문이다. 나는 영적인 깊이, 내적 고요함, 오랜 우정, 계절의 신선한 느낌 같은 것에서 행복 지수의 밀도가 높아진다. 스무 살 무렵 베토벤의 피아노 소나타 23번 〈열정Sonata No. 23 in F minor, Op. 57 'Appassionata'〉을 들으며 가스통 바슐라르의 책들을 읽을 때 나는 행복해진다. 가난의 굴레에서 이러지도 저러지도 못한 채 음악에서 기쁨을 구하던 젊은 시절의 일이다. 추운 겨울날, 골목을 지나는데 어느 집에선가 차이콥스키의 피아노 협주곡 제1번Piano Concerto No.1 b-flat minor Op.23 2악장이 들려왔다. 청년은 어느 집 벽에 몸을 기댄 채로 차이콥스키 피아노 협주곡의 남은 부분을 들었다. 연주가 끝났을 때 희열이 차오르며 전율을 느꼈다. 그 찰나 누구도 나를 불행하다고 말할 수는 없으리라. '아, 나는 이 행복 속에서 죽어도 좋겠네'라고 생각했다.

우리가
키스를
한다는 것은

다른 사람과 키스를 하면 그것은 운명적인 신호가 된다. "키스로 봉인한다"는 말이 그런 의미다. 어떤 측면에서 그것은 관계의 합법화다. 키스가 없는 관계는 섹스가 없는 결혼처럼 미확정적이다. 키스는 거래를 계약하는 서명처럼 관계를 강화한다.……키스 자체는 묘하게도 공허한 행위다. 마치 음식도 없이 식사하는 것이라고 할까? 우는 행위와 비슷하게 키스는 내적인 계기를 가지지만 외적인 이득은 없다. 섹스는 적어도 생식의 목표를 지향할 수 있으나 키스는 아무것도 이루지 못한다. 키스는 그 자체가 목적인 셈이다.

_로버트 롤런드 스미스, 남경태 옮김, 『이토록 철학적인 순간』
(웅진지식하우스, 2014년)

키스는 연인들의 특권이다. 첫 키스는 상대를 연인으로 받아들인다는 허락의 신호다. 연애는 키스에서 시작하고 키스로 더 깊어진다. 첫 키스를 기점으로 관계의 밀도는 더 강해지고 사랑은 더 깊은 데로 나아간다. 연인 관계는 첫 키스 전과 후로 확연하게 나뉜다. 키스로 연인 사이의 신체적 친밀감이 높아지고, 두 사람의 몸과 영혼이 정념의 내밀함 속에서 결합할 수 있는 준비를 마친다. 정작 키스 자체로 이룰 수 있는 것은 아무것도 없다. 키스는 한줌의 관능적 기쁨 말고는 생물학적으로 별다른 보상이 없는 잉여 행위다. 첫 키스의 유일한 보상은 무수히 많은 키스를 불러온다는 사실뿐이다.

이 세상에 키스를 하지 않는 연인은 없다. 키스를 하지 않는 연인은 죽은 자들뿐이다. 키스는 연인들 사이의 구애 방식 중에서 가장 흔한 행위다. 키스는 당신이란 텍스트를 열고 그 내용을 읽는 행위다. 구강의 부드러운 점막, 혀, 입술을 부비고 그 느낌을 공유하는 일은 연애의 당연한 통과의례다. 첫 키스 이후로 이어지는 애무 행위는 자연스럽다. 사랑이 감정적인 것과 육체적인 것이 결합이라는 걸 깨달은 뒤 연인의 행동은 더 대담해진다.

키스는 사랑의 관계에서 '운명적 신호'다. 키스는 봉인된 몸을 사랑하는 이에게 여는 계기이고, 사랑은 키스 이전과 이후로 나뉜다. 사실 키스 자체만 보자면 이것은 "음식도 없는 식사" 같이 공허한 행위에 지나지 않는다. 구스타프 클림트Gustav Klimt는 〈키스〉에서 연인에게서 키스를 받는 여인의 황홀경에 빠진 얼굴을 몽환적으로 그린다. 남자는 무릎을 꿇은 여자의 머리를 한 손으로 받치고 키스를 하는데, 이것은 연인의 키스가 가져오는 기쁨을 색채적 상징과 문양으로 드러낸다.

키스는 마주 보는 얼굴 전면에 배치된 입술과 혀, 이를 써서 하는 사랑의 행위다. 물고, 빨고, 핥는 이 원시적인 구강 행위와 먹는 행위는 묘하게 닮아 있다. 누구나 무언가를 먹을 때 음식을 물고, 깨물고, 빨고, 핥는다. 사람은 입으로 음식물을 먹는 존재다. 먹는 것이 그러하듯 키스는 그만큼 오랜 기원을 갖고 있다. 입은 '생명의 입구'라고 할 수 있다. 사랑 역시 입과 입을 마주 대는 키스로 시작한다. 먹는 것과 키스는 인간의 원초적인 본능을 공통의 기원으로 삼는다. 갓 태어난 아기는 제 엄마의 젖을 물고 빠는데, 이 행위는 의심할 바 없이 키스의 기원이다.

결혼한 이들은 어느 순간부터 더는 키스를 하지 않는다. 그들은 이미 생활에 지친 상태라고 봐야 한다. 그들은 아무것도 생산하지 않는 키스를 뒷전으로 밀쳐놓는다. 키스가 무용한 것이기 때문이다. 그들이 인생에서 더 절실하게 구하는 것은 항상 유용한 것들의 생산이다. 키스를 하지 않은 연인은 사랑의 지복에서 떨어져 나와 막막한 사막에서 길을 잃는다. 그들은 키스의 상실이 곧 사랑의 죽음이라는 걸 알게 될 것이다.

기후 위기는
만인의
위기다

전 지구적 위기의 진짜 문제는 무수히 많은 고정된 '무관심 편향'과 맞
닥뜨려야 한다는 것이다. 극단적인 기후, 홍수와 산불, 이주와 자원 부
족 등 기후변화에 따르는 재난들 중 상당수는 생생하고 개인적이며 상
황이 악화되어가고 있음을 암시하지만, 이들을 다 합쳐 놓으면 영 다르
게 느껴진다. 점점 강력해지는 서사라기보다는 추상적이고, 멀고, 고립된
현상으로 보인다. 이는 기후변화가 투표자들의 관심을 끌지 못하는 한
가지 이유이다.

　　　　　_조너선 사프란 포어, 송은주 옮김, 『우리가 날씨다』(민음사, 2020년)

이것은 우리가 거주하는 행성에 대한 우울한 소식이다. 지구가 뜨거워지고, 생물의 멸종 시각이 점점 다가오고 있다는 것, 그리고 기후 변화는 인류세와 지구의 종말을 알리며 째깍거리는 시한폭탄이라는 것이다. 한 과학자는 2050년을 지목한다. 그때는 인류가 초자연적 존재에게 기도하고 탄원하더라도 지구는 생물이 살기에는 불가능한 한계에 도달한다는 것이다. 더 암울한 것은 기후과학자 97퍼센트가 이 생물 멸종론에 동의한다는 점이다.

　　지구의 기후가 심상치 않다는 기미를 알아차리고 '기후 위기'니 '기후 재난'이니 하는 말들이 나온 건 어제오늘의 일이 아니다. 그것은 저 멀리 어딘가에서 일어나는 사태가 아니라 지금 여기의 문제, 다시 말해 코앞에 닥친 전 지구적 위기라는 점이다. 이 비상사태를 알리는 빨간불이 들어온 뒤 정치 지도자들이 모여 '파리기후협약'을 맺는데, 그 골자는 지구 온난화 온도를 섭씨 2도 이하로 유지하기 위해 온실가스 배출량을 줄이자는 내용이다. 한마디로 지구 대멸종의 위기에 대한 결단의 표출이었던 것이다.

　　파리기후협약에 관해 알아야 할 '불편한 진실'은 이것이 거의 실현 불가능한 목표라는 점이다. '지구 온난화를 되돌리기 위해 개인이 할 수 있는 가장 중요한 기여'를 다하더라도 지구 온난화는 막을 수가 없다. 조너선 사프란 포어Jonathan Safran Foer는 고작해야 "채식 위주로 먹기, 비행기 여행 피하기, 차 없이 살기, 아이 적게 낳기"뿐이라고 말한다.

그 밖에 화석 연료를 덜 쓰기, 쓰레기를 덜 배출하기, 재활용 가능한 물건을 다시 쓰기, 포장재 줄이기, 대중교통을 이용하기, 동물성 제품을 덜 쓰기, 나무를 심어 숲을 가꾸기 등등도 지구 온실가스를 줄이는 데 기여한다. 의식이 깬 소수의 개인들이 '탄소 연료 소비사회에서 살아가는 윤리'를 나날의 삶에서 엄격하게 실천한다고 해도 이것으로는 부족하다.

그 가능성이 희박하더라도 인류가 파리기후협약의 목표에 도달한다면 우리의 미래는 어떨까? 기후변화를 늦춘다 하더라도 그린란드 국토 대부분을 뒤덮고 있는 얼음은 다 녹고, 아마존의 열대우림은 3분의 1이 사라질 것이다. 그 결과로 거듭되는 혹서, 홍수, 가뭄 따위로 사망률이 치솟고, 1억 4,300만 명이 넘는 기후 난민이 발생하며, 지구에 서식하는 동물종의 절반과 모든 식물종의 60퍼센트가 절멸의 위기를 맞는다고 한다.

만인의 문제는 그 누구의 문제도 아니라고 한다. 기후 위기는 만인의 위기다. 기후변화가 돌이킬 수 없는 통제 불가능한 사태다. 여러 지표가 공통으로 가리키는 바지만 우리는 그 위기를 실감하지

빈센트 반 고흐, 〈별이 빛나는 밤〉
1889년, 캔버스에 오일, 미국 뉴욕 현대미술관 소장.

못한다. 기후 위기는 과학자와 각국 정부가 나서서 해결하겠지. 이토록 심각한 전 지구적 위기를 두고 그들이 아무것도 하지 않을 리가 없지. 자신의 기대수명에는 관심을 갖지만 만인의 위기에는 무관심하다. 조너선 사프란 포어는 만인의 위기가 개인의 실감이 되기 어려운 이유는 전적으로 우리 안의 무지와 무감각, '무관심 편향' 때문이라고 콕 집어 말한다.

지구 온난화로 남극과 북극의 빙하들이 녹고, 해수면이 높아지면 저지대 도시들이 물에 잠길 것이다. 더 많은 초강력 태풍, 해일, 열대 사이클론, 폭우, 가뭄으로 지구 생태계는 심한 몸살을 앓는다. 기후 난민들은 제 삶의 터전을 버리고 여기저기 떠돌 것이다. 인류는 어떻게 이 기후 위기를 넘어 살아남을 수 있을까? 스티븐 호킹Stephen Hawking은 말한다. "우리가 거의 알지 못하는 환경에서도 버틸 수 있는 전혀 새로운 생태계를 건설할 수단을 찾아내야 할 것이며, 수많은 사람들과 동물, 식물, 균류, 박테리아, 곤충을 어떻게 나를지도 고려해야 한다."

이 기후 위기의 시대에 뭔가를 해야 한다는 건 분명하지만 우리에겐 뾰족한 선택지가 없을뿐더러 무엇을 해야 할지 모른다는 점에 위기의 심각성이 있다. 이 모든 걸 다 알아차린다 해도 실천 의지는 턱없이 부족하다. 우리 앞에 놓인 선택지는 딱 두 가지뿐이다. "기후변화에 대한 반응은 체념 아니면 저항, 딱 두 가지뿐이다. 죽음을 맞기로 결심할 수도 있고, 삶을 강조하기 위해 죽음이 다가온다는 사실을 이용할 수도 있다." 기후 위기에 대처할 시간이 있을까? 우리는 이미 너무 늦어버린 것은 아닐까? 과연 미래의 기후 위기에서 우리의 '무관심 편향'을 극복하고 우리의 아들과 딸을 구할 수 있을까?

당신과 나는 지구 자연에 적응하며 살아남은 인류의 일원이다. 살아 있음의 찬연함이 깃드는 순간은 불안과 근심에서 벗어나 평안이 깊어질 때다. 홀연 숭고함이 강림하는 에피파니의 찰나다. 인류가 그 어느 때보다 큰 번성을 누리는 동안 세계 기후를 교란시키고, 대기권의 이산화탄소 농도를 최악으로 높이고, 열대우림을 베어내고 해수면의 온도를 극적으로 올려놓았다. 조만간 닥칠 여섯 번째 대멸종을 피할 수 없다는데, 나는 무엇을 보았는가? 내가 본 것은 영적인 찰나의 현시가 아닌가?

햇빛 아래 꿀벌들이 수레국화 꽃송이들 위에서 잉잉거리고, 그 찰나 정수리 위에서 고요의 무아지경이 폭발한다. 강에는 물고기들이 튀고, 텃밭에는 옥수수들이 쑥쑥 자란다. 세계 한편이 전쟁으로 시끄럽다 해도 한편에서는 엄마들이 요람에 누운 아기를 재운다. 아가, 아무 걱정 말고 잘 자렴. 당신이 집으로 돌아가지 못한 채 먼 곳을 헤매도 세상은 살 만하다. 우리에겐 한 줌의 희망이 있다. 죽지 말고 힘껏 살아보자.

우연이라는
날개를 달고 붕붕거리는
인생아!

그에게 계단은, 각 층마다 얽혀 있는 하나의 추억을, 하나의 감동을, 이
제는 낡고 감지할 수 없는 어떤 것을, 그러나 그의 기억의 희미한 빛 속
어디에선가 고동치고 있는 그 무엇을 간직하고 있는 곳이었다. 즉 어떤
몸짓, 어떤 향기, 어떤 소리, 어떤 번쩍임, 피아노 반주에 맞추어 오페라
곡을 노래하던 어떤 젊은 여인, 서투른 솜씨로 타자기를 두드리는 소리,
크레졸의 고약한 냄새, 웅성거림, 고함 소리, 시끌벅적한 소리, 실크나
모피가 스치는 소리, 문 뒤에서 나던 고양이의 애처로운 울음소리, 칸막
이벽을 두드리는 소리, 슈슈 소리를 내는 축음기 위에서 되풀이되는 탱
고 음악, 혹은 7층 오른쪽 아파트에서 가스파르 윙클레의 크랭크톱이
내던 지겨운 윙윙 소리, 그 소리에 답하는 듯한 세 층 아래 4층 왼쪽 아
파트의 늘 한결같던 참을 수 없는 침묵을.

_조르주 페렉, 김호영 옮김, 『인생사용법』(문학동네, 2012년)

조르주 페렉Georges Perec은 프랑스로 이주한 폴란드계 유대인 부모에게서 태어났다. 아버지는 전쟁 중에 죽고 어머니는 아우슈비츠 수용소에 죽었다. 그는 작가, 화가, 수학자, 과학자 등이 어우러진 실험문학그룹 울리포의 일정한 영향 아래에서 문학 기법을 빚고 상상력을 키운다. 페렉은 도대체 무슨 생각으로 700쪽이 넘는 이 소설을 썼을까? 이 방대한 소설은 부분적으로 내 감성과 의식을 날카롭게 자극하지만 결코 편하게 읽을 수 있는 작품은 아니었다. 나는 인내심을 갖고 페렉의 문장을 따라가다가 샛길로 빠져나가기 일쑤였다, 나는 몰입하는 시간보다 샛길로 빠져 망상 속을 헤매다가 읽기를 중단하기도 했다.

페렉에 의지해 '인생사용법'에 대해 몇 자를 적고 싶어졌다. 가끔 인생 뭐 별거 있나, 하는 생각이 스쳐간다. 이런 생각은 주로 잠 안 오는 밤에 찾아온다. 결국 인생에서 남는 것은 추억과 기억들, 묽은 슬픔, 덧없음, 쓰디쓴 회한 몇 스푼뿐이다. 물거품처럼 사라진 소규모 인생 계획들, 커피 3,423잔, 후추와 소금 약간, 대통령 여럿, 쓰라렸던 백수 시절, 21그램도 채 안 되는 키스와 연애, 무수한 실패. 그게 특별할 것 없던 내 인생사용법이었다. 아들이 생기면 아이에게 야구 글로브를 사주고 둘이 캐치볼을 해야지, 했지만 그 소망을 이루지 못했다. 사느라 바빴던 탓이라는 변명은 비겁하다. 거위처럼 어기적거리며 변명이나 늘어놓는 인생은 비루하다.

나이 드니, 그토록 혼란에 감싸였던 인생의 전모가 점점 더 또렷해진다. 시간이 완전함을 가늠하는 인생의 시험이라는 걸 부정할 수가 없다. 인생의 첫 시련은 벌에 쏘인 것이다. 설마 여섯 살에 통렬한 아픔 속에서 인생이 녹록지 않음을 깨달았다는 것은 아니다. 벌쏘인 턱이 금세 부풀고 불에 덴 듯 따끔거렸다. 외손자를 들쳐 업은 외할머니는 찐 옥수수를 물려주며 달랬다. 벌에 쏘인 그 선연한 통증이 어떻게 사라졌는지는 가물가물하다. 내가 여섯 살이었을 때 엄마라고 알았던 외할머니 얼굴을 자주 떠올린다.

인생 후반부엔 제주도에서 작은 서점이나 꾸리며 살고 싶었다. 은둔 거사로 살며 먼 데서 온 젊은 벗들과 담소하고 오후엔 바닷가나 걷고 싶었다. 그 꿈도 이루지 못했다. 차선으로 스물 몇 해 전에 시골에서 영농 후계자로 살려는 야무진 꿈을 꾸며 경기도 남단에 집을 지었다. 봄과 가을마다 물안개가 집과 마당을 삼키는 시골에서 처절하게 외로웠다. 낮엔 나무시장에서 사온 유실수와 관상수를 부지런히 심고, 밤엔 안성시립도서관에서 빌려온 책을 읽으며 물안개와 고독을 견뎠다. 가끔 벗들이 들고 온 붉은 포도주나 동네 슈퍼에서 사온 좁쌀막걸리를 한 잔씩 마시고 잠이 들었다. 어둠 속에서 고라니나 너구리가 집 마당을 서성거리다 사라졌다. 15년 뒤 영농 후계자라는 난망한 꿈을 접고 시골을 떠났다.

돌아보니 인생이란 미친 엄마가 품고 다니는 태아 같다. 우연이라는 날개를 달고 붕붕거리는 애처로운 인생아! 잘 사는 일이란 무엇인가? 곰곰 생각해보니 진실의 환한 빛 속에서 사랑하고 슬퍼하며 사는 것, 바람에 펄럭이며 마르는 빨래를 지켜보는 시간을 갖는 것, '일하는 육체와 창조하는 정신'으로 사는 것이다. 평생 읽는 자이자 쓰는 자로 살았다. 내 인생사용법에 실수와 오류가 없었다고 우길 수는 없다. 그러나 엉터리로 살지 않았다는 일말의 자부심조차 없는 건 아니다.

귀로는 바흐를 듣고, 눈으로는 권진규의 〈붉은 가사를 걸친 자소상〉을 보았다. 청년 시절 추앙하던 작가 니코스 카잔차키스의 고향인 지중해 크레타섬을 찾아가 돌무덤 위에 붉은 꽃 몇 송이를 바쳤다. 내 인생의 추는 갈망과 현실 사이 한가운데에서 어느 쪽으로도 기울지 않고 균형을 이룬다. 그게 내 인생사용법이 아주 나쁘지는 않았다고 스스로 위로하는 근거다.

혁명을 하려거든
웃고 즐기며
하라

혁명을 하려면 웃고 즐기며 하라
소름끼치도록 심각하게는 하지 마라
너무 진지하게도 하지 마라
그저 재미로 하라

_D. H. 로렌스, 류점석 옮김, 『제대로 된 혁명』(아우라, 2008년)

사람들은 D. H. 로렌스David Herbert Lawrence를 『채털리 부인의 사랑』을 쓴 소설가로만 기억하지만 로렌스는 뛰어난 시인이기도 했다. 로렌스의 시전집 『제대로 된 혁명』을 읽고 그가 훌륭한 시인임을 주변에 알렸다. 로렌스는 이탈리아 피렌체에서 대표작으로 꼽히는 『채털리 부인의 사랑』을 자비로 출판하는데, 초판 발행부수는 고작 100부였다. 이 소설이 섹스에 관한 것이라는 이야기를 들은 이탈리아 조판공은 "그런 건 매일 하는 게 아닌가"라고 말한 것으로 전해진다. 1928년 초판이 나온 이래 『채털리 부인의 사랑』은 외설물이라는 오명을 뒤집어쓴 채 갖은 수난을 당했다. 영국에서는 고발되어 재판을 거친 뒤 1960년에야 승소를 거두고 무삭제판이 출간되었다.

혁명이란 체제를 뒤집고, 비합법적 수단으로 지배계층과 피지배계층을 뒤바꾸는 일이다. 혁명은 피를 동반한다. 자기희생의 각오 없이는 혁명에 나설 수가 없는 것이다. 김수영은 "어째서 자유에는/피의 냄새가 섞여 있는가를/혁명은/왜 고독한 것인가를//혁명은 왜 고독해야 하는 것인가를"(「푸른 하늘을」)이라고 노래한다. 누구나 그가 '혁명의 시인'이 되기에 부족함이 없다고 생각할 것이다. 김수영은 혁명을 꿈꾸고 혁명을 독려하는 시를 지치지도 않고 써내지만 그의 혁명은 실패한다. 그는 "혁명은 안 되고 나는 방만 바꾸어버렸다"(「그 방을 생각하며」)고 혁명의 실패를 인정하며 자조적으로 내뱉는다.

혁명을 가로막는 장애 요인들이 우리의 '밖'에 있는 것이 아니라 '안'에 있다는 깨달음은 정치와 사회 현실에 두던 눈길을 제 '안'으로 돌리게 한다. 그러나 '안', 즉 아내를 비롯한 가족이라든지 헤어날 길 없는 소시민의 일상은 나태와 허위로 감싸여 있고, 이런 사실은 그를 못 견디게 했다. 그는 술에 취해 밤늦게 집에 돌아와서는 거지가 되고 싶다고 외치거나, 가족이라는 속된 사슬에서 풀어 달라고 미친 듯이 소리를 쳐서 아내와 아이들을 깨워 울리는 등 식구를 괴롭히기 일쑤였다. 극심한 자기 비하나 자기 연민에서 비롯된 이런 폭력은 혁명의 좌절이 소시민 계급의 안일함과 소극성에서 비롯되었다는 판단 때문이었을 것이다.

김수영이 꿈꾼 혁명은 크고 무거운 혁명이다. 그것은 노동자 계급을 위한 혁명이고, 낡은 현실을 깨부수고 체제를 바꾸는 혁명이다. 혁명의 동력은 기층 민중이 피와 땀으로 일군 열매를 착취하는 기득권층에 대한 증오일 테지만 로렌스는 사람들을 미워하기 때문에, 혹은 노동자 계급을 위한 혁명을 하지 말자고 한다. 미움과 적의를 바탕으로 하는 혁명은 또 다른 미움과 적의를 불러일으킬 것이다. 피로 한 혁명은 또 다른 피를 부를 것이고, 그런 까닭에 로렌스는 크고 무거운 혁명이 아니라 웃고 즐기는 혁명을 제안한다.

　　구체적으로 "획일을 추구하는 혁명은 하지 마라/혁명은 우리의 산술적 평균을 깨는 결단이어야 한다"며, "우리 재미를 위한 혁명을 하자!"고 청유한다. 로렌스는 재미를 위한 혁명을 추구해야 할 이유로 "사과 실린 수레를 뒤집고 사과가 어느 방향으로/굴러가는가를 보는 짓이란 얼마나 가소로운가?"라고 반문한다. 피를 부르는 혁명이 아니라 웃고 즐기는 혁명을 하자. 당신의 살아 있음을 기뻐하라. 가슴을 설레게 하는 것을 갈망하라. 삶을 껴안고 화해하라. 인생의 즐거운 여정을 위해 매일 사과 한 알을 취하고 아침 서재에 들어서라. 그것이 당신의 삶을 근본적으로 변화시키는 혁명일 테다.

댄디는
꺼져가는 별처럼
사라졌다

댄디즘은 특히 민주주의가 아직은 강력하지 않고 귀족은 부분적으로만
위태롭고 타락한 시기인 과도기에 나타난다. 이런 시대의 혼돈 속에서,
세상에서 낙오되고 세상을 혐오하며 한가하지만 태생적으로 에너지가 풍
부한 몇몇 사람들은 새로운 종류의 귀족계급을 창설할 계획을 떠올릴
수 있다. 그 계급은 가장 고귀하고 가장 파괴하기 힘든 재능들 위에, 일
과 돈으로는 얻기 힘든 천부적 자질 위에 세워지는 만큼 무너뜨리기가
매우 어려울 것이다. 타락한 시기에 댄디즘은 영웅주의의 마지막 불꽃이
다.……댄디즘은 지는 해이다. 그것은 꺼져가는 별처럼 멋지고, 열기 없
이 애수로 가득 차 있다.

_샤를 보들레르, 도윤정 옮김, 『화장 예찬』(평사리, 2014년)

향촌에서 유력계층의 젊은이들은 가계 경제에 그다지 보탬이 되지 않았다. 그들은 생업에 충실한 대신 벗을 환대하고 풍류에 더 열심이었던 탓이다. 농작물의 파종이나 수확 같은 노동의 강제를 면제받는 대신 마을 공동체의 의례를 주재하거나 분란 해결에 앞장을 섰다. 마을마다 한두 명쯤은 있던 그 한량들은 농경시대가 저물고 산업화시대로 넘어가는 변화 속에서 마을 공동체들과 함께 도태되며 자취를 감춘다.

서양에도 생산활동에 무관심한 채로 빈둥거리던 부류가 있었다. '댄디'라고 불린 이들은 직업이 없어도 부모의 유산 덕택에 먹고살 걱정이 없던 이들이다. 이들은 일체의 생산활동에 참여하지 않고, 교양과 높은 예술적 안목을 쌓고, 세련된 복장으로 군중과 자신을 차별화했다. 부유하고도 한가로운 특정한 계층을 가리키는 댄디는 군중 속에 섞여 있을지라도 "거동의 경쾌함, 확실한 매너, 우세한 외모 속의 단순함, 옷을 입고 말을 모는 방식, 언제나 고요하면서도 힘을 드러내는 태도" 등으로 눈에 띈다. 샤를 보들레르Charles Baudelaire는 19세기 서양에 반짝하고 출현한 이들을 "영웅주의의 마지막 불꽃"이라고 했다. 이 위대한 문명의 잔재는 모든 것에 침투하고 평준화하는 민주주의 물결에 밀려났다. 댄디는 마치 꺼져가는 별처럼, 지는 해처럼 한 점의 애수를 남기고 어둠 속으로 사라진다.

나날을 축제처럼 즐기던 한량도, 댄디도 사라졌다. 오늘날 신자유주의 체제는 모두에게 노동 의무를 지우는 생산 강제의 시대다. 사회에서 노동으로 자기 부양을 하지 않는 사람은 사회 부적응자로 낙인이 찍히거나 고립무원의 처지를 벗어나기 힘들다. 노동을 거부하고 외톨이로 사는 이들은 한량의 돌연변이 종이다. 오늘날 외로운 늑대, '히키코모리', 사이코패스로 명명되는 이들은 간혹 반사회적 공격성으로 섬뜩하게 제 존재감을 드러낸다.

신자유주의 체제는 공동체를 조직으로 대체한다. 오래된 마을 공동체들은 와해되고, 온라인의 그 많은 커뮤니티나 동호회는 과거의 공동체를 대체한 잔존물이다. 또한 신자유주의 체제는 세계를 극장에서 공장으로 바꾼다. 놀이와 축제는 추방되고, 노동의 실행만이 가치를 부여받는다. 핼러윈이나 크리스마스는 진정한 축제가 아니라 사람의 감정을 들뜨게 해서 대량소비에 나서도록 부추기는 상업주의의 산물에 지나지 않는다. 한량이건 댄디건 이들은 사회적 생산의 유용성 대신에 유희를 선택한다. 다른 시각으로 보자면 그들은 관조적인 휴식 능력을 지닌 사람들이다. 한량들이 거간꾼이나 정치 모리배로 타락한 뒤 우리는 한량과 함께 공동체의 중재자를 잃었다. 호걸스럽게 노닐던 한량들은 다 어디로 갔을까? 우리 곁에서 사라진 한량들이 그립다. 새들의 지저귐과 계곡 물소리에 귀를 기울이고, 매화 향기에 취해 시를 짓던 이들이 살던 과거로 돌아가자는 게 아니다.

한량들이 누린 여유와 한가로움의 가치를 되돌아보고 "생산 강제에 속박당하는 삶의 압박에서 벗어날 방법은 없을까"를 살펴보자는 것이다. 한량들이 맡던 공동체의 중재자들이 사라지자 갈등은 더 날카로워지고 사회는 속됨 속에서 척박해졌다. 우리는 놀이가 아니라 컴퓨터 게임에 더 몰입하고, 연애가 아니라 포르노에 더 빠지며, 삶의 충만 대신에 쾌락과 말초적 흥분을 추구하는 시대로 들어섰다. 한가함과 여유를 압살하고, 자발적으로 노동의 강제에 휘말린 것은 우리의 책임이 아닐까?

우리 모두는
탐욕스런
사냥꾼

이제 우리 모두는 사냥꾼이다. 또는 사냥꾼이 되리라는 말을 들으며, 사냥꾼처럼 행동하도록 요구받거나 강요당한다. 그렇게 하지 않을 경우 사냥감으로 전락하지는 않더라도(이는 생각조차 할 수 없는 일이다!) 사냥꾼의 대열에서 추방될 것이다. 그리고 우리 주변을 둘러볼 때마다 대개 우리들처럼 외로운 다른 사냥꾼들이나, 우리도 가끔 시도하는 방식으로 무리지어 사냥하는 사람들을 보게 될 것이다. 우리는 자기 사유지의 울타리 너머에까지 모종의 조화를 이루려는 생각을 갖고 밖으로 나가 실행에 옮기는 정원사를 찾으려면 정말 많은 노력이 필요할 것이다(사회과학자들은 정원사가 상대적으로 희귀해지고 사냥꾼이 점점 많아지는 이런 현상을 토론할 때 '개인화'라는 유식한 제목을 붙인다). 사냥터지기의 세계관을 지닌 사냥꾼조차 드물 것이다.……당신이 가장 많은 관심을 기울여야 하고 가장 많은 힘을 쏟아야 하는 것은 패배에 맞서 싸우는 것이다. "최소한 사냥꾼의 대열에 끼여 있도록 노력하라. 그렇지 않으면 사냥감이 될 수밖에 없기 때문이다."

_지그문트 바우만, 한상식 옮김, 『모두스 비벤디』(후마니타스, 2010년)

인류는 늘 이상향을 꿈꾸었다. 서양엔 유토피아Utopia가 있고 동아시아엔 무릉도원이 있다. 유토피아란 본디 그리스어의 '아니다ou'와 '장소topos'를 합성한 단어로 '아무 데도 없는nowhere' 장소라는 뜻이다. 우리가 마주한 현실은 유토피아의 역상逆像이다. 우리가 질주하는 저 길 끝에서 기다리고 있는 것은 디스토피아다. 당신은 나를 모르고, 나는 당신을 모른다. 그러나 우리는 지구화 시대의 가느다란 인연으로 이어져 있다.

여기 토끼를 쫓는 사냥꾼을 상상해보자. 사냥꾼은 토끼를 포획해서 임금과 수당을 받는다. 숲속엔 토끼를 쫓는 사냥꾼으로 가득 차 있다. 사냥꾼이 훑고 지나간 숲에는 토끼들이 고갈되어 사라진다. 사냥꾼들은 토끼를 찾아 다른 숲으로 이동한다. 아무도 사냥을 그만둘 생각이 없다. 사냥꾼을 그만두는 즉시 사냥감이 되기 때문이다. 약한 자를 희생양 삼는 악마들, 소액투자자를 제물로 삼는 헤지펀드, 사망보험금을 타 내려고 '설계된 죽음'으로 내모는 파렴치한 자들, 이들이 사냥꾼들이다.

전 세계 부의 90퍼센트를 세계 인구의 1퍼센트가 독점한다. 그 나머지 10퍼센트의 부를 99퍼센트가 나눈다. 당신과 나는 99퍼

에드바르 뭉크, 〈절규〉
1893년, 종이 위에 유화, 노르웨이 오슬로 국립미술관 소장.

센트의 인류에 속할 것이다. 탐욕과 이기주의로 들끓는 세계 어디에도 유토피아는 발붙일 수가 없다. 사냥꾼의 유토피아만이 유일하다. 이것은 자본시장에서 승자만이 누리는 유토피아다. 사냥꾼들은 쉬지 말고 성과를 내라고, 항상 포획물로 자루를 채우라는 명령을 받는다. 이들은 사냥에 내몰려 자주 번아웃을 겪는다. 안전과 행복을 보장하지도 못하고, 불확실성의 공포만을 퍼뜨리는 사냥꾼의 유토피아란 지옥의 다른 이름일 뿐이다.

지그문트 바우만Zygmunt Bauman은 현대 사회를 '사냥꾼의 사회'라고 규정한다. 우리는 자유주의적 지구화의 결과로 파시즘, 광신주의, 인종주의, 테러리즘 따위로 소동을 빚는 세계를 마주한 채 죽이거나 죽거나 하는 두 개의 선택지 중 하나를 고르도록 강요당한다. 당신은 사냥꾼인가, 아니면 사냥감인가? 당신은 어느 쪽인가? 어느 사회에서나 난민, 노숙자, 이주노동자들은 세상에 널린 가장 취약한 사냥감이다. 이들은 사냥꾼과 몰이꾼에게 쫓기다가 막다른 곳에 내몰려 포획물로 전락하고 만다. 한겨울 노숙자들은 거리에서 동사하고, 제 나라를 떠난 난민들은 바다를 떠돌다가 배가 뒤집혀 익사하고, 이주노동자들은 저임금 노동에 시달리다가 산업재해로 장애를 얻거나 아무도 기억하지 못하는 죽음에 이른다. 이런 피도 눈물도 없는 끔찍하고 비정한 사회가 지옥이 아니고 무어란 말인가?

사랑만이
우리를
구원한다

사랑은 그림자 같아서 쫓아가면 달아난다네. 쫓아가면 달아나고, 달아나
면 쫓아온다네.

_윌리엄 셰익스피어, 김정환 옮김, 『윈저의 즐거운 아낙네들』
(아침이슬, 2010년)

1564년 영국 작은 시골 마을 출신으로 가문도 변변치 않은 한 젊은이가 런던에 둥지를 튼다. 그는 법률사무소에서 가난한 서기보로 일했거나 학생들에게 라틴어 기초문법을 가르쳤을 것이다. 이 젊은이에겐 부양할 아내와 세 아이가 딸려 있었다. 윌리엄 셰익스피어 William Shakespeare는 열여덟 살 때 임신한 스물여섯 살의 신부와 결혼을 한다. 아마도 실수로 여자를 임신시켜 곤란한 처지에 내몰렸을 것이다. 그가 마지못해서 결혼식장에 끌려왔으리라는 추측은 억지스럽지 않다. 아버지 사업은 망하고 직업도 없었으니, 그는 가난을 떨치고 살 길을 찾아 런던으로 나왔을 것이다.

20년 남짓 동안 「말괄량이 길들이기」, 「로미오와 줄리엣」, 「한여름 밤의 꿈」, 「햄릿」, 「오셀로」, 「리어왕」, 「맥베스」 등 숱한 희곡을 써내고 부지런히 무대에 올린다. 그는 돈이 되는 일이라면 무엇이든지 일감을 받아들인다(1592년 한 부자 청년의 결혼을 재촉하는 시를 써달라는 의뢰도 물리치지 않았다). 그는 악착같이 돈을 그러모았다. 그의 유품 중 미납세금을 납부하라는 고지서들이 남아 있는데, 이는 세금 납부마저도 안 낸 채 버텼음을 암시한다. 그는 고향에 훌륭한 저택을 마련하고, 50대 초반 은퇴해서 유유자적 보낼 만큼 돈도 많이 벌었다. 극적인 반전이다. 이름 없는 시골 출신 청년이 인류 역사상 가장 위대한 극작가로 변신한 것이다.

2016년은 셰익스피어의 400주기를 맞는 해였다. 그는 1616년 4월 23일에 죽었다. 이 극작가의 죽음은 이상하리마치 조용했다. 장례식은 조촐하다 못해 초라했고, 유해는 스트랫퍼드 홀리 트리니티 교회에 안치되는데, 장례식에서 귀족들은 물론이거니와 대중의 애도도 없었다. 동시대인들은 그가 죽은 사실조차도 모른 채 지나가는데, 이 기이한 침묵은 "중산층 사업가이자 극작가이며 옥스퍼드 학위도 없고 가문의 명성도 없는" 자의 죽음이었기 때문이다.

새파랗게 젊은 나이에 남편이자 가장이 된 그는 행복했을까? 「헛소동」에서 그는 "연애, 결혼식, 그리고 후회"라는 명언을 남긴다. 결혼 뒤 환멸을 겪으며 결혼에 대해 품은 냉소를 여과없이 드러낸다. 「좋으실대로」에서는 "연애할 때 남자들은 꼭 4월 같지요. 그리고 결혼할 땐 12월 같아요"라고 말한다. 이어서 "처녀들은 처녀일 땐 5월 같은데, 아내가 되고 나면 그 하늘이 달라지지요"라고 말한다. 이것들은 자신의 생생한 체험적 실감이 반영된 대사가 아닐까?

여자든 남자든 결혼하면 연애시절과는 다른 모습으로 변한다. "아아, 여자 가죽을 쓴 호랑이 마음!" 같은 대사를 보라! 아내의 변화에 얼마나 놀라고 실망했을지를 짐작해볼 수 있다. "질투하는 여인네의 독설이 섞인 악다구니는 미친 개의 이빨보다도 더 치명적인 독과 같다네" 같은 대사는 더 노골적이다. 결혼이 연애의 타락에 지나지 않는다는 환멸이 뼛속까지 스며든 사람이 쏟아낼 법한 거친 말이다. 그의 연극을 본 사람들은 언어의 마술사 같이 쏟아내는 현란한 대사들에 감탄했지만, 그 명대사들 중 상당수는 당대의 속담들을 차용한 것이다. 그가 연애와 사랑을 하는 가운데 벌어지는 소동을 그릴 때 매우 통렬하고 유쾌해진다.

철부지 나이에 결혼하고 자녀들도 낳고 살며 여자의 변화무쌍한 마음을 속속들이 꿰뚫어보았음이 틀림없다. 연애와 결혼생활 이야기는 그의 전공 분야다. 그는 결혼생활의 쓰디씀에 낙담했지만, 그래도 끈적이는 체액으로 가득 찬 몸뚱이를 가진 남녀들이 사랑에 빠지는 순간 영롱한 존재로 변한다는 사실마저 부정하지는 않는다. 사랑만이 늙고 비루먹은 말처럼 말라비틀어진 인생을 찬란하게 살찌우고, 사랑만이 우리를 나락에서 끌어내 구원한다는 것을 굳게 믿었다. 사랑의 위력을 믿었으니 "인생은 짧으니, 사랑하라"고 썼을 것이다.

전쟁은
인류가 흩뿌린 피를 먹고
자란다

각자 저마다의 방식으로 삶과 작별했다. 기도하는 사람, 일부러 곤드레 만드레 취하는 사람, 잔인한 욕정에 취하는 사람, 하지만 어머니들은 여행 중 먹을 음식을 밤을 새워 정성스레 준비했고 아이들을 씻기고 짐을 꾸렸다. 새벽이 되자 바람에 말리려고 널어둔 아이들의 속옷이 철조망을 온통 뒤엎었다. 기저귀, 장난감, 쿠션, 그 밖에 그녀들이 기억해낸 물건들. 아이들이 늘 필요로 하는 수백 가지 자잘한 물건들도 빠지지 않았다. 여러분도 그렇게 하지 않겠는가? 내일 여러분이 자식들과 함께 사형을 당한다고 오늘 자식들에게 먹을 것을 주지 않을 것인가?

_프리모 레비, 이현경 옮김, 『이것이 인간인가』(돌베개, 2007년)

프리모 레비Primo Levi는 아우슈비츠 수용소에서 살아 돌아온 자의 증언을 들려준다. 인간이 인간을 향해 저지르는 폭력들은 얼마나 참혹한가? 프리모 레비는 삶과 죽음의 경계에 선 자들이 극단적 절망의 상황에서 벌이는 행태들을 낱낱이 까발린다. 인간의 역사와 폭력의 역사는 하나로 겹쳐진다. 호메로스 서사시, 그림 형제 동화, 셰익스피어의 희곡, 느와르 영화 같은 서사에는 살인의 백일몽이 어른거린다. 현실 폭력은 우리의 상상을 가뿐하게 뛰어넘는다. 1994년 르완다에서 100만 명이 세 달 동안에 살해당하는데, 군인과 부랑자, 시민들이 이 미친 집단살상에 가담한다. 나치의 홀로코스트로 유대인 600만 명이 가스실에서 희생당했다.

　이런 죽음과 죽임이 상습화한 지옥 같은 세계에서 '웰빙'과 '힐링' 바람은 얼마나 한가로운 유행인가! 한 일간지는 웰빙 바람을 '메가트렌드'라고 했다. 그것은 좋은 삶을 누리자는 달콤한 권유였지만, 그 논의나 길잡이는 공허하다. '힐링' 바람은 어떨까? 각자도생이란 불행의 구렁텅이에서 서로를 물어뜯는 무한경쟁 사회에서 우리 몸과 마음은 깊은 병이 들었다. 힐링 바람은 어떤 문제도 해결하지 못한 채 기껏해야 위약 효과에 지나지 않았음이 드러났다. 블레즈 파스칼Blaise Pascal은 "인간이란 얼마나 괴물 같은 존재인가? 이 얼마나 진기하고, 괴물 같고, 혼란스럽고, 모순되고, 천재적인 존재인가!"라고 탄식했다. 불행은 우리 안의 괴물들이 저지르는 죄악의 결과다. 가난, 병고, 사고가 개인의 불행이라면 학살과 살육이 벌어지는 전쟁, 혁명, 유혈폭동은 집단의 불행이다. 지금 이 순간도 불행이라는 유령은 세상 곳곳에 서성거린다.

인간은 태어날 때 죽음이라는 불가능에 머리를 쿵 하고 박는다. 차고 메마른 공기가 갓난아이의 비강으로 밀려드는 순간 갓난아이는 날카로운 울음을 터뜨린다. 인간의 태어남은 가학성 폭력이 넘쳐나는 '거대한 유혈 아수라장' 속으로 내동댕이쳐지는 사태다. 그렇게 비참하고 야만적이고 메마른 불행의 삶이 시작되는 것이다. 폭력과 불행은 늘 한 쌍이다. 어쩌면 이것은 인간 유전자에 각인된 불가피한 속성인지도 모른다. 이 잔혹하고 무익한 것이 핏줄과 문화를 타고 세계로 번져나가는 것이다.

왜 인류는 상호 간의 폭력을 그치지 않는가? 인류는 언제까지 이런 폭력이 일으키는 불행에서 허우적거려야 하는가? 분노나 증오 같은 인간 본성의 어두운 측면들이 우리 안의 도덕 감정이라는 '선한 본성의 천사'를 짓누른 탓일까? 선사시대 이래로 인류사에서 폭력이 멈춘 적은 없었다. 한 사람을 죽이는 데는 한 스푼의 분노로 충분하다. 몇백 만 명을 살해하는 데는 이데올로기가 필요한 법이다.

이데올로기와 명분으로 포장한 가학성과 포악함을 품은 우리 안의 악마는 무의미한 살상을 일삼고 세계를 분란과 불행 속으로 밀어넣는다.

우크라이나와 러시아가 전쟁 중이고, 이스라엘과 팔레스타인 무장 세력인 하마드 사이에 새로운 전쟁이 일어났다. 전쟁으로 무고한 여성과 노약자, 어린아이들이 희생당한다. 만인에 대한 만인의 살육 투쟁은 아직 끝나지 않았다. 우리 안에 도사린 호전성, 복수심, 증오, 집단이기주의 같은 악이 불행의 싹이다. 불행의 씨앗들은 인류가 흩뿌린 피를 먹고 자란다. 불행을 만드는 것도 인간이요, 넘어설 주체도 인간이다. 세계를 지배하는 거악에 저항하는 우리 본성의 '선한 천사', 즉 타인의 비극과 불행에 예민하게 반응하는 양심과 도덕 감정이 살아나지 않는다면 이 불행은 결코 끝나지 않을 것이다.

우리는
어디에서 왔으며
누구이고
어디로 가는가?

인류의 대열에 들어섰다고 할 수 있는 인간이 지구 위를 걸어다닌 지는 20만 년쯤 되었다. 그동안 우리는 변덕스러운 주변 환경에 끊임없이 적응하며 살아남았다. 가혹한 기후와 험난한 대지에 맞섰고, 우리보다 훨씬 사나운 동물들을 겁냈고, 주술로 우리를 압도하고 장엄함으로 우리를 초라하게 만드는 자연에 복종하며 삶을 조심스럽게 그 둘레에 비끄러매두었다. 온전히 기억할 수 없을 만큼 긴 시간과 온전히 헤아릴 수 없을 만큼 많은 삶이 흘러간 뒤, 그저 자연에 매료되어 살아오기만 했던 우리는 마침내 자연의 힘을 거역하기 시작했다. 우리는 손재주, 지략, 융통성, 꾀, 협동을 익혔다. 불을 가두고, 도구를 만들고, 창과 바늘을 깎고, 언어를 만들어 곳곳을 떠돌며 사용했다. 그리고 눈부신 속도로 증식하기 시작했다.

_다이앤 애커먼, 김명남 옮김, 『휴먼 에이지』(문학동네, 2017년)

환절기마다 내 기분이 멜랑콜리해지는 것은 계절의 변화가 내 뇌하수체에 새로운 호르몬 분비를 자극한 탓이다. 파주의 하늘엔 새떼가 몰려가고, 해질녘 어둠이 그 풍경을 지우면 지상의 수풀에서 여리고 날카롭게 우는 풀벌레들 노래가 울려 퍼진다. 이 호젓한 시각, 라흐마니노프 피아노 협주곡 2번 전곡을 들은 뒤, 하늘 높이 뜬 달 아래 그림자를 밟고 서면 가혹한 무더위와 사나운 물것들을 이기고 살아남은 스스로에게 보상으로 아늑한 휴식을 주고 싶다. 지금 이 찰나, 언젠가 원소로 해체되어 사라질 그 순간까지 우리 안에서 들끓는 생에 대한 의지는 생명의 명령이자 의무이기 때문이다.

폴 고갱Paul Gauguin의 화집에서 〈우리는 어디에서 왔으며 누구이고 어디로 가는가〉라는 그림을 골똘하게 들여다본다. 이 그림에 붙은 화제는 인간이 가슴에 품은 궁극의 물음일 테다. 인간의 기원을 탐색하고, 인간 조건을 주의깊이 성찰해온 진화생물학자 에드워드 윌슨Edward Wilson도 『지구의 정복자』에서 똑같은 문구를 부제로 달았다. '우리는 어디에서 왔으며, 누구이고, 어디로 가는가?'라는 물음은 가을밤의 화두로 삼을 만하다. 신경과학, 생물학, 유전학 등이 밝혀낸 바에 따르면, 인간이란 "거대한 초유기체 지구에 기생하여 살아가는 하나의 잡다한 종"에 속한다.

지구 역사 45억 년 중 가장 놀라운 사건은 분명 호모 사피엔스의 출현일 테다. 30만 년 전 영장류에서 진화한 현생 인류는 미미한 동물군 중 하나였다. 그들은 빠르지도 않고, 힘도 세지 않았다. 사납고 빠르고 힘센 맹수들이 지천이었지만 인간은 그 빠르고 힘센 종들을 제치고 하늘과 땅, 바다를 지배하고 지구 구석구석을 휘젓는 존재로 두각을 드러낸다. 기원전 1000년, 1,000만 명이던 지구 인구는 2,000년 뒤 3억 명에 이르고, 500년 뒤 레오나르도 다빈치가 살던 르네상스 시대에는 5억 명으로 증가한다. 다시 500년 뒤인 20세기 중반에 25억 명이 되더니 2020년대로 들어서면서 80억 명에 이른다. 지구가 생육하고 번성한 인류로 가득 찬 유일한 별이 된 것은 기적이다.

인류가 지구 일부를 야생 상태로 보존하고, 나머지를 자연 경관으로 가꾸며 그 운명을 쥐락펴락하는 지배자의 지위에 오를 수 있었던 원동력은 무엇이었을까? 인간은 바쁘게 몸을 움직이고, 여기에서 저기로 이동하기를 주저하지 않았다. 마지막 빙하기가 끝난 이래, 지난 1만 1,700년 동안 인류는 농업, 문자, 과학을 발명해냈다. 하늘의 별을 숭배하고 불을 다스리고 백열구를 만들어 어둠을 몰아냈다. 강줄기를 따라 문명을 일으켜 크고 작은 도시들을 세우고, 미지의 바다를 항해하며 대륙을 찾아내고, 지구 행성을 벗어나 우주 공간을 항해했다. 산업과 의학을 일으켜서 수명을 연장하고, 생활의 편의를 드높였다. 인간은 대륙을 움직이지는 못해도, 도시와 농업으로 지구 환경을 변화시켰다. 강을 막고 물줄기를 돌리며, 열대우림 같은 숲을 밀어내고 땅을 포장하고, 지표면의 75퍼센트를 점령하기에 이르렀다.

박물학자이자 에세이스트인 다이앤 애커먼Diane Ackerman은 그 존재감이 미미하던 인류가 빙하기 이후 지구의 정복자로 등극하는 1만 년의 역사를 솜씨 좋게 압축한다. 지표면의 75퍼센트를 장악하고 '휴먼 에이지'를 연 것은 우연일 수가 없다. 인류는 변덕스럽고 가혹한 기후와 거친 야생에 맞서서 살아남았고 "손재주, 지략, 융통성, 꾀, 협동"을 바탕으로 농업, 문자, 과학, 국가를 발명하면서 번영의 토대를 쌓는다. 이 대륙에서 저 대륙으로 이동하고, 바다를 가로질러 교역을 늘리고 문화를 전파하며 '인류세'를 연 것이다.

과연 인간은 위대한 업적을 근거로 동물보다 우월한 종이라고 말할 수 있는가? 반反휴머니즘 철학자인 존 그레이John Gray의 생각은 부정적이다. 동물들은 태어나 짝을 찾고 음식을 구하고 죽음을 맞는, 전적으로 우연에 지배당하는 무리다. 반면 인간은 자유로우며 이성을 가진 인격체라고 믿고, 자신의 삶과 행동이 의식적 선택의 결과라고 확신한다. 이런 차이에 근거해서 동물보다 인간이 더 뛰어난 존재라는 확증 편향Confirmation bias을 굳힌다. 이게 진실일까? 존

그레이는『하찮은 인간, 호모 라피엔스』에서 우리 삶이 이성적 선택의 결과물이 아니라 무의미하게 쪼개진 꿈과 욕망의 조각들에 지나지 않는다고 말한다. 그에 따르면 인간은 추구錫狗(풀로 엮은 개) 같이 하찮은 존재, 즉 "변화하는 환경과 무작위로 상호작용하는 유전자 조합에 불과하다"는 것이다.

인류는 지구에서 최상위 포식자라는 생태적 지위를 거머줘었지만 승리감에 도취해 있을 수만은 없다. 난폭한 운전자 같은 인류의 번성은 숙주인 지구에 만성적 감염의 과부하와 생물 대멸종의 위기를 불러온다. 지구에 닥친 생태 위기의 주범은 바로 인간이다. 인간이 환경오염, 기후변화, 해양 온도의 상승, 극지방 빙하의 녹음, 생물종의 멸종이라는 재앙을 불러들인 장본인이다. 기후 재난은 온갖 쓰레기와 미세플라스틱, 환경호르몬, 탄소 배출 등으로 지구 생태계의 자기 회복력을 망친 인간을 향한 가이아의 복수이자 역습일지도 모른다. 인간은 자연 생태계에 말기 암세포 같이 넓게 퍼진 유해한 병원체에 지나지 않는다.

인류 공동체는 한 치 앞조차 가늠할 수 없는 운명의 변곡점 앞에 서 있다. 인류세의 종말이 멀지 않았다는 징후들이 동시다발적으로 나타난다. 인간 종 중심주의는 물론이거니와 컴퓨터, 유전공학, 나노기술 따위를 기반으로 하는 기술과 과학이 인간의 난제를 해결할 것이라는 맹신에서 깨어나야 한다. 또한 지구가 인간 전유물이 아니라 생물종들이 더불어 사는 행성임을 잊지 말아야 한다. 우리는 어디에서 왔으며, 누구이고, 어디로 가는가? 지금 우리 자신과 미래의 인류를 위해 겸손하게 이 궁극의 물음 앞에 서야 한다.

피로는
존재의 과다함에서
나타난다

피로, 특히 우리가 경솔하게 신체적이라 일컫는 피로 같은 것도 우선은 어떤 경직, 어떤 둔감해지는 마비, 어떤 식의 오그라듦으로 나타난다.……피로에서 오는 마비는 매우 특징적이다. 그 특징이란 존재가 결부되어 있는 것에 대한 그 존재의 추구의 불가능함, 계속적으로 커 나가는 괴리이다. 이는 마치 쥐고 있는 것을 조금씩 놓아버리는 그런 손과 같다. 피로는 느슨해짐의 원인이라기보다는 느슨해짐 그 자체이다.

_에마뉘엘 레비나스, 서동욱 옮김, 『존재에서 존재자로』

(민음사, 2003년)

사람은 기계처럼 일만 하며 살 수는 없다. 일하는 자가 몸을 부리는 수고를 감당하는 동안 근육에 피로물질이 쌓이고, 내면 에너지는 소진에 이른다. 피로가 근육의 경직과 마비이고, 존재의 가능성을 고갈에 이르게 하는 원인이다. 이것은 과도한 노동이 만드는 주체의 곤경이다. 오늘날의 위기는 피로와 양화된 시간이 초래하는 복합 위기다. 다들 자주 '피로하다!'고 호소한다. 왜 이런 사태가 빚어졌을까? 우리가 파편화된 일에 매인 채 쉴 줄을 모르기 때문이다. 휴식은 일의 구속에서 해방되어 자신을 느긋함 속에서 놓아두는 일이다.

피로는 존재의 과도함에서 출현한다는 점에서 권태와 유사하다. '너무 많이 존재함'에서 생기는 권태는 증상도 모호하고 그 때문에 의사는 어떤 처방전도 낼 수가 없다. 권태를 방치한다고 해서 증후가 나빠져서 죽음에 이르는 경우는 드물다. 피로 때문에 죽는 사람은 없는 것과 마찬가지다. 권태는 그 피로의 질료다. 따라서 피로와 권태는 원인은 다르지만 증후는 닮아 있다. 권태가 그렇다면 피로 역시 문명화된 세계에서 자주 발견하는 문화인류학적으로 질병이라고 할 수 있는 그 무엇이다. 에마뉘엘 레비나스Emmanuel Levinas는 이렇게 쓴다. "피로에서 오는 마비는 매우 특징적이다. 그 특징이란 존재가 결부되어 있는 것에 대한 그 존재의 추구의 불가능함, 계속적으로 커 나가는 괴리이다."

피로는 신체 노화에 따른 현상이 아니라 생기와 몽상의 고갈이다. 어린아이는 피로를 모른다. 어린아이는 피로를 인지할 수 있는 지각이 없어서다. 어린아이들은 차라리 무지몽매하다. 피로는 어른들에게만 발생하는 문명의 질병이다. 동양의 철학자 장자는 "아이는 종일 울어도 목이 쉬지 않는다. 화평이 지극하기 때문이다"(『장자』, 「경상초편」)고 말했다. 어린아이가 종일 울어도 목이 쉬지 않는 까닭은 그들이 강장剛腸을 도무지 모르기 때문이다. 강장이란 항상 과도함, 즉 '너무 많이 존재함'이 그 핵심이다. 강장을 추구하면 필연적으로 늙는다. 늙으면 피로를 피할 수가 없다. 피로로 인해 늙는 것이 아니라 늙기 때문에 피로한 것이다.

스포츠 선수들은 피로를 딛고 도약과 비상의 기적에 도달한다. 그들의 기량에는 어떤 피로의 그림자도 없었다. 우리가 피겨스케이트 선수의 도약에서 보는 것은 피로가 아니라 "유리구슬, 버드나무, 물방울, 미루나무, 바람에 휘어지는 분수, 땅을 디디고선 춤추는 나무"(옥타비오 파스, 「태양의 돌」)다. 바람에 휘어지는 분수, 바람에 춤추는 나무, 바람을 타고 활강하는 새들. 누구나 공중에 제 삶을 의탁하는 자는 바람의 총아다! 무용수가 도약하면 수고와 피로가 금분처럼 반짝이며 떨어진다. 그들은 공중으로 솟구쳐 올라 물의 날개를 활짝 펼치고, 새도 아닌데 공중에서 오래 떠간다. 중력의 영들도 넋이 빠져 제 할 일을 잊은 듯 공중으로 도약한 무용수를 땅 위로 내려놓을 줄 모른다.

걷는 자가 피로한 것이 아니라 걷기를 멈춘 자가 피로한 법이다. 쉬지 않고 걸어가는 자, 달리는 자, 공중으로 도약하는 자는 피로를 모른다. 걷다가 쉬는 자, 달리다가 멈춘 자, 날기를 멈추고 추락한 자의 육체와 근육에 피로가 덮치고 쌓인다. 결국 피로가 존재를 집어삼킨다. 일하는 자도 피로를 모른다. 일하는 동안 피로할 틈이 없는 탓이다. 항상 피로는 수고와 보람 사이를 파고든다. 피로는 일하지 않는 자, 수고함에서 면제된 자, 한가롭게 노는 자에게 덮친다. 그들은 수고와 보람 사이를 한껏 넓혀놓고 그 사이에 제 존재를 부려놓기 때문이다.

피로한 자는 존재론적인 층위에서 함량의 빈곤을 느끼며 잘-먹고 잘-삶에서 이탈한다. 잘-삶은 '나'라는 개별자 속으로 세계를 끌어당겨 능동화하는 것, 혹은 세계를 '나'에게로 동화시키는 것이다. 피로한 자는 그 잘-삶에서 스스로 피동화한다. 피로는 그 자체로 고갈된 존재의 희미한 자기증명이다. 중요한 것은 피로에서 대지적 휴식에 대한 갈망이 싹튼다는 사실이다. 싹은 어머니인 대지에서 돋아나는 푸른 불꽃이자 하늘로 머리를 향한다는 점에서 뿌리를 내린 새라고 할 수 있다. 휴식은 고갈을 딛고 다시 살아야겠다는 의지를

에두아르 마네, 〈비눗방울 부는 소년〉
1867년, 캔버스에 오일, 포르투갈 칼루스트 굴벤키안 미술관 소장.

키운다. 우리 내면에 가득 삶을 갈망하는 싹들이 돋아난다.

피로한 자는 소금기둥으로 변신한다. 그 존재의 경화! 피로는 솟구쳐 오르다가 추락함이고, 잘-있음의 방기이며 흩어짐이다. 솟구쳐 오름이 영혼의 만개라면, 추락과 흩어짐은 존재-갱신의 그침이다. 그것은 좌절과 분할에서 겪는 최소화된 삶이다. 피로한 자는 하나의 중심에서 이탈해 1,000개로 분산한다. 피로는 분산에 따른 불가피한 결과다. 피로를 극복하려는 자는 피로와 싸우지 않아야 한다. 어린아이들은 자연 자체인데, 어린아이들은 과도함을 추구하지 않음으로 낭비가 없고 그 결과로 피로의 외연도 생기지 않는다. 어린아이들은 논리와 이성에 매이거나 규모를 키우려는 욕망도 품지 않는다. 그들은 작게 존재하며, 항상 뿌리로 돌아간다. 그들은 피로와 싸우지 않고 그것을 타고 나간다. 바람이 물결을 타듯이. 새가 걷고, 뛰고, 날듯이!

사유의 유격전을 위한
몽타주적
글쓰기

자신의 과거를 강압과 고난의 소산으로 바라볼 줄 아는 사람만이 그 과거를 현재의 순간에 최고로 가치 있게 만들 줄 알 것이다. 우리가 살았던 과거는 기껏해야 운반 중에 모든 사지가 잘려나간 아름다운 형상에 비유할 수 있을 뿐이기 때문이다. 그 형상은 이제 우리가 우리의 미래의 상을 조각해내야 할 소중한 덩어리 이외의 아무것도 아닌 것이다.

_발터 벤야민, 최성만·김영옥·윤미애 옮김, 『일방통행로/사유이미지』
(길, 2007년)

발터 벤야민Walter Benjamin은 독일 베를린의 유대인 집안에서 유복한 어린 시절을 보낸다. 그의 사상적 편력은 꽤나 복잡하다. 정치적 신념과 예술철학은 프랑크푸르트학파의 젖줄을 문 채로 부피를 키우고, 다른 한편으로 죄르지 루카치György Lukács의 마르크스주의와 내통을 하고, 마르틴 하이데거Martin Heidegger와 혈연관계를 통해 몸집을 부풀렸다. 벤야민은 철학과 시를 뒤섞고, 정치와 형이상학, 신학과 유물론이라는 재료들을 비비면서 자신의 독자적인 사유 세계를 펼쳐나간다. 문학, 정치, 영화, 미술, 철학 어느 한 가지에 고착하지 않고 종횡으로 누비며 아우르면서 중심을 가로지르고 현대성의 의미를 확장한다.

그는 프랑크푸르트대학 교수를 지원했다가 '단 한 줄도 이해할 수 없다'는 평가와 함께 교수직을 거절당한 후 평생을 유목민으로 지식과 사상의 사막을 배회했다. 그의 죽음도 상징적이다. 1940년 나치의 점령지가 된 파리에서 이 유대인 사상가는 원고뭉치로 가득 찬 트렁크를 들고 피레네 산맥을 경유해 국경을 넘으려고 했다. 그의 최종 목적지는 미국이지만 국경을 통과하는 데 실패하자 모르핀으로 음독을 시도한다.

벤야민의 마음을 빼앗은 것은 신상품, 패션, 유행, 건축, 테크놀러지다. 그는 파리에 강박적 매혹을 느꼈다. 파리는 사시사철 현대성이라는 비兩가 내리고, 현대성이라는 새로운 눈芽이 수태되는 곳이다. 그는 어떤 파리지엥보다 파리를 더 사랑한 사람이다. 꿈의 건축물, 거리, 군중, 산책자, 상품, 패션, 유행 그 모든 것에 덧씌워진 자본주의의 아우라에 취한다. 그는 파리의 물상들에 현시된 현대성을 탐식하며 그에 대한 골상학적 독해를 담은 대기획 '파사젠베르크(아케이드 프로젝트)'를 진행한다.

그는 파리를 통해 현대라는 계통수를 그려보고 싶었던 것일까? 그는 단지 도시의 외관, 즉 아케이드와 물신화한 상품에 현시된 시각적 매혹에 따라 춤춘 광대는 아니다. 그는 외관 너머의 심연을 보는 사람이다. 그는 심연의 탐욕스런 포식자다. 때 이른 죽음으로 파리에 대한, 파리를 위한 그 철학적 대기획은 미완에 그치고 만다. 남은 것은 지식 유목민의, 변화하는 20세기 사회와 문화 지형에 대한 사유의 균열과 협로, 포식의 흔적들뿐이다.

『일방통행로』는 장르가 모호하다. 철학도, 에세이도 아닌, 혹은 철학이면서 에세이인 단상들, 사유의 파편들을 모은 집합체다. 그는 글쓰기, 비평, 책, 인용, 텍스트에 대한 집요한 사유, 그리고 스쳐가는 것들, 즉 주유소, 아침 식당, 전몰 용사 기념비, 화재경보기, 여행 기념품, 안경점, 외래 환자 진료소, 세놓음, 재단장을 위해 폐업

함, 마권 판매소 등의 제목을 달고 소단위 사유체의 점들을 찍는다. 표제와 본문의 사유는 어긋나기 일쑤다. 「주유소」라는 제목에서는 엉뚱하게도 참된 문학 활동은 유식한 제스처들로 가득 찬 '저서'보다 공동체에 직접적인 영향을 미칠 수 있는 전단지, 팸플릿, 신문기사, 플래카드가 더 유용하다는 주장을 펼친다.

그는 "기민한 언어만이 순간순간을 능동적으로 감당"할 수 있다고 생각했다. 「중국 도자기 공예품」에도 도자기에 대한 언급은 어느 구석에서도 찾아볼 수 없다. 그는 텍스트를 단순히 읽는 것과 베껴 쓰는 것의 차이를 언급한다. 베껴 쓴 자의 능동성은 텍스트에 대한 능동적인 접속과 몸 섞음을 가능하게 하지만 단순한 독자는 텍스트에 열린 몽상의 미로들을 피동적으로 스쳐 지나가게 된다는 것이다. 걸어서 길을 간 자와 비행기를 타고 길 위로 지나간 자의 차이에 견줄 만하다. 그러고는 끝에서 엉뚱하게도 중국의 서적 필사 전통에 대한 이야기를 펼친다.

이런 식의 엇박자는 계속된다. 「알리는 말씀: 우리 모두 산림을 보호합시다」에서는 "주석과 번역이 텍스트와 맺고 있는 관계는 양식과 모방이 자연과 맺고 있는 관계와 동일하다"고 말하는데, 이것은 도무지 이해불가, 요령부득이나. 하나의 대상, 혹은 현상도 그것을 바라보는 방법의 차이에 따라 '다른' 것이 될 수 있다는 이야기인가? 그다음 이야기는 더욱 우리를 혼돈으로 밀어넣는다. 그는 느닷없이 사랑에 빠진 남자의 이야기를 꺼낸다. 사랑에 빠진 남자는 제 연인의 보편적 아름다움보다 결점, 변덕, 얼굴의 주름, 기미, 낡아빠진 옷, 비뚤어진 걸음걸이에 더 집착한다는 것이다. 잎이 무성한 나무가 새들의 은신처가 되듯 이런 것들이 사랑에 빠진 남자의 은신처가 된다. 그게 왜 은신처가 되는지에 대한 설명은 없다.

"바보들이나 비평의 쇠퇴를 애석해한다. 비평의 명맥이 끊긴 지 이미 오래인데도 말이다."(「세놓음」) 비평과 그 대상 사이에는 비판적 관찰의 거리가 전제되어야 한다. 원근법적 조망과 전체적 조망이 있어야만 비평이 가능하다. 현대는 이미 그런 조건에서 멀리 벗어나 있다. 비평의 명맥이 사라진 자리를 광고가 차지한다. 광고는 대상과 주체 사이에 굳이 거리를 둘 필요가 없다. 광고는 대상의 세계에 몸을 들이밀고 그것을 취하기 이전에 욕망의 시효에 대한 만료를 선언한다. 우리는 광고가 제시하는 대상을 취하는 것이 아니라 광고 그 자체, 광고가 만드는 허상을 허겁지겁 삼킨다. 광고가 공기가 되어버린 현대에 누가 광고를 피할 수 있겠는가? 비평의 신은 제집을 광고의 신에게 '세를 놓고' 어디론가 사라진다. 세놓은 자가 실종되었다면 그 집의 주인이 나타날 때까지 세입자가 주인 노릇을 할 것은 자명한 일이다.

「13번지」에서는 책과 매춘부의 운명에 대해 말한다. "책과 매춘부는 침대로 끌어들일 수 있다." 그것들은 생식을 전제로 하지 않고 쾌락과 돈으로 대체한다는 점에서 자신들에게 부과된 생물학적 운명을 기피한다. 책과 매춘부는 몸이라는 한정적 자산을 판다. 오래 쓸수록 책은 낡아지고 매춘부의 몸은 거덜 난다. "책과 매춘부-양자에게는 저마다 이들을 갈취하고 괴롭히는 남자들이 달라붙어 있다. 책에는 비평가들이." 매춘부 뒤에는 포주가, 책 뒤에는 비평가들이 들러붙어 흡혈한다. 매춘이 인류의 오래된 직업 중의 하나라면 포주 역시 그만큼 역사가 깊다. 저자이자 비평가인 벤야민은 자신이 매춘부이자 착취하는 포주라는 사실을 고백하고 싶었던 것일까?

인용은 차이들을 횡단하며 전복적 사유를 즐기는 그가 취하는 몽타주적 글쓰기에 유용한 방식이었을 것이다. "내 글 속의 인용문들은 노상강도 같아서 무장한 채 불쑥 튀어나와 여유롭게 걷고 있는 자에게서 확신을 빼앗아버린다."(「잡화」) 몽테뉴와 루소의 후예인 벤야민이 그걸 몰랐을 리가 없다. 퇴행하는 사유의 흐름을 뒤집고 경이를 일으키는 인용이 노상강도, 삽입성교에 견줄 만한 가치가 있다는 것을. 이쯤에서 이 책의 부제가 왜 '사유의 유격전을 위한 현대의 교본'인지를 돌이켜 곱씹어봐야 한다.

우리는
출퇴근하는
인류다

우리는 통근 덕분에 이중의 삶을 영위할 수 있다. 즉 집에서는 배우자이고 부모이고 반항아인 동시에, 일터에서는 효율성의 화신으로서 특유의 초연함과 침착함과 합리성으로 존경받는 일이 가능한 것이다. 우리는 통근이라는 현실을 한탄하기보다는, 차라리 1세대 통근자들과 같은 개척자 정신을 되살려야 할지도 모른다. 그들에게 통근은 그때까지 존재 고유의 특성이나 다름없었던 고된 노동에서 벗어날 기회를 상징하는 동시에, 자신이 사는 세계를 개조할 자유를 상징했기 때문이다.

_이언 게이틀리, 박중서 옮김, 『출퇴근의 역사』(책세상, 2016년)

근로자의날 아침에 출퇴근의 기쁨과 슬픔과 보람이 무엇인지를 생각한다. 노동은 생계 수단 이상의 의미를 갖는다. 나는 노동이 개별자의 생활을 풍요롭게 하고, 세계를 지탱하고 변화시킨다고 믿는다. 노동 없는 문명은 존재할 수 없다. 하지만 땀 흘리는 노동이 보람에서 멀어지고 생의 의미를 낳는 원천이 되지 못한 채 저주의 주문으로 전락하는 순간 개인은 물론이거니와 사회 역시 불행에 빠진다.

출퇴근의 역사는 근대 이후 사무실이 밀집한 도시와 교외의 집들을 잇는 철도 노선이 생기면서 열린다. 교외에 사는 사람들은 두 세기 동안 정보와 자본이 집중된 도심에 배치되어 있는 사무실로 이동했다. 몇백 만 인구가 동시에 출근하기 위해 자가용이나 대중교통으로 움직이는 광경을 우주에서 본다면, 그것은 유동하는 세계의 장엄한 흐름이었을 테다.

도로 정체와 만원 사태를 빚는 대중교통의 과밀과 복잡함을 뚫고 일터로 나가면서 우리는 사냥꾼처럼 다소 비장해진다. 우리의 일터는 각사도생의 경생이 이루어지는 정글이나 다름없다. 이 정글에서 포획할 사냥감은 노루나 토끼 같은 동물이 아니라 '업무 성과'라고 부르는 추상적 결과물이다.

출근이 연출하는 군중의 대이동은 오디세이의 모험에 견줄 만하다. 출퇴근의 모험을 우주여행에 견주는 건 백일몽에 지나지 않는다. 수도권과 서울 중심지를 연결하는 지하철과 버스는 항상 만원이다. 지하철의 밀폐된 공간에서 압박감에 눌려 숨조차 제대로 쉬지 못했던 경험이 있다. 날마다 갈비뼈가 눌리고 폐와 심장이 터질 듯한 불편과 고통을 감수하며 출퇴근의 불편을 견디는 것은 그것이 의미를 생산하는 사회적 의례이자 절차이고, 일을 통해 존재 증명을 해내며, 삶을 윤택하게 만들 수 있는 기회의 흩뿌림이라고 믿기 때문이다.

그런 긍정의 맥락에서 출퇴근은 취업 경쟁에서 승리한 자의 보람찬 행진이라고도 할 수 있다. 하지만 출퇴근의 의례에서 이탈해 집에서 빈둥거린다면 실업자나 낙오자, 자발적 은둔자인 '히키코모리', 고립된 '늑대 인간'으로 의심받을 수도 있다.

출퇴근은 노동의 시작과 끝을 알리는 리추얼ritual이다. 내게도 출퇴근의 규범에 맞춰 살던 때가 있었다. 그것은 내 생의 기쁨과 슬픔, 보람에 이어지는 부분이었다. 한 통계 자료에 따르면 우리나라 노동자는 2,000만 명이 넘는다고 한다. 회사에 소속된 채로 살아간다는 것은 출퇴근이라는 일정한 리듬 속에서 일과가 구성된다는 것, 고용주가 주는 월급과 제 시간을 맞교환하며 임금 노동자로 산다는 뜻이다.

내 출퇴근의 역사는 열다섯 해 정도로 끝났다. 평생 직장생활을 한 이들과 견주자면 짧다고 할 수 있다. 나는 회사에 목숨을 거는 '효율성의 화신'은 아니었지만 업무 시간에는 나름 최선을 다했다. 한동안 업무 역량을 키우기 위해 잠을 줄이고 새벽에 영어학원을 다니기도 했다. 스물을 넘겨 입사한 첫 직장은 직원이 10명 미만인 소규모 오퍼상이었다. 해외의 수입상에게서 생산 의뢰를 받은 제품을 공장에 하청을 주고 수출하는 무역 중개상이다. 그 회사는 머그잔, 커피잔, 디너 세트, 공중에 거는 화분, 맥주컵, 장난감 따위의 도자 제품들을 영국, 독일, 네덜란드, 벨기에, 프랑스, 스웨덴 같은 유럽 국가로 수출했다. 나는 원산지 증명서와 화학검사소의 증명서를 발급받고, 수입 신용장에 따라 해운회사를 연결해 수출 물품을 컨테이너 선박에 싣고 선하증권船荷證券을 발급받아 수출 서류를 작성하는 업무를 맡았다.

나는 스미스코로나 영문 타자기로 네고negotiate 문서를 작성했다. 타자기를 다루는 일이 숙달되니 자판 위에서 손가락이 보이지 않을 정도로 속도가 빨라졌다. 타자기 키보드를 두드리며 일에 몰두할 때 사무실에 타타타닥 타타타닥 울려 퍼지는 타음打音이 내 청각에는 악기 연주처럼 경쾌하게 들렸다. 처음 정규직 일사리를 얻은 터라 출퇴근의 불편조차 내게는 스트레스나 간헐적 분노조절 장애는커녕 콧노래가 나올 정도로 즐거웠다.

내 두 번째 직장은 출판사였다. 출판사 편집부 소속으로 원고의 교정교열을 맡아 하다가 나중에는 인쇄소에 나가 인쇄 감리를 보는 등 제작 관리까지 업무 영역이 늘었다. 출판사에서 새로운 책의 기획을 하고, 보도자료와 광고 카피를 도맡아 쓰며 일하는 세 해 동안 출근 시간에 맞춰 집에서 나와 버스를 탔다. 시내를 가로지르는 버스는 출근하는 직장인과 등교하는 학생들로 늘 꽉 찬 채로 운행했다. 그 시절 출퇴근은 내 삶이 의미로 꽉 차 있다는 믿음과 함께 보람으로 가득 찬 경험이었다. 출퇴근 때마다 여전히 콧노래를 불렀던 내 경험에 비춰보자면 출퇴근은 그리니치 표준시에 맞춰 치르는 통과의례이고, 가족이나 자기 생계의 책임을 짊어진 자의 긍지를 심어주는 세속의 규범이었다. 그리고 개별자의 삶을 좋은 방향으로 견인하는 기회의 보장과 연관이 있는 것이다.

40대에 이르러 집과 작업실이 분리되지 않는 전업작가로 살면서 출퇴근이라는 직장인의 생활방식, 여가의 패턴, 사고와 정서를 규정하는 불가피한 의무에서 해방되었다. 개인과 세계에 큰 변화를 일으키는 사태였던 출퇴근의 관행은 오랜 세월 변화 없이 견고한 채로 이어져 왔다. 원격 소통이 가능해지면서 재택근무가 늘고 탄력근무제라는 느슨한 형태의 출퇴근 제도가 도입된 게 그 증거다. 언젠가는 우리 삶에서 긍정적인 부분과 부정적인 부분을 동시에 품었던 출퇴근의 역사는 끝날지도 모른다. 출퇴근이라는 리추얼이 종말을 맞은 뒤 우리의 감정생활과 일상의 리듬들은 어떤 변화를 맞을 것인지 궁금해진다.

당신의
이야기를
들려다오

당신의 이야기는 무엇인가? 이야기란, 말하는 행위 안에 있는 모든 것이다. 이야기는 나침반이고 건축이다. 우리는 이야기로 길을 찾고, 성전과 감옥을 지어 올린다. 이야기 없이 지내는 건 북극의 툰드라나 얼음뿐인 바다처럼 사방으로 펼쳐진 세상에서 길을 잃어버리는 것과 같다. 누군가를 사랑하는 것은 그의 입장이 되어 보는 것이라고 흔히들 말한다. 이는 당신이 그의 이야기 속으로 들어가는 것 혹은 그의 이야기를 스스로에게 어떻게 말하면 좋을지 가늠해보는 것이다.

_리베카 솔닛, 김명남 옮김, 『멀고도 가까운』(반비, 2016년)

우리는 이야기의 올실과 날실로 짠 세상에서 살아간다. 인류가 이야기의 젖을 물고 문명을 일으킨 사실을 부정할 수는 없다. 이야기는 인류가 나아갈 방향을 가리키는 나침반이고 우리의 온갖 기억을 저장한 보물창고다. 이야기가 없었다면 지금의 세상도 존재할 수 없을 테다. 리베카 솔닛Rebecca Solnit은 이렇게 쓴다. "하나의 장소가 곧 하나의 이야기이며, 이야기는 지형을 이루고, 감정이입은 이야기의 재능이며, 이곳에서 저곳으로 건너가는 방법이다. 심장마비로 말을 잃어버린 노인, 처형인 앞에 선 젊은이, 국경을 넘는 여인, 롤러코스트를 타는 어린이처럼, 오직 책에서만 접해본 사람이 되어 보는 것은 나와 침대에 나란히 누운 옆 사람이 되어본다는 것은 어떤 일일까?"

그렇다. 이야기는 인류를 키운 위대한 어머니다. 여행자들이 별을 보고 방향을 가늠하던 예전은 지금보다 훨씬 더 많은 이야기가 이 세상을 가득 채웠다. 성서, 장자, 그리스로마 신화, 사마천의 사기, 삼국사기, 천일야화 등은 온갖 이야기들로 가득 찬 집약체다. 우리는 그 이야기 속으로 들어가 상상력을 키우고 미지의 세계를 향한 호기심을 충족할 수 있었다. 그 많던 흥미진진한 이야기를 전해주던 이야기꾼들은 다 어디로 갔을까?

나는 이야기를 유난히도 탐하는 아이였다. 외할머니는 나를 무릎에 누인 채 옛이야기를 들려주었다고 말하고 싶지만 그건 거짓말이다. 외할머니는 농사일에 지쳐 저녁밥 먹고 나면 이내 코를 골고 주무셨다. 나는 이웃집 아주머니의 치맛자락을 붙잡고 이야기를 졸랐다. 내가 이야기를 조를 때마다 그 아주머니는 이야기 주머니를 풀어놓았다. 집안 어른들의 반대로 헤어진 애인과 강물에 빠져 죽은 청년의 슬픈 이야기(아주머니 처녓적 동네에서 실제 있었던 일이라고 했다), 엄마가 없는 사이 늑대에 잡아먹힌 아이들 이야기(나중에 돌아온 엄마가 늑대 배를 갈라 아이들을 구한다!), 장에서 돌아오던 아저씨가 밤새 도깨비와 싸운 이야기(날이 밝고 보니 도깨비는 오래된 빗자루였다!) 등을 들려주었다.

그 아주머니 이야기 중에 '가실과 설씨녀'도 있다. 가실이라는 이웃 청년이 설씨녀의 늙은 아버지를 대신해서 전쟁에 나선다. 가실은 전쟁에서 돌아오면 결혼하겠다는 약조를 남기고 전장으로 향한다. 가실은 3년이 지나도 돌아오지 않고, 전쟁 뒤에도 감감소식이다. 설씨녀의 아버지는 가실이 죽었다고 여기고 다른 곳과 혼사를 약속한다. 놀랍게도 결혼식 당일에 가실이 돌아온다. 가실은 설씨녀와 약속의 증표로 나눈 반쪽 거울을 맞추고 설씨녀를 아내로 맞아 행복하게 살았다. 나중에 이 이야기를 『삼국사기』에서 발견하고 놀랐다.

천지개벽, 인류의 탄생, 세상을 휩쓴 홍수, 건국 신화들 속에서 인류의 역사가 시작한다. 이야기의 탄생과 인류의 역사는 동일한 궤를 이룬다. 반고는 고대 동아시아의 신화에 나오는 창세신이다. 반고는 혼돈의 신인 제강이 죽자 나타나 우주만물을 빚는다. 우주가 알 속에 혼돈 상태로 있을 때 반고는 그 안에서 잉태되었다. 반고는 도끼로 알을 깨고 나오는데, 그 찰나 알 속에 있던 것들이 세상에 흩어지며 하늘과 땅이 생겨난다. 반고는 하늘이 무너질까 불안해서 하늘을 떠받치고 서 있었다. 반고의 몸이 점점 자라면서 하늘과 땅의 사이가 벌어지게 되고, 1만 8,000년 동안 혼돈을 막은 반고가 대지에 누워 잠을 자다가 숨을 거둔다. 이때 반고가 흘린 체액은 강과 바다로 변하고, 뼈와 살은 산과 들과 언덕이 되었다.

디지털 시대로 접어들며 엄청나게 쏟아지는 정보가 우리의 상상을 자극하는 이야기를 삼켜버린다. 이야기들은 맥락이 없는 정보의 파편으로 흩어진다. 지금은 이야기는 없고 정보는 과잉으로 넘친다. 정보는 미디어로 퍼져나가고 주식시장이나 정치의 장 안에서 움직인다. 정보는 데이터로 쌓여 분석되지만 기억을 매개로 전승되지는 않는다. 우리는 정보를 클릭하고, 검색하느라 개인 컴퓨터 자판 위에서 손가락을 분주하게 움직인다.

정보에는 서사나 반전이 없다. 이야기는 긴 시간과 비밀을 품는다. 서사로 인해 이야기는 늘 숙고와 경탄을 자아낸다. 삶은 그 자체로 이야기다. 정보는 시간이 점으로 변해서 나타나는 최소한도의 이야기다. 우리 시대 정보 발생의 조건은 시간 빈곤이다. 시간의 지속성을 품지 못한 정보가 이야기를 대체하는 순간 삶도 파편화되면서 증발한다. 정보의 시대에는 데이터의 공유만 있을 뿐 이야기를 향유할 시간은 없다. 우리가 이야기를 지어내지 못하는 것은 모든 게 바쁘게 돌아가는 탓이다. 디지털 세계에서 만들어진 정보는 광속으로 사라진다. 정보의 수명은 그만큼 짧다.

　　정보가 납작하다면 이야기에는 굴곡과 두께가 있다. 신화, 민담, 기담, 무용담은 정보의 단편성, 즉자성, 일회성을 뛰어넘는 깊이를 담은 이야기로 두터워진다. 이야기에는 리듬과 서사적 진폭이 있으며 세계를 흔들 만한 전언이 담긴다. 정보는 밋밋하고 투명하다. 그 밋밋함과 투명함이 세계를 탈신비화한다. 반면 이야기가 품은 불투명성과 신비는 우리 상상력을 풍부하게 자극한다. 정보 체제의 지배는 전혀 강압적이지 않지만 우리는 정보의 예속에 저항하지 못하고 끌려간다. 그 결과 이야기들이 사라진 사막에서 서사적 빈곤을 겪는다.

　　정보는 대량생산되어 쓰나미처럼 우리를 덮친다. 굳이 알 필요도 없고 안다고 해도 쓸모가 없는 정보들, 즉 스포츠 스타들이나 연예인들의 스캔들, 사람들이 지어 퍼뜨리는 소문과 유언비어, 정치가들의 잡다한 헛소리들이 우리의 머리를 차지한다. 옛이야기나 신화들에 견주자면 그것들은 먼지 한 줌보다 더 가볍고, 어떤 깊이도 머금지 않는다. 긴 시간을 품은 이야기를 들으며 까무룩 잠에 빠져드는 아이들은 얼마나 행복할까? 요즘 아이들은 그런 이야기를 들려주는 외할머니나 이웃 아주머니를 갖지 못한 채로 자라난다. 아이들은 설화나 이야기가 없는 시대에 태어나 정보의 지배에 예속된 채로 살아간다. 아이들은 제 경험을 이야기로 빚는 능력을 키울 수가 없다. 어쩌면 이야기가 서사로 진화되는 것을 가로막는 것은 경험의 빈곤, 혹은 경험의 파편화일 것이다. 인류의 불행은 이야기를 정보로 대체한 시대와 연관되는지도 모른다. 다들 정보를 업데이트하느라 눈과 손이 바쁜 탓에 이야기들은 태어나지도 못한 채 사라진다. 이제 당신에 대한 정보가 아니라 당신의 이야기를 들려주라. 당신의 이야기를 들려준다면 우리는 당신에 대해 더 잘 알게 될 것이다.

돌은 왜
책상 위에서
흐느끼는가?

노란빛 슬픔은 깜짝 슬픔이다. 그것은 낮잠과 알, 백조 깃털, 향수 가루, 물티슈의 슬픔이다. 그것은 슬픔의 시트러스이며, 태양처럼 둥글고 온전하며 죽어가는 모든 것들은 이 슬픔을 소유하고 있다. 그것은 1위의 슬픔이다. 그것은 폭발과 팽창의 슬픔이고, 한밤 덜루스 시의 도시 전경 위로 솟아올랐다가 수피리어 호수의 물 위로 떨어져 비치는 용광로의 슬픔이다. 그것은 회전문과 회전식 개찰구의 우월한 기쁨이자 우월한 슬픔이다. 그것은 끝없음과 덧없음의 슬픔이다. 그것은 모든 카드에 똑같이 들어가 있는 어릿광대의 슬픔이며, 제비꽃이 확실한 데도 꽃을 가리키며 그것이 무엇인지 말하는 시인의 슬픔이다.

_메리 루플, 박현주 옮김, 『나의 사유재산』(카라칼, 2021년)

강가에서 주워온 돌이 책상 위에서 가만히 흐느낀다. 그대는 듣는가, 책상 위에서 돌이 혼자 흐느껴 우는 소리를. 나는 새를 쏘았던가? 저 돌은 내가 쏘아 떨어뜨린 새인가? 지난여름 초목을 태울 듯 뜨겁던 불꽃 더위가 잦아들고 소슬한 바람이 분다. 복숭아를 좋아하던 용접공은 연애에 빠지고, 줄장미가 붉은 꽃을 피웠던 여름은 지나갔다. 나이 어린 이모가 시골집 뒤꼍에서 석류나무에서 몰래 딴 석류를 먹는 계절이 온다. 한때 번성하던 것은 시들고 우리에겐 관조의 시간이 배달되는 것이다. 가을 저녁엔 후박나무 잎사귀가 붙잡고 있던 나뭇가지를 슬그머니 놓치고 제 풀에 내려앉는다. 저렇듯 땅으로 하강하는 조용한 시간이여, 나는 유랑의 무리와 그 속에 고립된 나를 가만히 돌아보련다.

봄엔 산등성이 비탈밭에 심은 사과나무 700그루에 퇴비를 주고 농약을 치고, 늦가을엔 마가목 열매를 따서 큰 유리병에 넣고 설탕을 쏟아부어 과실주를 담그려고 했다. 동지 무렵엔 호롱불 아래서 권성생의 동화책이나 읽으려고 했지만 그 꿈마저 산산이 깨졌다. 하우스 농사를 지으며 농협 빚만 늘었다고 울분을 토해내던 영농 후계자들이 서울로 올라가 다단계 회사에 다닌다는 소문이 돌았다.

여름내 식빵을 떼어 입에 넣으며 '성문종합영어'와 '수학의 정석'을 붙들고 있었지만 학업은 지지부진했다. 술에 취하면 '사랑과 평화'의 노래를 불러 젖혔다. 나중에 사법고시를 패스해 변호사를 하겠다던 이종사촌은 모의고사를 망치더니 거제도에 내려가 용접공이 되거나 원양어선을 탈 거라고 떠들어댔다. 나 역시 대학입시를 엎고 정음사판 도스토옙스키 전집 전권이나 독파하기로 결심하고 풋풋한 눈썹을 밀고 토방에 들어갔다.

가을이 오니, 온갖 추억이 방울방울 떠오른다. 내가 열아홉 살 때 대수학과 절대음감은 언감생심이었으니 상업고교를 졸업하고 은행에 들어가 창구 직원으로 일하다가 감리교회의 신자 아가씨와 눈이 맞아 조촐한 살림을 꾸리며 1남 2녀를 기르며 살고 싶었다.

내가 진학한 상업고교에는 소설을 잘 쓰는 최재섭과 제홍만이 선배로 버티고 있었다. 문학도였던 이들을 보고 심장이 두근거렸다. 하지만 제홍만은 소설은 진작에 작파했다고 했다. 그는 날마다 영어 단어 50개씩을 외우며 전액 장학금을 받더니 졸업식에서 국무총리상을 받고 외환은행에 특채되었다. 훗날 그가 우수행원에 뽑혀 스페인 마드리드지점에 나갔다는 소식을 들었다.

최재섭은 서울시청 앞 백남빌딩에 있던 대한항공을 다녔는데, 그는 가난한 후배와 함께 명동의 카페 떼아뜨르에 가서 연극을 보았다. 그는 명지대학 야간부 영문학과를 마치고 미국 유학을 떠났

빈센트 반 고흐, 〈슬퍼하는 노인〉
1890년, 캔버스에 오일, 네덜란드 크뢸러뮐러 미술관 소장.

다. 그를 다시 만난 건 16년 뒤 뉴욕에서다. 1991년이던가? 미국 굴지의 보험회사 부사장으로 입신양명의 꿈을 이룬 그가 뉴욕에서 나오는 『미주한국일보』에 난 내 인터뷰 기사를 보고 연락을 해왔던 것이다.

저마다의 인생에 색깔이 있듯이 슬픔에도 각각의 색깔이 있다. 인생에는 꽃향기와 행운, 실패와 배신, 비탈과 암초가 따른다. 나는 들국화 같이 살뜰하게 살진 못했다. 스물넷에 신춘문예에 당선한 뒤 시집 몇 권을 내고, 출판사 창업을 했다. 감리교회를 다니지는 않았으나 참한 처녀와 결혼도 하고, 여뀌같이 어여쁜 아들 둘과 딸 하나를 얻었다. 나는 아이들을 잘 건사하며 가장 노릇을 해냈다. 그 일을 믿기 힘들 정도로 능란하게 해냈다. 뒤늦게 수영을 배우고 근육을 키웠다. 아이들 셋은 백화점 문화센터의 수영 강습반에서 생존수영을 배우게 했다. 서울 하계올림픽 마라톤 경주가 열리던 날 경주마처럼 질주하던 선수들의 역주와 올림픽 주경기장의 폐회식 세리머니를 보며 웬일인지 암담해진 채 불안에 떨었다.

어느 날 새벽, 나는 검찰 수사관들과의 임의 동행 뒤 서울검찰청 특수2부에 끌려갔다. 피의자 심문조서를 작성하고, 저녁 8시쯤 영장이 떨어져 구치소에 수감되었다. 나쁜 일들은 한꺼번에 닥친다. 가정도 사업도 다 깨졌다. 주말마다 가족 외식으로 한일관에 가서 불고기를 먹고, 서울 연고 구단의 유니폼을 입힌 아이들을 데리고 잠실야구장엘 가고 싶었다. 휴일에는 목욕탕에 가서 어린 아들에게 등을 맡겨 밀려던 꿈도 허무하게 사라졌다. 아, 고요한 시절은 아예 글러버린 것인가? 나는 무슨 새를 쏘아서 떨어뜨렸던가? 새는 돌이 되어 저렇게 책상 위에서 흐느끼던가? 낙엽을 밟고 오는 서늘한 계절이여, 가을 저녁 횃대에 올라가 길게 울던 수탉이여. 나는 계좌이체로 자동 납부하던 녹색당 당비를 더는 내지 않으련다.

우리는
강가에서 뭔가를
찾고 있다

깊은 밤 난 꿈속에서 산책을 나가지요
진실의 사막을 거쳐 깊은 강까지 나가지요
우리 모두는 작은 시냇물에서 시작하여
바다에서 끝을 맺지요

_빌리 조엘, 〈꿈속의 강〉, 1993년.

간밤엔 별똥별 몇 개가 동에서 서로 횡선을 그으며 흘러가고, 올해 처음 나타난 반딧불이의 군무는 신기했다. 실내등을 다 끄고 칠흑 같은 어둠 속에서 초록빛 인광을 반짝이며 떠다니는 반딧불이를 자정 너머까지 보다 잠든다. 새벽에 깨어나 책상머리에 앉아 몇 년째 쓰던 책의 마지막 줄을 쓰고 마침표를 찍는다. 압박감은 사라지고 미래에 대한 기대와 낙관은 이스트를 넣은 빵처럼 부푼다.

　　오늘 아침 혈압은 적당하고, 당뇨 수치는 정상이다. 연체료가 붙은 미납 세금고지서가 날아온 적은 없고, 두루마리 휴지도 몇 달은 쓸 만큼 넉넉하다. 오늘 외출할 때 신고 나갈 구두는 새 구두다. 주방에서는 딸아이가 콧노래를 부르며 텃밭에서 딴 토마토를 믹서기에 갈아 주스를 만드는 중이다.

　　지금보다 젊었던 시절 주말이면 벗들과 포커를 했다. 푼돈이 오가는 노름이었지만 내 승률은 높지 않았다. 자주 푼돈을 털리고 분노와 허탈감을 안고 귀가했다. 시 한 줄 쓰지 못한 채 허송세월하는 나 스스로 한심해서 참을 수가 없었다. 이튿날 역으로 나가 기차를 타고 여행을 떠났다. 내가 도착한 곳은 일제강점기 때 지은 건물들이 유적처럼 남은 남쪽의 항구 도시였다. 그 도시에 지인은 없었다. 며칠 동안 이곳저곳을 쏘다녔다. 어느 날 숙박업소에 들어 불을 끄고 잠 들려는 순간 옆방에서 들려오는 빌리 조엘Billy Joel의 노래 〈꿈속의 강The River of Drems〉을 들었다. 그 노래는 무심코 틀어놓은 라디오에서 흘러나온 것이다.

"깊은 밤 난 꿈속에서 산책을 나가지요/진실의 사막을 거쳐 깊은 강까지 나가지요." 눈을 감은 채 빌리 조엘의 노래를 듣다가, '아, 참 좋다'고 나는 감탄한다. '한밤중에 강가를 서성이며, 나는 뭔가를 찾고 있는 것이 틀림없어요'라는 가사를 음미하며, 나는 혼자 낯선 고장에서 무엇을 찾아 헤매는 것일까 하고 스스로에게 묻는다. 무언가가 생의 한 찰나를 흔들고 지나갔다. 당신은 누구십니까? 나는 아무도 아닙니다. 한 목소리가 내게 물음을 던지고, 나는 정직하게 대답을 했다. 이튿날 아침 낯선 여관에서 나와 항구의 한 식당에서 조반을 먹고 다시 기차를 타고 집으로 돌아왔다. 내가 찾는 것은 무엇이었을까? 인생의 진실이었을까? 하지만 나는 그게 무엇인지를 알지 못했다.

그 막막하던 시절에서 서른 해쯤 흘렀다. 이 여름 아침에 나는 다시 빌리 조엘의 노래를 듣는다. 빌리 조엘은 '나는 뭔가를 찾고 있는 것이 틀림없어요'라고 노래한다. 내가 찾으려던 인생의 진실은 무엇일까? 나는 젊음을 탕진하고 속절없이 나이를 먹으며 늙어간다. 세면대에서 물을 쓴 뒤 수도꼭지를 잘 잠그고, 밤하늘을 가린

지붕 아래서 일찍 잠자리에 든다. 더는 사랑의 번뇌에 빠지지도 않는다. 하지만 아직 내가 어디에서 와서 어디로 가는지를, 인생의 진실은 무엇인지를 잘 모른 채 살아간다. 고작 이 여름날에 나를 기쁘게 하는 것들에 대해 몇 마디 적을 수 있을 뿐이다. 저녁답 마당귀에서 꽃망울을 터뜨린 배롱나무, 무릎에 올라와 가르랑거리는 어린 고양이, 다리미 열기가 남은 면 셔츠의 감촉, 얼음덩이 몇 개를 띄운 토마토주스, 빌리 조엘의 노래! 서른 해 전이나 지금이나 나는 왜 빌리 조엘의 노래를 들으면 눈가에 눈물이 맺히는 걸까?

고향은
우리에게 빵과
포도주를 준다

고향은 우리 종족과 인종에게 생명을 부여한 성스러운 대지이며, 신의 구름과, 해와, 폭풍우를 꿀꺽 삼켜 그것들과 더불어 신비로운 힘으로 우리 식탁에 놓을 빵과 포도주를 준비해주며, 그리하여 우리가 건강하게 살아갈 힘을 준다.

_이-푸 투안, 윤영호·김미선 옮김, 『공간과 장소』(사이, 2020년)

누구에게나 고향은 세상의 중심이다. 조상들이 묻힌 고토이자 그 땅에서 일군 기억공동체의 거점 공간이다. 우리의 삶에서 평생에 걸쳐 구심력으로 작동하는 장소라는 점에서 고향은 삶의 시원, 영혼에 각인된 영원한 정체성의 일부, 고요한 애착심의 장소로 거듭난 곳이다. 고향은 우리 실존을 관통하는 경험으로 인해 대체할 수 없는 장소가 된다. 우리는 몸과 오감에 새겨진 고향의 경험과 기억과 정동으로 빚어진다.

고향은 어린 시절 자기동일성의 경험을 쌓고, 실존의 유일무이한 사건들을 연쇄로 겪는 신성불가침의 영역이다. 그중에서 고향집은 천상과 지상에 걸친 기본방위가 펼쳐지는 중심점이다. "천상과 지하세계를 잇는 수직축이 집을 관통하고, 또 별들은 사람의 거주지를 중심으로 빙 돌면서 움직이는 것"이다. 주체의 운명인 고향집에서 멀어질수록 구심력이 작동되면서 우리 안에 잠든 회귀본능이 깨어난다. 장소는 고정불변의 상태로 늘 똑같지는 않다. 그것은 시대의 변화를 품고 받아들이면서 성장하거나 쇠퇴한다. 그게 장소의 운명이다.

고향은 장소들의 원형이고, 언젠가 돌아가야 할 낙원의 표상이다. 많은 이가 고향을 등지고 떠난다. 그것은 탈주선을 타고 도망가는 행위다. 출향의 동기는 여러 가지일 테다. 먼저 고향의 속박에서 벗어나려고 떠난다. 고향을 떠나 살아도 오감의 기억에 새겨진 장소 정체성은 사라지지 않는다. 원체험과 결부된 그 정체성은 결핍과 부재로 더욱 굳어지며, 결국 노스탤지어라는 병인으로 덧난다.

떠돌이 계절노동자들, 이민자들, 원양어선 선원들만이 고향을 떠나는 것은 아니다. 세계 여러 곳에서 그보다 훨씬 더 많은 인구가 제 고향을 등지고 타지로 떠난다. 그들은 고향을 떠나 차별과 따돌림 속에서 디아스포라로 전락한다. 고향 상실이란 자기동일성의 해체와 맞먹는 실존 사건이다. 영혼은 '뿌리내림'에 실패한 채로 평생 타향을 떠돈다. 나, 고향으로 돌아갈래! 세계인들이 고향 회귀와 고향 회복을 필생의 기획으로 내세우는 이유는 고향이 우리 실존의 중심이고, 고향이 우리를 잡아끄는 인력 탓이다. 우리는 고향이라는 우주의 중심을 도는 작은 행성들이다.

고향에서의 기억은 왜 달콤하고 아련한가? 과거를 화사하게 윤색하는 뇌의 환각작용 탓일까? 정지용의 시는 우리가 오래전에 낙원에서 추방된 자임을 일깨우며 서글픔에 빠뜨린다. 산꿩이 알을 품고 뻐꾸기가 우는 고향은 얼마나 먼 곳에 있는가? 오늘의 고향은 옛날의 그 고향이 아니다. 흘러간 옛날은 오늘의 괴로운 현실의 대안이 될 수가 없다. 정지용은 "고향에 고향에 돌아와도/그리던 고향

프레더릭 에드윈 처치, 〈시골집〉
1854년, 캔버스에 유채, 미국 워싱턴 시애틀 미술관 소장.

은 아니러뇨/……/고향에 고향에 돌아와도/그리던 하늘만이 높푸르구나"(「고향」)고 노래한다. 고향을 떠난 자는 다시는 그 아늑한 곳으로 귀환하지 못한다.

고향을 그리는 나침반은 언제나 어린 시절의 목가적 생활을 가리킨다. 우리 마음에 둥지를 트는 향수병이란 무엇인가? 노스탤지어의 바탕은 지금 여기에 없는 것, 즉 옛날을 향한 동경과 그리움, 돌이킬 수 없는 시간 회복에 대한 열망이다. 프랑스 철학자 블라디미르 얀켈레비치Vladimir Jankelevitch는 "향수병은 불가능한 것에 직면했을 때 갖는 절망이다"고 규정한다. 노스탤지어는 고향 없음이 아니라 특정 장소로 돌아갈 수 없음, 고향 회귀의 불가능성을 뜻한다. 그 불가능성은 어떤 지리적 좌표를 찾는 게 아니라 사라진 시간을 회복하는 일인 까닭이다. 타향을 떠도는 자는 삶을 낭비하리라는 불안에 사로잡힌다. 이것은 노스탤지어의 질료적 바탕이 고향 회귀의 불가능함, 방향 상실에 대한 두려움과 불안이라는 걸 암시한다.

고향의 말도 다 잊고, 고향의 벗도 다 떠난 지금 고향은 내 마음의 지리학에서만 찾을 수 있다. 나는 토성의 영향 아래 태어났다. 원하건 그렇지 않건 간에 일찍이 고향을 떠났다. 고향을 잃은 채로 떠돌며 사는 동안 불신과 비관에 내 삶을 통째로 내주었다. 세상을 떠도는 자의 마음에서 빛이 꺼지고 무상함에 빠지기 쉬운 까닭은 분명 삶의 보람 없음과 기쁨의 배제의 결과일 것이다. 그리고 오늘의 삭막함과 연관이 있을 테다. 나는 인격이 여문 어른의 삶을 살 수 있을까? 그것은 애초에 글러버린 꿈일까? 나는 고향을 잃어버린 삶을 연민한다. 아니, 연민하지 않는다. 내가 이미 오래전부터 고향 없이 살아온 자이기 때문이다.

고향 상실자로 살아온 지 반세기가 넘었다. 탕약을 가득 채운 잔을 들이켠 듯 삶은 쓰디썼다. 후회와 서글픔은 옅어지거나 사라졌건만 고향을 둘러싼 기억의 화사함은 사라지지 않는다. 고토에서 몸은 멀어지건만 노스탤지어는 사라질 기미가 없다. 오, 그대 다시는 고향을 찾지 못하리! 세계는 늙고, 나도 한줌의 노스탤지어를 품고 늙어간다. 살아보니, 늙음이 인생의 변수가 아니라 상수인 걸 알겠다. 죽음이라는 외부가 덮치기 전까지 나는 더 꼼꼼하게 늙어갈 테다.

독서는 탐식이자
무용한 기쁨의
도취다

우리가 읽는 책이 주먹질로 두개골을 깨우지 않는다면 무엇 때문에 책을
읽는단 말인가? 책이란 우리 내면에 존재하는 얼어붙은 바다를 깨는 도
끼여야 해.

_카프카의 편지, 1904년 1월.

프랑스 소설가 파스칼 키냐르는 "독서는 책이 펼쳐지는 순간, 그리고 책에서 찾거나 얻으려는 의미가 이러한 끊임없는 탐색과 다르지 않은 영혼에 불을 지피는 즉시 이 세계를 떠난다. 독자란 두 지면으로 이루어진 자신의 '하늘을 나는 작은 양탄자'에 올라타서 바다를 지나고, 아주 먼 거리를 주파하고, 수천 년을 건너뛰는 마술사다"(파스칼 키냐르, 『세 글자로 불리는 사람』)고 말한다. 책들은 그 자체로 바다이고, 그 바다에서 이는 파도다. "책들은 고요해진 언어의 대양에서 일어나는 파도 같은 것이다. 책들은 포말처럼 솟구친다."(앞의 책)

독서란 일탈, 해방, 몽상, 무위를 통해 누리는 한 조각의 행복이다. 도처에 흩어져 있는 독자들은 언어의 대양에서 일어나는 파도에 온몸을 맡기고 몽상의 바다를 떠도는 걸 좋아한다. 잘 알다시피 책은 각종 문자로 이루어진다. 문자는 점토판, 파피루스, 양피지, 죽간, 종이 위에 제 형태를 드러낸다. 책은 각종 문자의 집합이고, 문자는 의미를 기호화한 것이다.

우리는 책을 읽으면서 문자를 도약대 삼아 의미계로 솟구친다. 문맹인은 의미 없음에 방치된 채로 침묵의 세계를 떠돈다. 반면 의미의 빛으로 넘치는 책을 손에 쥐고 읽는 자는 어둠에서 나와 빛의 세계를 향해 얼굴을 들이밀며 나아가는 셈이다. 독자란 잠들지 않고 깨어서 홀로 책을 읽는 사람들이다. 그들은 대개 빛을 훔치는 밤의 도둑이거나 항상 깨어 있다는 뜻에서 밤의 야경꾼들이다.

밤은 낮을 훔치고, 새는 곡식의 낟알을 훔친다. 달은 발광체가 아니지만 태양의 빛을 훔쳐 반사광으로 지상을 물들인다. 책 읽기는 그 본질에서 무언가를 훔치는 행위다. 프랑스 작가 미셸 투르니에 Michel Tournier는 책을 출간하는 일을 마르고 굶주린 새떼를 풀어놓는 일이라고 말한다. "한 권의 책을 출판한다는 것은 흡혈귀들을 풀어놓는 것입니다. 책이란 피를 많이 흘려 마르고 굶주린 새들로, 그 것들은 살과 피를 가진 존재, 즉 독자를 찾아 그 온기와 생명으로 제 배를 불리고자 미친 듯이 군중 속을 헤매 다닙니다."(미셸 투르니에, 『흡혈귀의 비상』) 그들은 지식을 훔치고, 타인의 욕망을 훔치며, 일찍이 제가 누리지 못한 꿈과 동경을 훔친다. 훔친다는 것은 타인이란 벽에 구멍을 뚫고 그 안에 들어가 제 존재를 숨긴 채 무언가를 탐욕스럽게 '먹고, 삼키는' 일이다. 그게 아니라면 애써 책을 읽을 이유가 없다.

독서 욕망은 세계를 제 안으로 들인다는 점에서 도둑질이고 탐식이다. 책 읽기는 한가로운 소일거리, 고독한 취향, 무한한 기쁨을 누리는 일을 넘어서서 탈취이자 폭식이며 무용한 기쁨의 도취다. "인간은 기원과 본능의 영향권에서 태어나지 않는다. 문화, 포착, 함

카를 슈피츠베크, 〈책벌레〉
1850년, 캔버스에 유채, 독일 슈바인푸르트 게오르그 셰퍼 미술관 소장.

께-포착, 타인의 포식, 학습의 와중에서 태어난다. 그러므로 선재先
在하는 세계를 훔쳐야만 한다."(파스칼 키냐르, 『세 글자로 불리는 사람』)
온전한 사람이 되려면 아버지의 정신과 어머니가 주는 살뿐만 아니
라 타인과 세계도 필요한 법이다.

　　독서는 온전한 사람으로 빚어지기 위해 필요한 것을 얻는 한
수단이다. 독서란 우리보다 앞서 존재하는 세계에서 필요한 그 무언
가를 훔치는 일이다! 독서를 고요한 몰입의 행위라고 착각하지만 그
건 사실과 다르다. 책이 굶주린 자의 앞에 놓인 먹잇감인 한에서 독
서란 책을 난폭하게 움켜잡고 그 정수를 흡혈하는 행위인 것이다.
독서에 몰입한 자의 손과 입은 금세 피로 물든다. 그들은 책을 찢고
삼킨 뒤에야 폭식의 충만감 속에서 천천히 몸을 일으켜 세운다.

　　독서와 관련된 명구 중에서 최고는 프란츠 카프카Franz Kafka
가 남긴 문장이다. 이보다 더 강렬한 것을 찾기란 쉽지 않다. "우리
가 읽는 책이 주먹질로 두개골을 깨우지 않는다면 무엇 때문에 책을
읽는단 말인가? 책이란 우리 내면에 존재하는 얼어붙은 바다를 깨
는 도끼여야 해." 카프카가 1904년 1월, 지인에게 보낸 편지 중에
나온 문장이다. 활짝 펼친 책을 잘 살펴보면 그것은 두 날개를 펼친
새와 같다. 누군가 읽고 있는 책은 양 날개를 펼친 채 공중을 나는 새
다. 새들은 공중을 난다. 독서란 정신의 저공비행, 몰입의 현기증 속
에서 하는 상상의 비행이다.

책에서 눈을 떼지 말고 그 문면을 따라가라! 그러면 책이 우리를 어디론가 데려간다. 독서는 항해이고, 여행이며, 모험이다. 책은 먼저 독서의 고독 속으로 데려간다. 그리고 한 번도 가보지 않은, 그러나 한 번은 살고 싶은 미지의 세계, 현실 저 너머 가상의 은신처로 데려간다!

꽃밭에 앉아서
꽃잎을
보네

꽃밭에 앉아서 꽃잎을 보네

고운 빛은 어디에서 났을까

_정훈희, 〈꽃밭에서〉, 1979년.

갑자기 가격을 올린 단골 칼국숫집과 시급 9,160원, 가상화폐 열풍과 배신의 정치가 난무하는데, 영산홍은 어쩌자고 저토록 무구한 채로 피어났을까? 모란과 작약이 다퉈 꽃망울을 터뜨리고, 버드나무 가지는 실바람에 낭창낭창 흔들린다. 먼 산 뻐꾸기 소리에 저무는 고운 봄날의 그리움과 슬픔과 허무주의가 나는 싫어 고개를 젓는다. 아니, 땅에 뽈냉이와 씀바귀 파랗게 돋고 공중에는 꽃가루 분분한 때 공연히 싱숭생숭해지는 내 연약함이 싫은 것인지도 모른다. 자드락길에 서면 무슨 사무침이 그리 많아 가슴이 무너지고, 나는 돌연 살림 작파하고 떠나고 싶어지는 것일까?

서울시 서대문구 송월동에 주소를 둔 한 잡지사를 찾아갔던 아득한 기억의 조각을 꺼낸다. 나는 열여섯 살, 고등학교 1학년이었다. 볼펜 떨어지는 소리가 굉음으로 들릴 만큼 고요가 삼엄한 편집실이다. 누군가 무슨 일로 왔냐고 물었던가. 교복 가슴팍에 달린 명찰을 보고 누군가 아는 척을 했던가. 기억이 가물가물하다. 전국 학생들이 애독하는 그 잡시에 시와 난편소설을 잇날아 발표하며 활농한 터라 내 이름은 알았을 테다. 그 누군가는 지금은 잡지 마감 때라 다들 정신이 없으니, 나중에 소주 한잔하자고 했다. 나는 민망한 기

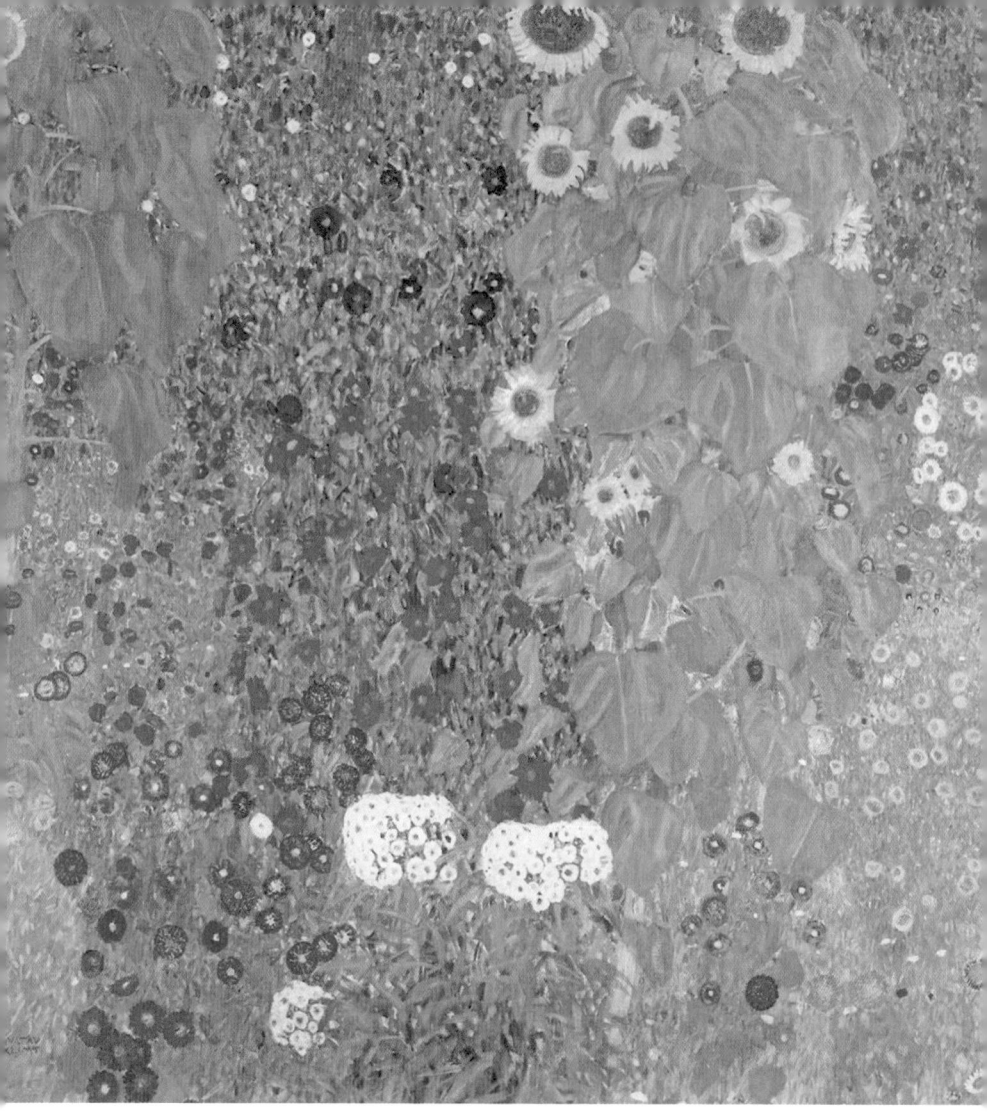

구스타프 클림트, 〈해바라기가 있는 정원〉
1906년, 캔버스에 오일, 오스트리아 벨베데레 미술관 소장.

분으로 그 사무실을 나왔는데, 소주 한잔하자 했던 이가 박정만 시
인이다.

　신춘문예에 당선하고 이듬해 봄날 문인 선배 대여섯 명과 우
이동 계곡으로 나들이에 나섰다. 박정만을 비롯해 소설가이자 번역
가인 이윤기, 시인 이세룡, 이름이 기억나지 않는 소설가 두엇이 어
울렸다. 나는 20대고 다른 이들은 서른서넛이었으니 다들 새로 돋은
쑥갓처럼 싱그러웠을 나이다. 막걸리 몇 잔이 돌고 봄날의 난만함에
젖은 채 고운 노래를 불렀는데, 박정만이 부른 노래는 낯설었다.

　"꽃밭에 앉아서 꽃잎을 보네/고운 빛은 어디에서 났을까/아
름다운 꽃이여 꽃이여/이렇게 좋은날에 이렇게 좋은날에/그 님이
오신다면 얼마나 좋을까/꽃밭에 앉아서 꽃잎을 보네/고운 빛은 어
디에서 났을까/아름다운 꽃송이." 시인의 가창력에 감탄하면서도
그 고운 노래를 모른 채 산 나 자신이 부끄러웠다. 가수 정훈희가
1979년 칠레 가요제에서 불러 상을 받은 노래라고 했다. 나는 얼마
나 대단한 인생의 공훈을 구한다고 저 아름다운 노래도 모른 채 살
았을까?

　그 무렵 나는 출판사에서 일하면서 박정만의 첫 시집 원고를
받아 가장 먼저 읽는 기쁨을 누렸다. 박정만의 시에는 사랑과 슬픔
의 가락이 있고, 그 유장한 가락에는 깊이를 가늠할 수 없는 그늘이
드리워져 있었다. 전통 서정의 가장 서늘한 경지의 시편들이었다.

술과 벗을 좋아할 뿐 생활인으로서는 무력했던 그는 어디에도 정착하지 못한 채 백수로 떠돌았다. 내가 퇴사한 뒤 후임 편집장으로 박정만이 입사하는데, 이내 한수산 작가의 필화 사건에 엮여 고초를 당한 소문이 문단에 파다했다.

느지막한 출근길에 나타난 기관원 몇이 그의 팔짱을 낀 채 어디론가 끌고 갔다. 서빙고 지하실에서 며칠 동안 영문도 모른 채 온몸에 피멍이 들도록 맞고 각서를 쓴 뒤 풀려났다고 한다. 쉼 없이 매질을 당하며 죄를 불라는 고문에 못 이겨 동대문운동장 공중화장실에 '전두환은 살인마다!'고 끼적인 걸 자백했다고, 쓸쓸한 웃음을 지으며 말했다. 평생 시밖에 모르던 시인은 극악한 고문에 심신이 다 망가진 채로 무너졌다.

그는 내가 일하는 출판사에 종종 들렀다. 우리는 바둑 한두 판을 두고 복기를 하거나 두부두루치기를 안주 삼아 소주 한두 병쯤 마시고 헤어졌다. 그는 단 한 번도 가난을 핑계 삼아 비굴한 처신을 한 적이 없었다. 두어 번 술값이라고 용돈을 호주머니에 넣어주었는데 한사코 받지 않았다. '나는 한 번도 정직한 사랑을 한 적이 없어'라거나 '인간을 사랑하며 살려고 했지'라는 시구에 나는 가슴이 먹먹해진다. 무구한 이들을 짓밟는 세상에서 사람을 사랑하며 살려는 꿈만큼 야무지고 웅장한 기획이 또 있을까? 나는 책 판매대금으로 문방구 어음으로 결제하는 서점 주인과 실랑이를 하고, 순결한 시인은 늙은 소년 같이 술병을 앓는 동안 1980년대는 저물었다.

아, 시인은 어떻게 저토록 무구한 것인가. "내 인생은 너무나 형편없었어./형편이라는 게 있을 수 없었으니까."(「형편없는 시」) 시인은 자주 삶에 절망한 가운데 통음을 했다. 통음 뒤 환각과 환청의 황홀경 속에서 시를 300여 편쯤 써냈다. 원고 말미엔 시를 쓴 날짜와 시각에 적혀 있었다. 초 단위 간격을 두고 시들이 쏟아져 나왔는데, 그것은 불가사의한 생산이었다.

평생 쓴 것보다 더 많은 시를 두어 달 동안 다 쏟아내고, 서울 올림픽 폐막식 축제가 벌어지던 시각, 외롭고 가난한 시인은 서울의 한 반지하방 양변기 위에서 열반했다. 쓸모없는 아름다움을 품은 서정시 몇 편을 쓰며 살다가 세상의 무례함에 상처를 받고, 술병과 마음의 병이 뼛속까지 깊어져 시인은 솜털 같이 가벼운 몸으로 우주 너머로 사라졌다. 박정만. 마흔세 살. 전북 정읍생. 이번 주말에는 박정만이 어느 봄날 나들이에서 〈꽃밭에서〉를 불렀던 우이동 계곡이나 더듬어 찾아가 볼까?

내 영혼은
검은 페이지가
전부다

나의 영혼은 검은 페이지가 대부분이다.
그러니 누가 나를 펼쳐볼 것인가.

_기형도, 「오래된 서적」, 『입 속의 검은 잎』
(문학과지성사, 1989년)

젊은 날, 미래 전망의 불투명함 속에서 나는 방황했다. 내일이 오리라는 기대조차 품기 어려웠던 시절이다. 희망 한 점도 품을 수 없던 그 시절엔 절망조차 모자에 달린 깃털처럼 사치에 지나지 않았다. 한낮은 부끄러움의 시간이었다. 밤에만 책을 읽고 글을 썼다. 아침이 밝아오면 밤을 불사르며 쓴 글들을 태웠다. 불타고 남은 재는 무다. 그것은 내 안의 들끓는 부끄러움이 만든 의식이었다.

세월이 흐른 뒤 깨달은 한 가지는 검은색이 준 시련들로 내가 단련되었다는 점이다. 검은색은 빛의 부재가 불러온 혼란 그 자체다. 혼란은 질서의 부재, 무질서의 운동이 활발해지면서 나타난다. 블랙아웃. 혼돈과 망각. 금지를 금지하고, 불가능을 불가능 속에 머물게 하라! 검은색은 검은 깃발로 나부낀다. 오, 검은색에서 무정부주의자들이 뛰어나와 검은 깃발을 흔든다.

검은색은 자연스럽게 기형도 시인를 소환한다. 스물여덟 살이던 청년은 1989년 3월 7일 3시 30분경 종로2가의 한 심야극장에서 급삭스럽게 죽었다. 죽고 나서 유고 시집 『입 속의 검은 잎』이 나왔다. 그의 요절과 도저한 절망은 숱한 청년들의 마음을 사로잡았다. 기형도는 제 영혼이 온통 검은색으로 이루어졌다고 쓴다. "나의 영혼은 검은 페이지가 대부분이다/그러니 누가 나를 펼쳐보겠는 가." 검은 페이지로 뒤덮인 영혼이라니! 동양의 오행 철학에서 검은 색은 북쪽을 상징한다. 오방색의 하나로 검정은 물을 뜻한다. 검은 색은 사방에 물처럼 스민다. 밤이 온다. 밤의 검은 휘장 안에서 우리 는 궁핍의 시간을 견뎌야 한다. 검은색이 자양분으로 당신의 영혼을 풍요하게 하리라.

검은색은 금욕과 근엄함의 정체성이 내재된 색으로 여겨졌 다. 한때는 색의 지위를 박탈당했다가 나중에 색의 상징학에서 애도 와 우아함의 표상이라는 의미를 부여받으며 복귀하는 부침을 겪는 다. 분명한 것은 검은색이 인류가 창안한 종교와 제의 속에서 주목 을 받았다는 점이다. 검은색은 색의 상징학에서 죽음과 불안의 의미 를 드러내 보인다.

오늘날 검은색의 위상은 누구도 흔들 수 없을 만큼 단단하다. 동지 어둠은 저 너머에서 검은색 동물처럼 온다. 동지가 어둠과 함 께 도래할 때 겨울의 기척도 데려온다. 곧 첫눈과 추운 밤들이 닥칠 것이다. 사방이 온통 검은색으로 물든다. 검은색은 밤과 석탄의 색, 사물과 사물의 차이를 뭉개는 고갈과 부재의 심연, 불가능의 한계의 표상으로 빛난다. 오, 검은색이여, 빛의 부재여! 검은색은 빛의 고갈 속에서 깊이를 얻는 무다. 그리고 우리 존재는 활동하는 무다.

거울 뒤편은 검은색이다. 검은색이 없다면 거울은 섬광 더미를 반사하지 못한다. 검은색이 없으면 거울은 빛 반사를 못한다. 불능에 빠져 아무것도 못 비추는 거울이라니! 거울은 빛의 총아다. 거울은 우리 얼굴을 노골적으로 폭로한다. 거울에 비친 얼굴은 빛이 조형해낸 시간의 흔적이다.

밤은 이성이 잠들면 찾아오는 잠과 몽상의 시간이다. 희미한 반사광 한 점마저도 없는 밤에 돌아갈 곳을 잃은 우리는 자신에게로 귀환한다. 검은색은 낮의 자아를 삼키면서 어둠을 더욱 깊게 만든다. 검은색은 심연이다. 감히 우리는 그 심연을 상상조차 못한다. 검은색은 우리를 이성의 부재로 이끈다. 이성의 부재 속에서는 동물들이 더 우글거리고 더 활동적이다.

동물은 우리보다 더 하염없는 존재들이다. 동물은 어둠의 덩어리거나 우리의 열등한 형제들이다. 동물들의 눈이 발광체가 되어 빛나는 밤이 온다. 부엉이나 고양잇과 동물들은 밤의 포식자들이다. 이 동물들은 제 뛰어난 시각으로 어둠 속에 움직이는 피식자를 사냥한다. 반면 인간은 어둠 속에서 시각을 잃은 채 헤매기 일쑤다. 밤에 인간의 눈은 거의 쓸모가 없다.

겨울밤 하늘에는 수억 광년 떨어진 거리에서 별들이 반짝거린다. 밤의 우주는 검다. 검은색은 흰눈과 속눈썹의 뒤섞임. 까마귀의 색, 암실의 색, 블랙홀과 암흑물질의 색. 검은색은 색들 중에서 가장 열등한 색인가? 아니다. 검은색은 색의 어머니, 색의 원초적 거점이다. 내가 중학생일 때 펜촉에 검은 잉크를 찍어 글씨를 썼다. 프랑스 시인 스테판 말라르메Stephane Mallarme가 썼듯이 "백색이 지키는 비어 있는 종이"에 검은색 깃털을 가진 새들이 내려앉는다. 내가 쓴 것은 검은색의 상형문자들. 백지에 내려앉는 새들은 내 몽상의 흔적들. 검은 잉크로 쓴 글씨들은 죽음을 물고 나오는 빛의 파편이다.

　글씨들은 함성이 없는 외침이고, 침묵의 언어들이다. 내가 잠들면 글씨들은 밤새 날개를 펴고 공중으로 날아오른다. 밤은 우리 인생의 반을 빚는 시간이다. 누군가는 낮보다 밤을 더 선호한다. 그들을 비사교적인 은둔자라고 비난하지는 마라. 낮을 노동과 업무로 쓰는 사람과는 달리 밤의 정적 속에서 일하기를 좋아하는 사람들. 어쩌면 그들은 예술가들인지도 모른다. 낮보다 더 밤을 선호하는 게 비난의 이유가 될 수는 없다. 이들은 분명 밤의 메마름 속에서 일하며 더 창조적 성과를 낸다.

　기형도가 드러낸 이 도저한 비관주의의 뿌리는 무엇일까? 내일, 너머의 내일, 또 그 너머의 내일은 한 치 앞도 알 수 없는 자는 절망하는 법이다. 검은색은 죽음을 연상시키는 상징색이다. 죽음은 단독자의 소멸, 희망의 탕진, 무조건적인 투항, 다시 돌아올 길 없는 레테 강을 건너는 일이다. 어제 말하던 자는 오늘 돌연 현존의 자리를 비우고 떠난다. 장례식에 갈 때 남자건 여자건 검은 예복을 차려 입는다. 왜 우리는 망자를 위해 검은색 옷을 입는가? 검은색은 금욕의 표상이다. "망자와 관련하여, 애도의 검은색은 모든 인간적 과시의 불꽃을 꺼 버리는 소멸이다."(알랭 바디우, 『검은색』)

검은색은 망자를 떠나보내며 그에 대한 애도를 담기에 맞춤한 색이다. 모든 가능성을 불가능 속에 수렴한다는 점에서 죽음이란 인대가 끊어진 발목이다. 탕탕탕. 우리는 검은색의 저격에 일제히 쓰러진다. 검은색은 색채의 순수한 결여이고 무 그 자체! 검은색은 아무것도 없음, 그 바탕에서 죽음을 뒤집어쓰고 다시 부활한다.

비명 지르게 하라,
불타오르게 하라

비명 지르게 하라, 불타오르게 하라.

_레슬리 제이미슨, 송섬별 옮김, 『비명 지르게 하라, 불타오르게 하라』

(반비, 2023년)

양배추가 자라는 너른 서쪽 밭에도, 단풍 든 숲의 나무들에도, 나를 절반만 사랑하고 떠난 여자의 좁은 어깨에도 가을의 비가 내린다. 가을의 비는 투명 비커에서 양파가 흰 뿌리를 내리듯이 고요하다. 비는 구름이 품은 도토리 알들이 소쿠리에 쏟아지듯 소리를 낸다. 의자들은 네 다리로 바닥 위에 서 있고, 누군가는 그 의자에서 책을 읽는다. 지금 병상에서 창백한 이마를 드러낸 채 누워 저 비를 하염없이 바라보는 사람도 있겠다. 저 빗소리에서 서늘함을 느끼는 까닭은 가을이 가고 있다는 징후 때문이었을까?

팔에 오소소 소름이 돋아 옷장에서 몸에 걸칠 카디건을 꺼내 거실에 나왔더니 처음 보는 낯선 이가 우두커니 서 있다. 나는 놀라서 묻는다. 당신은 천사인가요? 아니요, 나는 천사가 아닙니다. 나는 당신의 그림자일 뿐입니다. 그 그림자는 돌연 사라졌다. 새벽에 밥을 짓는 어머니의 자식으로 나는 자라났다. 밤을 새우며 무언가를 끼적이는 자식의 몸이 상할까봐 어머니는 걱정했다. 그 어머니는 10여 년 전에 돌아가셨다. 어머니, 하고 입술을 달싹이며 나지막이 부르는 소리에 어머니는 대답이 없다. 한 번 돌이킬 수 없는 것은 영원히 돌이킬 수 없게 되는 것이다. 탄생과 죽음, 우연의 불가피함들. 온갖 불행과 재난을 회피하고 살아남은 자에게 밀물처럼 밀려드는 안도와 찬란한 슬픔들.

사춘기 때 한 소녀를 사랑했으나 나는 비겁했다. 끝내 입 밖으로 발설하지 못한 내향인의 짝사랑이었다. 아버지와는 늘 싸늘했다. 아버지의 무능력에 분노하고 엇나갔다. 에밀 시오랑Emil Cioran의 책을 좋아한다는, 신축 아파트 현장에서 건축 자재를 지고 비계를 오르내리는 노동자 청년을 한동안 따라다녔다. 나는 평범한 사물들처럼 미덕과 인내심을 기르는 데 실패했다. 정규 교육과정에서 이탈해 시립도서관과 음악감상실 등지에서 청소년기를 보냈다. 장병 신체검사를 받았으나 체중 미달로 군 입대마저 무산되었다. 그 작은 실패에도 낙담하고 쓸쓸해졌다. 그건 내가 진심으로 군대 취사장에서 평생 밥 짓는 노동을 해도 좋겠다는 생각을 품었기 때문이다.

올라브 H. 하우게Olav H.Hauge는 이렇게 노래한다. "내가 목말라 한다고 바다를 가져오지는 말라." 바람들은 한 점의 물방울들이 실어 나르고, 그 물방울에도 한 톨의 소금 성분이 섞였을지도 모른다. 뭔가를 사랑한다면 오래 바라봐야 한다. 관습의 눈으로는 말고 낯선 시선으로! 나는 바쁘다는 핑계로 오래 응시하지 못했다. 갈망하는 것을 가질 수가 없었고, 가야 할 곳에 가지 못한 채로 살았던 나는 가끔 혼자 흐느꼈다. 스물다섯 살일 때 나는 이미 한없이 무력했다. 나의 가장 아름다운 시절은 순식간에 지나가버렸다.

좋아하는 것은 가을의 비 말고도 많다. 날 저물 무렵 골목에서 어머니가 아이를 부르는 목소리, 백지의 침묵, 파리 나무십자가 소년합창단의 성가, 풀밭에 뒹구는 모과들의 무심함, 강가에 흩어진 돌들, 야생 염소의 울음소리, 새의 꽁지깃, 기지개를 켜며 하품하는 고양이, 비눗갑 안에서 비누가 마르는 걸 좋아한다. 나는 모르는 것들 속에서 그 모름을 외면한 채 살아왔다. 모른다는 것은 무엇인가? 나는 종종 자신에게 질문을 던진다. 모름은 존재의 기본값이다. 모름은 모든 앎과 삶에 반향하며 내 안에서 울려 퍼지는 메아리다. 그건 우리가 항상 삶에 대해 겸손해져야 할 의무를 일깨운다.

해가 뜨고 진다는 단순한 앎 말고 그 밖의 것은 잉여일지도 모른다. 무지가 삶을 그르친 원인의 전부는 아닐 테지만 나는 어리석었다. 내 삶을 파괴한 크고 작은 실패의 흔적들을 되짚어보니, 후회와 회한이 밀려와 새록새록 뼈에 사무친다. 온전한 인간이 되려면 백일몽과 노스탤지어만으로는 부족하다. 나는 더 처절했어야 한다. 더 뜨겁게 사랑하고, 더 차갑게 불의에 맞서야 했다. 원하는 것을 가질 수 없을 때 내가 원하지 않는 일을 거부하며 더 꿋꿋했어야 한다.

앙상한 나무와 헐벗은 대지를 휩쓰는 북풍에 귀를 기울이며 온몸을 떨어보았이야 한다. 자연사박물관에서 멸종한 생물들의 이름을 헤아려 보고, 월리스 스티븐스Wallace Stevens의 시 「검은 새를 바라보는 13가지 방법」을 외우며, 체온이 식은 죽은 자의 머리맡에서 하

피터르 몬드리안, 〈붉은 나무〉
1908~1910년, 캔버스에 오일, 네덜란드 헤이그 미술관 소장.

룻밤을 새운 적도 있어야 한다. 그늘을 피해 양지만 딛고 산 사람은 인생의 진실을 절반만 알 수 있을 뿐이다. 온전한 인간으로 성장하기 위해서라면 아, 스스로를 "비명 지르게 하라, 불타오르게 하라".

지금
어디선가 누군가
울고 있다면

네 아침을 준비할 때 다른 이들을 생각하라
비둘기의 모이를 잊지 마라.

_마흐무드 다르위시, 「다른 이들을 생각하라」

불행은 멀리서 오고, 그것의 계량적 총량은 누구에게나 균등하다고 믿고 살았다. 살아보니, 그건 잘못된 믿음이었다. 불행은 어디에나 있고, 행운이 그렇듯이 우리가 짊어지는 불행의 몫은 다르다. 불행은 우연의 사태이고, 가장 나쁜 불행조차 흐린 날씨에 내리는 비같이 당신과 나에게도 흩뿌려질 수 있다. 나이가 들어, 불행이 전생의 업도 아니거니와 실패와 그 누적에서 비롯된 것도 아니라는 깨침을 겨우 얻었을 뿐이다.

지난여름 폭우 때 반지하 주거지에 물이 차올라 임차인 가족이 죽음을 맞았다. 보육원 출신 청년은 제 암담함을 이기지 못해 목숨을 끊고, 가난과 질병으로 막다른 데로 내몰린 세 모녀는 죽음을 선택한다. 이들은 최저생계비 아래 낮은 지대에서 사는 약자들이다. 우리 사회의 위계에서 낮은 데 자리한 이들에게 불행이 덮칠 때 국가의 사회안전망은 고장 난 것처럼 작동하지 않았다. 정부의 복지 혜택도, 어떤 도움도 받지 못한 이들은 오직 단 하나의 선택밖에 할 수 없었다.

이 불행들을 방관하며 잘 먹고 잘 산 우리는 아무 책임이 없을까? 이웃의 불행을 무심히 흘려보낸 우리는 면죄부를 얻을 수 있을까? 시인 마흐무드 다르위시Mahmoud Darwish는 "네 전쟁을 수행할 때 다른 이들을 생각하라/행복을 추구하는 이들을 잊지 마라"고 노래한다. 우리는 이웃의 불행과 고통을 미처 헤아리지 못한 채 메마른 감정과 야박한 태도를 보인 게 얼마나 나쁜지를 몰랐다. 타인의 불행을 흔한 사건으로 소비하고 냉담한 채 흘려보낸 것은 우리가 영악한 이기주의자라는 증거다. 먼 데의 불행은 내 책임이 될 수 없다는 생각은 양심이 무뎌진 채 나태에 빠진 자의 그릇된 확신일 뿐이다.

자기 갈망에만 사로잡혀 이웃의 불행에 한 줌의 분노조차 없다면 그건 우리가 잘못 살고 있다는 증거가 아닐까? 당신이 아프면 나도 아프다. 당신이 슬프면 나도 슬프다. 서로 다른 자리에서 다른 삶을 꾸리지만 우리는 상호연기相互緣起의 세계에서 연결된 채로 산다. 지금 어디선가 누군가 울고 있다면, 그 까닭 없는 울음은 우리 때문이 아닐까? 저 안데스산맥의 오지에서 지금 다리미질하는 페루의 소녀와 소매 긴 셔츠를 입고 장밋빛 황혼 아래 산책에 나선 나는 하나로 연결되어 있는지도 모른다. 우리가 밥과 찬술을 마시며 기뻐할 수 있는 것은 누군가 농사를 짓는 수고를 감당하고, 공들여 술을 빚은 덕분이라는 것을 자주 잊는다.

어떤 불행도 방관하지 말자. 단 한 사람이라도 길에서 얼어 죽는다면 그건 공동체 모두의 책임이어야 한다. '이건 내 책임이 아니야'라고 머리를 젓지는 말자. 우리 안의 착한 천사가 죽으면 이런 일들이 더 자주 벌어진다. 우리 심장에서 어린 천사가 떠난 뒤 연민과 슬픔이 스밀 수 없게 딱딱해진 것은 우리의 씻을 수 없는 수치이고 치욕이어야 한다.

마흐무드 다르위시는 "네 수도 요금을 낼 때 다른 이들을 생각하라/빗물 받아 먹고 사는 사람들을 잊지 마라"고, "네 잠자리에 들어 별을 헤아릴 때 다른 이들을 생각하라/잠잘 곳이 없는 사람들을 잊지 마라"고 쓴다. 다른 이들의 곤경과 불행에 온몸으로 공감하지 못한다면 그건 명백한 유죄다. 그건 우리가 거짓과 악에 물든 저 누추한 현실과 타협하고 연루되었다는 움직일 수 없는 증거일 테니까.

뜰 안의 대추나무 가지에 달린 대추 열매들은 붉고 둥글게 잘 익었다. 가을을 맞는 기쁨과 보람은 우리가 잘 살아서 그 공훈으로 주어진 게 아니다. 우리는 고향집에 모여 차례를 지내고 국과 밥을 나누지만, 누군가는 불행의 중력에 짓눌리다가 불귀의 객이 되었다. 이들은 한 줌의 재로 변해 돌아올 수 없다. 다른 이들을 생각하라. 그들의 불행을 생각함이 마음의 공감각 속에서 분노로 바뀌고, 그 분노가 새싹같이 잘못된 현실을 뚫고 나와 나쁜 관행과 제도를 바꾸는 동력이 되기를 바라자. 작은 불행에도 관대해지지 말자. 불행을 쉬지 않고 제조하는 현실과는 결연히 싸우자. 우리 곁 누구에게도 불행이 깃들 여지조차 주지 말자.

아침에 도를 들으면
저녁에
죽어도 좋다

공자께서 말씀하시길, 아침에 도를 들으면 저녁에 죽어도 좋다.

_공자, 「이인편」『논어』.

우리의 몸에는 유교가 스미고 녹아 흐른다. 내 안의 가족주의, 부모를 모시는 것, 사사로운 이익보다 명분을 중시하고 점잖음을 삶의 원리로서 당연시하는 태도 따위를 드러내 보일 때 흠칫 놀라기도 한다. 우리 안에 유교문화의 습속이 작동한다는 분명한 증거다. 선비문화는 한자문화권을 넘어 유교가 전파된 한국, 일본, 중국, 대만 같은 동아시아 국가들에 영향을 끼친 전통이었다. 오늘날 선비문화는 상당 부분 실효성을 잃어버린 듯 보이지만, 이것의 맥동이 우리의 의식과 사유의 근저에 잔존하고 있음을 송두리째 부정할 수는 없다. 오늘날 인문학이 선비문화의 전통에 잇대어 있음을 아예 모를 수는 없다.

선비문화에서 두드러지는 특징은 크게 두 가지다. 첫째는 교양이고, 둘째는 점잖음이다. 책을 읽고 사유하는 행위가 선비문화의 바탕임을 부정하기는 어렵다. 서책들을 읽고 사유하는 방식, 유교에 잇대인 규율과 도덕을 행동의 기본 원리로 따르는 것, 그것이 전통 사회가 안착한 교양의 실체다. 교양은 겸손과 타인에 대한 존중, 말이나 행동을 함부로 하지 않는 것, 기품을 지닌 태도를 아우른다. 점잖음은 도덕과 삶의 기율이 태도로 표출된 것이다. 경망스러움을 삼가고 말과 행동을 함부로 하지 않는 선비들은 전통사회의 기율과 품위를 지탱하는 교양 집단으로 존경을 받았다.

선비문화의 바탕은 전통사회를 지탱해온 유교다. 『논어』는 "배우고 때로 익히니 또한 기쁘지 아니한가"로 시작한다. 공자는 평생학습에 몰두하고 전인교육을 강조하며 스스로 모범을 보인 사람이다. 공자는 널리 배우고 자기수양을 한 사람만이 완벽한 인격체의 표상인 '군자君子'가 될 수 있다고 가르쳤다. 동아시아인들의 겸손과 점잖음, 교육열은 유교적 유습의 일부다. 한쪽에서는 유교가 현실에 맞지 않는 낡은 옷, 과거의 유산일 뿐이라고 폄훼하고 비판한다만 유교에서 지혜와 삶의 지침을 구하는 이들에게는 여전히 지금 여기 삶 속에서 작동하는 오래된 지혜이고 규범이다.

공자의 가르침은 우리의 삶과 의식, 도덕관념 속에 스미어 동화된 채 우리 마음의 DNA로 작동한다. 공자는 "아침에 도를 들으면 저녁에 죽어도 좋다"고 했다. 2,500여 년 동안 동아시아의 정신세계를 지배해온 도의 실체란 무엇일까? 단순하게 말하자면 도는 사람이 따라야 할 궁극의 길이다. 공자가 말하는 '인'과 '예'는 도의 현실체라고 할 수 있다. 제자가 인의 본질에 대해 묻자 공자는 "사람을 아끼고 사랑하는 것"이라고 대답하고, 다른 제자 안연이 물었을 때는 "자신의 사사로운 욕심을 버리고 예로 돌아가는 것"이라고 대답한다. 인이란 "사람의 길"이고, "내가 하고 싶지 않은 일을 남에게 시

산드로 보티첼리, 〈수도원의 방에서 집필 중인 성 아우구스티누스〉
1490~1495년, 목판에 템페라, 이탈리아 피렌체 우피치 미술관 소장.

키지 않는 것"이다. 인은 사람을 사랑하고, 더 나아가 동물, 식물 등 만물을 진심으로 아끼고 사랑하는 것이다.

공자는 부모에게 효도하는 것을 인의 실천으로 보았다. 공자는 예로 가정, 사회, 나라의 문란함을 바로잡을 수 있다고 가르쳤는데, 제자 임방이 "예의 근본이 무엇인가?"라고 묻자 공자는 "예는 사치스럽기보다 차라리 검소한 것이 낫고 상례는 호화스럽기보다 슬퍼하는 것이 낫다"(『논어』, 「팔일편」)고 이른다. 예는 형식과 절차보다 정신이고, 마음이다. "매번 묻고 행하는 것이 예다"고 할 때 예가 상례로 행해지는 사회라면 사람 사이에 다툼은 줄고 관용과 화평이 넘쳤을 테다.

교양의 원동력은 '읽는다'는 행위에서 산출된다. 읽는 것은 배움의 기초적인 행위다. 인간은 '읽는' 행위를 통해 의미의 존재로 나아가고, 자신을 세계에 매인 자가 아니라 주체적인 사유의 존재로 자신을 발명한다. 이것은 앎의 추구와 실천, 즉 인문학과 예술에 대한 기초 소양을 배우고 그걸 바탕으로 제 삶을 빚는 행위라고 할 수 있다. 인문학에 잇댄 읽는 문화의 중심에는 책이란 매체가 있다. 읽는 행위는 주체적 삶을 향유하고 자기 생을 연주하는 한 방식이다.

사람은 읽기를 통해 사색적 삶의 장으로 진입한다. 낡은 인습에서 벗어나 높은 도덕과 숭고함을 이상으로 하는 향상 의지를 더한다. 읽는 자는 자기를 돌아보며 어제보다 더 나은 사람으로 나아갈 길을 찾는다. 오늘날 공자의 유훈이 현대사회의 문제들, 즉 생태 환경, 기후재난, 빈부의 양극화, 가족 해체, 인종이나 이념 간의 갈등과 분쟁 같은 문제를 풀어갈 지혜를 전해줄 수 있을까? 우리는 '오래된 미래'이자 지혜인 유교가 전하는 인본주의적 이념에서 미래 가치를 창출하는 동력을 찾아낼 수 있을까?

날마다
새롭게
태어나는 사람

그치지 않고 내리는 비에 대해
불평하면서 하루를 보내는 사람은
서서히 죽어가는 사람이다.

_마샤 메데이로스, 류시화 옮김, 「서서히 죽어가는 사람」,
『시로 납치하다』(더숲, 2018년)

거센 빗방울은 초목과 지붕을 적시고, 금세 작은 내와 강을, 물웅덩이와 호수를 넘치게 한다. 삽시간에 불어난 물은 성난 기세로 제방을 무너뜨려 저지대를 침수시키고, 집과 가축과 인간 목숨마저 쓸어간다. 산사태로 주택이 매몰되고, 지방도로가 끊기고, 항공편과 기차편이 취소되었다는 호우 특보에 귀를 쫑긋 세운다. 다들 물의 무서움에 떨며 뜬눈으로 밤을 새우며 이 사태를 주시했을 테다. 온 나라가 물난리로 소동을 치르는데 천진한 고양이 두 마리는 종일 소파에서 몸을 둥글게 말고 잠을 잔다. 고양이가 잠든 집안은 바다에 떠 있는 섬 같다. 장맛비는 이제 그만 내려라!

　　작가 마르탱 파주Martin Page는 "비가 내리면 사람들은 독서를 하고, 영화관에 가고, 그리고 사랑에 빠진다"고 썼다. 비가 사람들 몰래 꾸미는 일이 많은가 보다. 비는 우정을 시험하고, 일요일의 피크닉을 망치며, 우리를 우연한 인연으로 이끈다. 또한 비는 추억 창고의 문을 열게 한다. 그 창고엔 무엇이 있을까? 파꽃과 국수 가게, 아이들 키를 재던 눈금이 남은 옛집, 낡은 사진들, 길모퉁이 찻집만 있는 게 아니다. 거기엔 시립도서관에서 책이나 읽던 내게 불쑥 쪽지를 건네고 총총히 사라진 소녀, 음악감상실 '필하모니'에서 듣던 파가니니 바이올린 협주곡 1번 2악장, 제 손목시계를 풀어 막걸리를 사며 들려준 물리학도의 슬픈 첫사랑 이야기, 가스통 바슐라르의 문장들, 사과나무 70그루로 살림을 꾸리던 북유럽 시인 올라브 H. 하우게의 정신병, 청년의사이자 시인이던 마종기의 아름다운 '연가' 9번과 13번도 옛 향기와 함께 남아 있겠지.

스무 살에 맛본 비는 달콤하지도 쓰지도 않았다. 빗방울 하나하나는 최소주의로 쪼개진 작은 입술들이다. 빗방울들은 파초, 돌, 모란, 연못, 댓잎에 츕츕츕 소리를 내며 키스를 한다. 바람은 우산을 뒤집고, 비는 새 옷을 망쳐버린다. 벗들이 비를 핑계 삼아 모여서 술을 마실 때 비는 술에 술맛을 더하고, 실연에는 슬픔 몇 그램을 더한다. 달은 레몬처럼 즙을 내어 우리의 술잔에 멜랑콜리 한 방울씩을 더한다. 비 오는 날 술은 여럿이 마시면 여럿이 취하고, 혼자 마셔도 여럿이 취한다. 우리는 비와 세월에 취해 노래하는 비의 벗들이다. 그 시절 우리가 목청 높여 부르던 노래는 다 어디로 갔을까?

빗속에 갇혀 지내는 동안 브라질 시인 마샤 메데이로스Martha Medeiros의 시구를 떠올린다. "그치지 않고 내리는 비에 대해/불평하면서 하루를 보내는 사람은/서서히 죽어가는 사람이다." 만사를 귀찮아하며 습관의 노예로 살아가는 이들은 '서서히 죽어가는 사람'이다. "습관의 노예가 된 사람", "매일 똑같은 길로만 다니는 사람", "꿈을 따르기 위해 확실성을 불확실성으로 바꾸지 않는 사람", "일

귀스타브 카유보트, 〈파리의 거리, 비 오는 날〉
1877년, 캔버스에 유채, 미국 시카고 아트 인스티튜트 소장.

생에 적어도 한 번은 합리적인 조언으로부터 달아나지 않는 사람", "자신의 나쁜 운과 그치지 않고 내리는 비에 대해 불평하는 사람들" 은 이미 죽어가는 이들이다.

서서히 죽는 것에 저항하지 않으면 삶의 경이와 아름다움을 알 수가 없다. 아름다운 것에 심장이 뛰지 않는 사람은 감정의 고갈과 행복의 부재 속에서 무의미한 타성에 젖은 채 똑같은 날들을 되풀이하는 것에 지나지 않을 테다. 자기 안의 아름다움을 발견하기 위해서 부지런히 여행을 하고, 책을 읽고, 음악에 귀를 기울일 시간을 내야 한다.

장마철이면 외삼촌들은 빗속을 뚫고 들판으로 나가 먼 강에서 내로 거슬러 올라오는 메기와 잉어를 그물로 건져오기도 했다. 외삼촌들은 어른 팔뚝보다 커다란 메기와 잉어들을 자랑스럽게 시골 마당에 풀어놓았다. 세상에 저렇게 큰 물고기들이라니! 동네 사람들이 몰려나와 펄떡거리는 메기와 잉어들을 보며 경탄을 했다. 아, 세상은 온통 놀라움과 기쁨으로 가득 차 있구나! 나는 한 번도 가보지 못한 먼 고장을 그리워하는 아이였다. 장마철 볼거리에 심장이 뛰었고, 그런 날 밤엔 펄떡이는 잉어를 품어 안는 꿈을 꾸었다. 소년은 자라서 강에 몸을 담그고 쏘가리나 빠가사리를 낚는 낚시꾼이 되지 않고 공중의 언어를 낚는 시인이 되었다.

장화를 신고 빗물 괸 웅덩이를 찰박거릴 때 물방울은 사방으로 튀었다. 돌아가면 바지 자락을 적셨다고 어른들께 야단을 맞을 것이다. 그 어린 시절은 빠르게 지나갔다. 비는 활동을 제약하고 기분을 가라앉게 만든다. 나는 비보다 햇빛을 더 좋아하는 사람으로 자라났다. 나는 건축공사장을 엉망으로 만들고, 중요한 야외 행사를 취소시키며, 속절없이 수재민을 낳는 장맛비가 얼른 그치기를 기다린다. 비가 그치면 청량한 하늘 아래 녹음은 우거지고 매미들은 맹렬하게 울어댈 것이다.

나는 꽃 핀 여름의 배롱나무를 지나서 카페를 가고 산책에 나설 때마다 '서서히 죽어가는 사람'의 반대편에 서고, '날마다 새롭게 태어나는 사람'이 되고자 한다. 첫 봉오리를 터뜨린 모란과 작약꽃 앞에서 기뻐하고, 비천한 운명에 기쁨과 웃음으로 맞서고 싶다. 평범한 사물의 인내심에 경탄하며 '날마다 새롭게 태어나는 사람'으로 살고자 한다.

그 많던
문학소녀는 어디에도
남아 있지 않다

완벽하게 인식에 바쳐진 순간이었다. 이런 완전한 순간이 지금의 나에게
는 없다. 그것을 다시 소유하고 싶다. 완전한 환희나 절망, 무엇이든지
잡물이 섞이지 않은 순수한 것에 의해서 뒤틀려 보고 싶다. 뼈 속까지,
그런 순간에 대해서 갈증을 느끼고 싶다.

_전혜린, 『그리고 아무 말도 하지 않았다』(민서출판사, 2004년)

낙엽의 계절이 오면 '문학의 밤'이란 연례행사로 학교 안팎은 설렘과 기쁨의 광휘로 둘러싸인 채 술렁거렸다. 시내의 고등학교 대강당에서 시나 산문을 낭독하고, 초청 문인의 강연을 경청하는 청소년들로 넘쳐났다. 당시 조숙한 청소년들은 전후 피란지에서 창간된 잡지 『학원』, 삼중당 문고본들, 『전후세계문학전집』, 을유문화사판 세계문학전집 등을 읽으며 문학 교양을 익히고, 일부는 『현대문학』을 끼고 다녔다.

1954년 소르본대학 입시에 실패한 열여덟 살 소녀가 『슬픔이여 안녕』이란 소설을 내놓으며 프랑스 문단을 들썩이게 만든다. 우리나라에도 프랑수아즈 사강Francoise Sagan에 영감을 받은 10대 문학소녀들이 출현한다. 부산여중 재학 중 장편소설 『돌아온 미소』를 펴낸 양인자는 천재 문학소녀로 주목을 받는다.

『학원』은 '학원문학상'을 통해 이제하, 유경환, 마종기, 황석영, 조해일, 최인호, 정호승 같은 문학 인재를 길러낸다. 문학을 흠모하는 시대는 1960년대와 함께 서물었다. '문학의 밤'은 하나둘씩 자취를 감추고, 『학원』이나 『여학생』 같은 잡지는 적자로 폐간된다. 그 많던 문학소녀는 다 어디로 갔을까?

'문학소녀'란 현실성과 역사의식을 결여한 낭만적 꿈과 감상주의에 취한 채 말랑말랑한 문학을 소비하는 소녀들을 이르는 명칭이다. 남성 지식인이 창안한 남성 우월주의에 근거한 차별적 명칭일 텐데, 1960년대에 널리 통용되었다. 1960년대의 문화적 기표 중 하나이던 전혜린은 문학소녀들에게 큰 영향력을 끼쳤다. 독서광이자 독문학 번역가로 활동하던 전혜린은 1965년 1월 11일에 갑자기 죽는다. 사인은 수면제 과다복용이었다. 그는 서울 동숭동의 '학림' 다방에서 후배를 만나고 귀가한 이튿날 사체로 발견되어 세상을 놀라게 했다.

제 생의 순간들을 연소시킨 채 서른한 살의 나이에 맞은 전혜린의 죽음은 '천재의 요절'로 미화되거나 미스터리한 애정 스캔들로 소비되었다. 그가 죽기 직전까지 남긴 일기를 담은 『이 모든 괴로움을 또 다시』와 편지와 수필들을 그러모아 만든 『그리고 아무 말도 하지 않았다』란 수필집은 문학소녀들 사이에서 '전혜린 현상'이란 사태를 빚는다.

다른 한편으로 전혜린에게는 늘 서구의 교양과 심미주의, 선진 문화를 동경하며 드러내던 기울어진 향서向西 취향과 문학소녀라는 지성의 유아적 단계를 벗지 못했다는 야박한 평가가 뒤따른다. 도착된 향수에 빠진 '여류 수필가'라는 낙인이나, "미문 취향, 낭만적 감상성, 부르주아, 서구 동경, 소녀 감성"의 근원지라는 폄훼도 정당화된다. 문학소녀들은 '전혜린 현상'에 열광했지만 그에게 덧씌워진 신비화로 인해 실체는 모호했다.

사실만 간추리자면, 전혜린은 1955년 철학과 문학을 공부하러 뮌헨대학으로 유학을 떠난다. 뮌헨에서 유학 중 임신을 한 채로 가사노동을 혼자 떠맡고, 유학생인 남편 뒷바라지와 생활비를 벌기 위해 청탁받은 번역 일감을 처리하느라 몸을 혹사한다. 그는 뮌헨에서 돌아온 뒤 대학에서 강의를 하고 루이제 린저의 『생의 한가운데』, 헤르만 헤세의 『데미안』, 마르탱 뒤 가르의 『회색 노트』 같은 책들을 번역하다가 돌연 생과 작별한다. 문학 연구자 김용언은 『문학소녀』에서 작가를 열망하지만 그 꿈을 이루지 못한 채 죽은 전혜린을 가리켜 "여러 세대에 걸쳐 수많은 청춘들의 정신적 풍경을 형성하는 데에 일조했던 아이콘"이고, "아스팔트 킨트, 소식小食과 불면, 인식욕, 절대로 평범해서는 안 된다는 전혜린의 맹세가 그때의 나를 사로잡았다"고 적는다.

절대와 완전을 꿈꾸던 전혜린을 모방하는 문학소녀들이 잇따른다. "그리움과 먼 곳으로 훌훌 떠나버리고 싶은 갈망. 바하만의 시구詩句처럼('식탁을 털고 나뿌기는 머리를 하고') 아무 곳으로나 떠나고 싶은 것이다. 먼 곳에 대한 그리움Fernweh! 모르는 얼굴과 마음과 언어 사이에서 혼자이고 싶은 마음! 텅 빈 위와 향수를 안고 돌로 포장된 음습한 길을 거닐고 싶은 욕망, 아무튼 낯익은 곳이 아닌 다른 곳,

모르는 곳에 존재하고 싶은 욕구가 항상 나에게는 있다."(전혜린, 『연대신문』, 1964년 1월)

다른 곳에 존재하고 싶은 욕구의 뿌리는 무엇일까? 아마도 현실에 대한 염증일 것이다. 전혜린은 물자 빈곤으로 시달리는 전후 조국의 가난, 걸인들과 상이용사들이 거리에 넘쳐나는 누추한 현실에서 하루라도 빨리 벗어나고 싶었을 것이다. 내면에서 꿈틀대는 탈주 욕망의 끝 간 데에 서유럽이 있었다. 그는 포장마차를 타고 일생을 전전하며 "춤과 사랑과 점치는 일"에 빠져 사는 집시를 공상하며 동경한다.

문학소녀들은 그를 통해 뮌헨과 슈바빙, 안개비와 가스등을 동경하고, 검은 마후라와 아스팔트 킨트, 1960년대 명동의 낭만시대를 그리워한다. "여기가 아니라면 그 어디라도!"라는 보들레르의 속류 사상에 감염된 전혜린은 아이콘이고 우상이었다. 먼 곳을 동경함! 저 먼 곳을 향한 동경과 그리움은 지금 여기가 무의미와 불행의 자리라는 인식에서 싹튼다. 문학소녀들은 전혜린을 완벽한 인식에 바쳐진 순간의 황홀을 좇던 빛나는 표상으로 받아들인 것이다.

전혜린을 감싼 신비의 베일은 서울대 법대 두 해 후배이자 작가인 이덕희가 1982년에 펴낸 『전혜린 평전』을 통해 얼마쯤은 벗겨진다. 전혜린이 떠난 지도 반세기가 훌쩍 넘었다. '문학의 밤'을 흥청이게 하던 그 많던 문학소녀, 즉 전혜린 키드는 어디에도 남아 있지 않다. 전혜린 키드의 실종은 문학과 책의 죽음이란 사태와 맞물린다.

　　문학다운 문학이 사라진 자리에는 증강현실, SNS 네트워크, 디지털의 환각적 게임들, 음식 포르노인 '먹방'들, 소규모 악행들과 비릿한 욕망들이 바글거린다. 문학소녀들이 사라진 오늘의 현실은 폐허를 딛고 서 있는 듯 삭막하다. 우리는 그 폐허에서 새로운 '흑역사'를 써가는 것이 아닐까? 문학은 더는 우리의 꿈도 희망도 그 무엇도 아니다. 그렇다면 지금 우리에게 문학은 무엇인가? 오늘은 아무 것도 아닌 것만 생각하자, 그저 무심히 스치는 바람만을 생각하자.

실패란
성공의
유예일 뿐이다

스물여섯 살이 넘은 사람이 버스를 타고 있으면 스스로 실패자로 여겨도
좋다.

_마거릿 대처, 1986년.

여름 아침 연못은 수면 위로 꽃대를 내민 수련을 바라보면 기쁜 일들이 더 자주 많아지고, 모든 것이 어제보다 더 나아지리라는 예감을 품게 되는 것이다. 여름의 빛들은 어디에서 왔을까? 여름 과일들이 본격적으로 출하될 무렵 나는 낙관적 기대로 물들고 자존감은 더없이 상승한다. '아, 세상은 살아볼 만하다!'고 공연히 중얼거리는 계절도 여름이다. 한여름에 공중에서 타오르는 흰 화염을 쳐다보다가 눈을 감았다 뜨면 빛 속에 드문드문 녹색 반점들이 생겨나는 게 참 이상했다. 빛이 넘치면 그 밝음 속에 돌연 그늘들이 생기는 것이다. 나는 여름마다 좀더 착한 사람이 되리라고 다짐하며 아직 한 번도 가보지 못한 먼 고장을 그리워했다.

1986년 영국 수상인 마거릿 대처Margaret Thatcher는 "스물여섯 살이 넘은 사람이 버스를 타고 있으면 스스로 실패자로 여겨도 좋다"고 말했다. 스물여섯 살에 버스를 타고 있다는 게 어떻게 실패의 증표가 될 수 있을까? 이건 버스를 타고 출퇴근하는 이들을 지나치게 미하하는 건 아닐까? 나는 대처의 말에 동의하지 않는다. 그 말에 동의하든 하지 않든 간에 우리는 어떻게 실패자로 규정되는 것일지를 물을 수 있다. 그전에 먼저 실패란 무엇인지를 물어야 한다. 성공이 타인의 인정과 보상, 더 구체적으로 직위, 부, 명성을 얻는 것이라면 실패란 그 반대의 현상일 테다. 무엇인가를 얻으려고 분투한 노력이 좌절되었을 때 갖는 감정에 매몰되면 실망과 무력감이 솟구치고 더러는 분노를 느끼고 낙담에 빠질 것이다.

인생의 기획들이 어긋나고 뒤틀릴 때 사람들은 실패를 직감한다. 탈락, 실직, 낙방, 이혼 따위에 실패란 낙인이 찍힌다. 노숙자, 실직자, '히키코모리', 감옥의 수형자들에게서 실패의 그림자를 엿볼 수 있다. 실패는 인생을 예측불가능하게 만들고 미래의 불확실성을 증가시킨다. 내일이 어떻게 될지를 가늠할 수가 없다. 실패의 은유로 '어둠'을 호출할 수도 있을 테다. 한 시인은 이렇게 노래한다. "때로는 어둠이 필요하고/달콤한 어둠에 갇힐 필요가 있다."(데이비드 화이트, 「달콤한 어둠」)

경제학자인 팀 하포드Tim Harford가 쓴 책의 제목은 실패가 성공으로 가는 과정에서 겪는 당연한 일이라는 암시를 담는다. 그 책 제목은 『성공이 실패에서 시작되는 이유』다. 실패란 성공에 이르는 과정에서 불가피하게 일어나는 시행착오인 것이다. 실패를 긍정하는 태도는 우리 인생에 "때로는 어둠이 필요하"다는 시구와 조응한다. 성공의 서사들은 세상에 널려 있는데, 그 서사들은 세상을 이롭게 하는 행동과 활동 그 이상의 비현실적인 성취라는 걸 강조하면서 그 뒤에 있는 그림자를 지운다. 비현실적으로 가공된 성공의 서사에

클로드 모네, 〈인상, 일출〉
1872년, 캔버스에 유화, 프랑스 파리 마르모탕 미술관 소장.

도취하는 것은 자칫 해로울 수도 있다.

성공을 꿈꾸는 자들이여, 먼저 실패를 받아들일 준비를 했는 가? 젊은 시절 나는 몇 년째 여러 신문사의 신춘문예 공모에서 잇달 아 떨어졌다. 시립도서관 참고열람실에서 시를 쓰는 동안 빈둥거리 며 허송세월한다는 주변의 따가운 시선을 견뎌야만 했다. 그들은 나 를 '한심하다'고 여겼다. 시쓰기를 당장에 걷어치우고 구두 수선하 는 기술이라도 배워볼까 하는 번민에 빠진 적도 있다. 연이은 낙방 의 비참과 굴욕 끝에 신춘문예에 당선하고, 마흔 해 동안이나 전업 작가로 살림을 꾸리며 여러 권의 책을 쓰며 살아왔다.

우리가 겪는 가장 큰 실패는 아마도 죽음일 것이다. 인생의 가 능성 일체를 거둬가 버리는 죽음보다 더 큰 실패가 있을 수 있을까? 필멸의 존재가 품고 있는 이 거대한 실패를 피할 도리는 없다. 인생 에서 실패는 변수가 아니라 상수다. '실패학'에서는 실패를 성공의 도약대이니 실패를 조금도 두려워할 까닭이 없다고 말한다. 실패는 성공의 일시적 유예이고, 성공으로 향하는 과정의 일부라고 말한다. 중요한 것은 실패해도 꺾이지 않는 마음을 품는 것이며, 실패에서 더 많은 것을 배워야 한다는 점이다. 더 많이 실패하라! 생명의 불꽃 속에서 자신을 태우는 새로운 시도를 멈추지 마라! 당신이 실패를 딛고 성공하고 싶다면 부디 실패를 미래의 자산이 되게 하라!

우리는 숱한 시행착오를 저지르며 지금 이 자리에 와 있는 것이다. 한 번도 실패를 겪지 않은 사람은 없다. 실패에 대처하는 최선의 방법은 분노와 슬픔에서 벗어나와 자기 자신에게 빵을 주고 포도주를 주는 것. 그리고 다시 시도할 기회를 베푸는 것이다. 제 분수에 넘치는 성공을 꿈꾸지 마라. 어쩌면 우리를 진정 행복하게 만드는 것은 성공들이 아니라 늘 생에 감사하는 태도, 자기 일에 성심을 다하고 소소한 덕목들을 기르는 것인지도 모른다.

사물은
자아의 윤곽을
바꾼다

사물들은 흔히 우리의 사유를 담아내고, 촉발하고, 함께하며, 때로 빛나
가게 한다.

_로제 폴 드루아, 이나무 옮김, 『사물들과 함께 하는 51가지 철학 체험』

(이숲, 2014년)

나는 사물 애호가다. 사물에 집착하는 경향이 있다. 스무 살 청년일 때 갈망한 것은 혼자 쓰는 작은 방과 책상, 만년필 한 자루가 전부였다. 작고 소박한 꿈이었다. 호주머니가 비어 있던 20대 청년에게 그 꿈은 요원한 것이었다. 나는 서른 넘어서야 겨우 만년필을 가질 수 있었다. 요즘은 만년필을 쓰는 이를 찾아보기 어렵다. 나 역시도 만년필보다는 랩톱(노트북)을 더 애용한다. 모든 게 디지털로 바뀌는 세상에서 아날로그 사물들은 빠르게 자취를 감춘다.

사라지는 것이 어디 만년필뿐이랴! 하지만 우리의 필요와 욕망에 응답하는 아날로그 사물들은 화사한 빛을 뿌린다. 만년필 이야기를 꺼낸 것은 질척이는 추억을 소환하거나 이 사물의 파란만장한 연대기를 적기 위함이 아니다. 알다시피 만년필은 배럴에 잉크를 채워서 쓰는 정밀한 공학기술이 구현된 글쓰기 도구다. 이것의 유용함은 오직 무언가를 쓸 때 발휘되는 것이다.

만년필의 표면은 매끄럽고 그 형태는 길쭉한 유선형이다. 색깔은 다양한 편이다. 만년필은 섬세한 취향의 결정체나. 이것의 몸통을 검지와 중지 사이에 끼우고 엄지로 고정시킨 채 문장을 써나갈 때 좋은 글을 쓸 것 같은 낙관적 기대를 품게 되는 것이다. 30대 초

반 스위스의 한 거리에서 몽블랑 제품을 파는 상점을 발견하고 들어
갔다. 한 치의 망설임도 없이 거금을 지불하고 몽블랑 만년필 한 자
루를 손에 넣었다. 그걸 애지중지하다가 부주의 탓에 잃어버린 뒤
파커, 쉐퍼, 파이롯트, 워터맨, 라미 같은 다양한 만년필을 구해 원고
지나 노트에 글을 끼적였다. 먼 고장의 친구에게 편지를 쓰거나 일
기를 끼적이고, 청탁받은 시와 평론을 밤새워 적을 때 만년필은 유
용했다.

소규모 출판사 사장이던 시절 만년필을 상의 안쪽 호주머니
에 넣은 채 돌아다니다가 그걸 쓸 기회마다 보란 듯이 꺼내기도 했
다. 만년필은 나의 사치품이자 자존심, 자랑거리였다. 만년필을 쓸
때마다 잉크를 채우는 일은 번거롭다. 하지만 만년필에 잉크를 가득
채우고, '자, 이제 시작이다!'고 외치면 만년필의 펜촉에서 순조롭게
첫 문장이 흘러나온다. 위대한 문장을 쓴 것은 인간이 아니라 순전
히 만년필의 공훈이라는 착각에 빠지기도 한다.

좋은 것은 첫 서리와 국화, 기러기와 동천의 차가운 달과 함께
뜻밖의 우연의 일로써 온다. 만년필은 내게 왔던 좋은 것들 중 하나
다. 만년필의 펜촉이 백지 위에 미끄러질 때 백색 소음이 생긴다. 그
백색 소음에 귀를 기울이며 글을 쓸 때 내가 의미 있는 무언가를 생
산하고 있다는 확신을 얻는다. 그리고 무의식에 창의적 영감의 불꽃
을 당기기도 했다. 나는 종종 만년필이 노래를 한다고 상상한다. 만

년필로 무언가를 쓸 때는 유쾌한 느낌이 드는 것이다.

우리의 갈망 자체, 갈망으로 손에 거머쥐게 되는 것들, 즉 존재에 덧대어진 사물은 자아의 윤곽을 바꾼다. 우리가 소유한 것이 자아를 생성하며 존재를 넓히는 데 기여한다는 뜻이다. 내 소유물이 나를 빚는다는 생각은 그다지 새롭지 않다. 만년필을 갈망한 나의 내면 어딘가에는 작가의 길을 걷겠다는 열망이 있었을 테다. 만년필은 내 상상세계에서 늘 성공한 작가의 표상이었으니까.

만년필의 아름다움에 마음을 빼앗겼던 것은 그것에 덧씌워진 아우라에 현혹되었던 탓이리라. 아우라의 본질은 아름다움의 빛이 만드는 환영, 즉 사라지고야 말 덧없음이다. 사물에 대한 매혹은 그 덧없음에 홀린 마음이 만드는 환영이다. 아름다움에 지펴진 마음의 불꽃은 화르르 타올랐다가 이내 꺼진다. 타오르는 것은 사물이 품은 짧은 시간과 긴 시간이다. 인간은 어떤 사물도 영원히 소유할 수 없다. 우리가 끝내 손에 쥐는 것은 사물과 그 사물이 일으키는 불꽃이 아니라 사물을 향한 끈적한 집착과 식은 욕망의 재뿐이다.

다방의 오후 2시,
혹은
카페에서 보낸 시간들

다방의 오후 2시, 일을 가지지 못한 사람들이 그곳 등의자에 앉아 차를 마시고 담배를 태우고, 이야기를 하고, 또 레코드를 들었다. 그들은 거의 다 젊은이들이었고, 그리고 그 젊은이들은 그 젊음에도 불구하고, 이미 자기네들은 인생이 피로한 것같이 느꼈다.

_박태원, 『소설가 구보씨의 일일』(소전서가, 2023년)

초여름 향기가 폐부 가득 밀려드는 6월의 밤과 날씨를 좋아한다. 파주 교하의 들엔 개구리 떼창이 울려 퍼지고, 나는 달랑 책 한 권 들고 동네 카페에 간다. 벚나무가 그림자 드리운 밤길을 걸어가며 슬픈 일이 있었어도 누군가 머리 기대어 울 어깨를 내어준다면 나는 잘 못 살았다고 할 수 없을 것이다. 일요일 저녁 텅 빈 카페에 나가 식량이 떨어진 저녁, 한대 지방에 사는 이들의 종교, 저장창고에서 썩어가는 향기로운 사과 더미들, 미풍의 사원과 협곡의 교회를 상상하거나, 앞으로 쓸 12편의 산문, 이상의 '백구두와 스틱', 앙리 마티스가 그토록 아끼던 '안락의자' 등을 막연하게 떠올려 보는 것이다.

카페는 취향 공동체, 담소의 자리, 창작의 산실, 연애의 장소다. 장 폴 사르트르와 시몬 드 보부아르, 파리 시절의 어니스트 헤밍웨이, 나탈리 사로트 같은 작가들은 카페를 제 집필실 삼았던 이들이다. 파리의 생 제르맹 데 프레의 '뒤 마고'에 나와 샹송 가수 그레코의 가사를 쓰고 사람들을 만나던 사르트르를 떠올린다. 1942년 무렵 사르트르는 모피 인조 코트를 걸친 채 카페 '플로레'에 틀어박혀 꼼짝도 하지 않고 하루 4시간씩 저 엄청 난해하고 두꺼운 철학책 『존재와 무』를 썼다.

젊은 시절을 파리에서 보낸 헤밍웨이는 난방이 안 되는 집에서 나와 카페 '클로즈리 데 리라'에서 토끼발 부적을 품은 채 연필 두 자루를 번갈아가며 소설 초고를 수첩에 썼다. 작가인 나탈리 사로트는 수십 년 동안 남편과 아이들이 있는 번잡한 집에서 나와 아침 9시에서 낮 12시까지 집 근처 레바논 사람이 많이 모여드는 한 카페에서 소설을 썼다.

일제강점기인 1920년대 중반 우리나라에 서양식 카페가 처음 생겼다. 주로 영화감독이나 배우들이 생계 방편으로 카페를 열었다. '다방 카카듀'(1927년), '비너스'(1928년), '멕시코'(1929년), 이상의 '제비'(1933년) 등의 카페들이 문을 연다. 1932년 7월 7일 경성부청(현 서울도서관) 건너편 장곡천정(현 소공동) 105번지에 생긴 '낙랑파라'는 당대 모던 보이들에게 큰 화제였다.

이 카페는 일본 도쿄미술학교 서양화과를 나와 화신백화점 광고부 주임으로 일하던 이순석이 차린 '끽다점喫茶店'이다. 실내에 등나무 의자와 테이블이 있고, 남국의 파초와 야자수 화분을 들이고, 벽에는 슈베르트와 독일 여배우 마를레네 디트리히 같은 예술가 사진을 걸어놓는 등 이국 취향이 물씬한 '낙랑파라'에서는 커피와 홍차, 칼피스와 토스트 같은 식음료를 팔았다.

카페에는 낡은 예술을 깨고 지각 변동을 일으킬 당대의 천재들이 모여들며 문전성시를 이룬다. 이상과 박태원 같은 '구인회' 멤

버나 화가 구본웅, 길진섭, 김용준 등이 모여 만든 '목일회' 회원들도 단골이었다. 박태원은 1934년 하루 동안 경성 시내를 산책하며 보고 겪은 일들을 소설로 엮어 신문에 연재한다. 삽화는 이상이 그렸다. 그 소설이 『소설가 구보씨의 일일』이다. 박태원은 이 소설에서 창백한 예술가들이 끽연을 하며 환담을 나누던 카페 풍경을 묘사한다.

"다방의 오후 2시, 일을 가지지 못한 사람들이 그곳 등의자에 앉아 차를 마시고 담배를 태우고, 이야기를 하고, 또 레코드를 들었다. 그들은 거의 다 젊은이들이었고, 그리고 그 젊은이들은 그 젊음에도 불구하고, 이미 자기네들은 인생이 피로한 것같이 느꼈다."

'낙랑파라'에서는 소규모 음악회나 전시회, 출판기념회나 '괴테의 밤'이나 '러시아 소설가 투르게네프 50주기 기념제' 같은 행사가 열렸다. 제 커피값을 테이블 위에 올려놓아 늘 더치페이를 시전하던 이상이 이화여전 영문과 출신의 변동림과 만나 선 본 곳도 '낙랑파라'였다. 몇 해 뒤 '낙랑파라'는 배우 김연실이 인수해 꾸려간다. 이순석은 해방 이듬해에 서울대 미대 교수로 부임해 후학을 가르치다가 1970년에 정년퇴임한다.

나는 자주 카페를 간다. 나는 오늘보다 내일이 더 행복할 거라고 믿는 사람이다. 나는 카페에서 뜨거운 커피 한 잔을 앞에 두고 원고를 들여다보며 퇴고하거나 책을 들고 나와 읽는다. 둘 다 꾸준함과 인내가 필요한 일이다. 카페의 음악이나 손님들의 말소리가 합쳐진 소음 속에서 노트북을 펼치고 글쓰기 작업을 한다. 노트북의 자판을 무아지경으로 두드리는데 그 선율을 타고 내 상상력은 무한 확장한다. 실제로 2018년 반 년 동안 날씨가 좋건 나쁘건 가리지 않고 서울 서교동의 한 카페에 나와 하루 4시간씩 『나를 살리는 글쓰기』란 책을 집필한 적이 있다.

어른이 되면 마당이 있는 집에서 고양이를 기르며 모차르트 음악을 듣고 싶었다. 정작 마당이 있는 집을 소유했을 때는 일에 시달리느라 여유를 갖지 못했다. 내 어딘가에 불행이 웅크렸던 탓에 나는 고요하지 못했다. 세상의 고매한 사상을 다 품은 듯했으나 나는 졸렬하고 비루했다. 봄엔 목련나무에 흰 꽃봉오리가 터지고, 새들이 지저귀는 여름 자두나무에는 자두 열매가 익어가고, 가을엔 대추나무 가지가 휠 정도로 대추가 가득 열렸는데, 나는 그 집에서 행복하지 못했다.

모란과 작약을 키우듯 새끼들을 살뜰하게 키우지 못한 처지를 돌아보며 탄식한다. 급류 같은 세월 속에서 허둥지둥하는 사이에 아이들은 자라나서 품안을 떠났다. 한때의 환몽처럼 지나간 그 시절을 회상하면 내 마음은 쓸쓸해진다. 신은 왜 내게 한 번도 편도나무가 꽃을 활짝 피는 모습을 보여주지 않았을까?

이제 카페가 문 닫을 시간이다. 카페 밖으로 어둠이 밀려든 걸 지켜보다가 책을 덮고 일어난다. 나는 카페를 등지고 어두워진 밤길을 걸어 돌아간다.

　진실한 친구가 있다면 그를 붙잡고 꼭 묻고 싶었던 게 있다. 친구여, 왜 인생의 진실은 지나간 뒤에야 알 수 있을까? 왜 후회 속에서만 인생의 길이 보이는 것일까? 그 대답을 해줄 친구는 내 곁에 없다. 우리는 멀리 떨어진 자리에서 밤이 밤인 줄도 모른 채 불멸의 어둠 속을 건너가는 중이다.

세계는
분해와 분해에 저항하는
세계로 나뉘어 있다

분해자들이 일을 하는 것은 토양 환경을 양호하게 하기 위해서도, 바다
를 아름답게 하기 위해서도, 지구의 환경을 수호하기 위해서도 아니다.
다른 생명이 살아갈 수 있도록 분해자들이 자신을 희생하여 분해를 수행
하는 것도 아니라는 점을 이 무정한 개념은 표현하고 있다.
_후지하라 다쓰시, 박성관 옮김, 『분해의 철학』(사월의책, 2022년)

부패는 자연의 원리 중 하나다. 부패의 순환과 생명 순환은 정확하게 맞물린다. 부패에 저항하는 것은 생명 본연의 몫이다. 모든 생명체는 부패와 분해에 저항하며 생육하고 번성하다가 제 생명 정보를 다음 세대에게 넘겨주고 사라진다. 사라짐의 과정에서 작동하는 게 부패인 것이다. 인간은 다른 무엇도 아닌 분해자다. 우리가 먹은 것들은 체내에서 분해되어 에너지로 바뀌고, 생명은 대사의 계획된 변화의 고리 속에 존재한다. 우리가 무엇을 먹느냐 하는 문제는 우리가 어떤 존재인지를 말해준다. 먹기는 생명 본연의 일이자 항상 그 이상이다. 내가 무언가를 먹고 소화시킨 뒤 남은 찌꺼기를 배설하는 일은 분해자로서 수행해야 할 마땅한 의무인 것이다.

생명 과학자인 후지하라 다쓰시藤原辰史의 『분해의 철학』을 읽은 것은 우연이다. "부패 기능이 약화되면 먹이 사슬의 기반이 약화되고 이 기반이 약화됨으로써 사슬의 연결이 이완된다. 그리하여 흙이나 바다로부터 주방을 경유하여 인간의 입에 다다르는 음식이 저급화되거나 그 양이 감소되어 기아를 낳는다"는 통찰에 전적으로 동의한다. 우리의 세계는 분해와 분해에 저항하는 세계로 양분되어 있다. 살아 있는 것들에게 부패와 분해는 피할 수 없는 운명이다. 죽은 것을 부패와 분해로 되돌리는 능력을 기반으로 자연계는 순환을 잇는다. 부패 과정이 없다면 뭇 생명은 대를 이으며 살 수가 없다.

분해 작용은 인간 사회에도 작동한다. 빈병이나 폐지를 회수하는 것도, 가축의 분뇨를 토양에 뿌리는 것도 다 자원의 재분배이고, 재활용의 사례다. 이미 용도 폐기되어 버린 사물을 되살려 쓰기는 부패와 분해 작용에 기대는 리사이클링 활동이다. "먹는다는 것은 분해 과정의 네트워크 중 일부이며, 항상 수동적이기도 하다. 한편으로는 수동성을 떠맡으면서도 다른 한편으로는 대량생산 및 대량 폐기되는 식품 유통 시스템의 말단 장치가 되지는 않는 그러한 성격의 자율성이 요구된다. 먹는 주체는 모든 것을 스스로 결정하고 행동하는 주체와는 다르다."

죽은 것들이 분해되는 과정은 형질 변용이고 소멸이며 생명의 새로운 생성일 테다. 부패와 생성은 하나로 포개지고 맞물린다. 이는 지구 생명이 순환하고 번성하는 데 필요한 과정이다. 구더기, 미생물, 세균류들은 죽은 것들의 자연의 분해자다. 이것들은 썩은 것은 먹어치우며 유기물이나 무기물로 쪼개서 식물들의 영양분으로 만든다. 미생물이나 곤충 같은 분해자들은 죽은 것들을 재사용할 수 있게 얼마나 부지런히 가공해내는지!

땅속에 묻힌 시신은 부패하고 원소로 분해되면서 사라진다. 생명 활동을 마치고 존재 이전으로 돌아간 존재들은 덧없고 애잔하다. 어렸을 때부터 떠나지 않은 한 가지 의문은 신은 왜 결국 무로 돌아갈 존재를 창조했을까 하는 것이었다. 이토록 생생한 본성과 감각, 지성을 가진 인간이 어떻게 흔적도 없이 사라질 수 있는가? 잘 썩는 것들은 지구 생명을 이롭게 한다. 플라스틱 같이 썩지 않는 것은 미세하게 쪼개질 뿐 썩지 않는다. 썩지 않는 쓰레기의 처리는 인류 최대의 고민거리다.

썩지 않는 미세플라스틱은 땅과 해양을 오염시킨다. 이것들은 우리 몸에 들어와 위해를 가하는 원인 물질이다. 썩는 것들로 지구 생명은 번성한다. 퇴비 재료는 썩은 식물들로 땅으로 돌아가서 토양을 살리는 영양분으로 탈바꿈한다. 반대로 썩지 않는 것들은 지구의 영구적 골칫거리이고 생태적 재앙으로 남을 뿐이다.

사람은
두 번
죽는다

사람은 두 번 죽는다. 한 번은 육체적으로, 또 한 번은 타인의 기억 속에서 사라짐으로써 정신적으로 죽는다.

_김현, 『행복한 책읽기』(문학과지성사, 2015년)

한국 문학비평은 김현 전과 후로 나뉜다. 김현은 한국 문학비평사에 한 획을 그었다고 평가받았다. 1990년 여름, 김현이 마흔일곱 살로 생을 마감했을 때 그에게는 100년에 한 번 나올까 말까 한 비평가라는 찬사가 쏟아졌다. 그는 누구보다 부지런히 시인들의 작품을 읽고 새 시인을 발굴하는 데 열심이었다. 그는 시를 따뜻하게 감싸고 그 안에서 의미를 찾아내고 그 외연을 확장하는 데 발군의 능력을 발휘했다. 뛰어난 시 독해와 날렵한 문체로 종횡하는 김현 비평은 어떤 비평가보다 더 큰 공감을 불러일으켰다.

그의 비평은 열린 비평, 공감의 비평, 감싸기의 비평으로 평가된다. 김현의 서울대 불문과 제자인 박철화는 『김현, 따뜻하게 타오르는 사랑의 말』에서 "'공감의 비평'이란 부제를 붙일 만큼 그는 타자와의 관계를 중요하게 탐구한 사람이다. 공감이란 선생의 비평 방법론이자 삶의 윤리였다"고 말한다. 김현은 시 자체의 미학적 자율성을 높이 사고, 문학이 정치 이데올로기에 종속되어 도그마에 빠지는 것, 상투화된 도덕주의, 거친 사유와 정제되지 않은 문장을 혐오했다.

김현은 창작자와 독자를 행복하게 하는 비평가였다. 그의 비평 문장은 따뜻하고 섬세했다. 그는 시를 읽을 때 시 속으로 스며들어가서 자신을 시와 하나로 겹쳐내기도 했다. 그가 새로운 비평집을 낼 때마다 누구보다도 먼저 서점으로 달려가 그걸 손에 넣고 읽어나갔다. 시립도서관에서 독학으로 비평 문법을 익히던 시절 나는 그의 비평에서 영향을 받았다. 감히 말하건대 김현은 내 비평의 은사다. 내가 비평가의 길로 들어서는 데 그에게 많은 빚을 졌다.

"문학은 써먹는 것이 아니다. 그러나 역설적이게도 문학은 그 써먹지 못한다는 것을 써먹고 있다." 이 문장은 김현이 남긴 유명한 에피그램이다. 우리의 문장들은 현실의 난관들 앞에서 무용하다. 배고픈 자에게 빵을 줄 수도 없고, 생명의 위기를 맞은 이를 지켜주지도 못한다. 문학은 쓸모없고 덧없는 아름다움이다. 그러나 그게 문학의 전부는 아니다. 문학은 궁극적으로 인간을 구원한다.

좋은 비평은 문학을 풍요롭게 하지만, 나쁜 비평은 창작자에게 빌붙어 연명한다. 오늘날 문학 현장에서 좋은 비평을 찾아 읽기는 매우 힘들다. 1990년 김현의 사후 한국 문학비평은 적막하다. 문학비평은 시종 내리막길이고, 그 쇠락의 기미는 우려할 만하다. 많은 재능 있는 평론가가 문학을 등지고 떠났다. 과거에는 김현이나 김우창 같은 걸출한 비평가의 새 비평집이 나올 때마다 사회적 반향이 있었다. 비평을 쓰려는 이들뿐 아니라 문학에 관심을 둔 이들이 너도나도 구해 읽었다.

지금은 새 비평집이 나와도 아무도 거들떠보지 않는다. 이제 비평집은 대학교수 임용을 위한 성과물 중 일부일 따름이다. 과거의 비평에 덧씌워진 찬란한 후광이 사라지고, 문학 엔터테인먼트의 한 곁가지로 전락한 시대에 비평의 쇠락은 부정할 수 없는 현실이다. 문학평론이 살아남으려면 '장르로서의 비평'이라는 위상을 회복하고, 새로운 문학의 부흥에 보탬이 되는 독창성의 길을 되찾아야 한다. 무엇보다도 금욕적인 노고와 열정을 갖고 쏟아져 나오는 작품을 부지런히 찾아 읽고 바르고 곧은 정금 같은 비평을 하는 이가 많이 나와야 한다.

지금 우리 문학엔 비평의 아마추어리즘, 하향 평준화된 수준을 깨고 도약하는 비평가가 필요하다. 비평이 살아야 한국문학도 살아난다. 오늘 같이 비평의 쇠락이 분명해진 시대에 삶과 세계를 전체로서 아우르며 그것을 깊이 있게 읽어낼 수 있는 지혜의 눈을 가진 김현 같은 비평가가 그리워지는 것은 그 때문이다.

움직이는 것은
바람도 깃발도
아니다

어느 날, 두 승려가 바람에 흔들리는 깃발을 바라보며 열띤 토론을 벌이
고 있었다. 한 사람은 바람이 움직이는 것이라고 우겼고, 다른 사람은 깃
발이 움직이라는 것이라고 주장했다. 혜능이 끼어들며 말했다. "움직이는
것은 바람도 깃발도 아니오. 다만 당신들의 마음뿐이오."

_존 C. H. 우, 김연수 옮김, 『선의 황금시대』(한문화, 2006년)

한때 동양 선사상에 심취한 적이 있다.『임제록』이나『화엄사상』따위의 불교 서적을 뒤적이며 선사들의 일화에 빠져들었다. 선사들의 깨우침의 과정은 인과론적인 논리와 합리적 이성을 간단하게 넘어서는 데가 있다. 선문답은 동문서답이고, 파격과 일탈도 서슴지 않는 돌발행동으로 이루어진다. 부처가 뭐냐는 질문에 느닷없이 몽둥이를 들어 제자의 어깻죽지를 내리친다든가, 똥치는 막대기를 들어 보이며, 이것이 부처라고 하는 것 따위가 그것이다.

선문답은 전혀 심오하지 않다. 심지어는 가벼운 말장난이라고 느껴질 정도다. 하지만 농담 같은 그 안에 촌철살인의 진리가 숨어 있다. "움직이는 것은 바람도 깃발도 아니오. 다만 당신들의 마음일 뿐이오"라는 말도 그에 속할 것이다. 그 말은 부처가 영취산에서 설법을 할 때 대중들을 향해 말없이 꽃 한 송이를 내보이는 것과 같다. 아무도 부처의 뜻을 알지 못했는데, 마하가섭 존자만이 부처를 향해 빙긋이 미소를 짓는다. 이것이 '꽃을 드니 미소를 지었다'고 압축되는 '염화미소'의 실체다. 부처의 제자 중 오직 마하가섭만이 그 뜻을 알아채고 깨달음을 얻었다는 이야기다.

『선의 황금시대』는 선종의 맥을 잇는 선사들의 일화 중심으로 엮은 책이다. 불교와 단 한 번도 연루된 적도 없고 배운 적도 없이 불교 문맹자인 내게는 맞춤한 책이다. 이 책을 여러 번에 걸쳐 읽었다. 중국 선사의 계보에서 5조 홍인에서 6조 혜능으로 이어지는 일화는 읽을 때마다 짜릿하다. 혜능은 일찍이 아버지를 여의고 집안을 책임지고 꾸렸다. 나무를 해서 땔나무를 장터에 팔아 집안 생계를 꾸리던 중 어느 날, 땔나무를 관리들이 묶는 여관에 배달하고는 돈을 받았다. 한 손님이 『금강경』을 음송 중이었는데, 혜능은 벽에 기대어 한 구절만을 듣고서 단박에 깨우침을 얻는다. 손님에게 어떻게 『금강경』을 읽게 되었냐고 물은 뒤 그가 황매현 동빙무산에서 5조 홍인 대사를 만나고 오는 길이라는 이야기를 듣는다. 손님은 홍인 선사가 제자를 1,000명이나 데리고 있을 만큼 훌륭하고, 거기에 덧붙이기를 홍인 선사가 만나는 사람들에게 『금강경』 읽기를 권한다고 했다.

혜능은 어머니에게 하직 인사를 드리고 땔감 장사를 거두고 홍인 선사를 만나러 먼 길을 떠난다. 황매현 동빙무산으로 찾아가서 홍인 선사에게 예를 다해 절을 올린다. 홍인 선사는 어디 사는 누구인지를 묻고, 연이어 자신에게 무엇을 구하는지 묻는다. 혜능은 자신이 영남의 신주 백성이며, 부처님 되는 법을 구한다고 말한다. 홍인 선사는 매운 눈으로 혜능의 재목감을 알아채고 그를 문하에 들인다. 혜능은 문자를 배운 적이 없으니 절 안의 온갖 허드렛일을 도맡아 하면서 설법을 귀동냥하는 것으로 배움을 더할 수 있었다. 홍인 선사는 혜능과의 게송 문답을 통해 그 배움의 깊이가 비범함을 다시 깨닫는다. 마침내 홍인 선사는 혜능을 지목해 선사의 계보를 잇게 하는데, 이것은 선의 황금시대를 여는 남종선이 탄생하는 순간이다.

자연은
숨은 조화 속에
있다

바람과 잎새와 손가락과 심장과 매미와 고슴도치, 분노와 환멸……. 이 모든 것이 이 모든 것들과 노래하며 펼쳐지고 있다. 사물에 내재하는 살아 있는 흔적의 숨죽인 환호성을 나는 찬미하고 싶다. 이미 살았고 앞으로 살아갈 모든 것들의 어두운 진실성을 밝히는 일, 그것은 세계를 증거하는 일이면서 나를, 내 삶을 증거하는 일이다. 예술은 내 다른 정체성과 대면케 하고, 세계는 이런 대면에서 또 한 겹 한 겹씩 드러난다. 자유를 선사하라. 네게 심장을 줄 것이니.

_문광훈, 『숨은 조화』(아트박스, 2006년)

인간은 어쩌다 예술에 매혹되었을까? 돈이나 영예 때문만은 아니다. 예술가들은 애초에 아름다움을 탐하고 훔치려는 자들이다. 이 족속들이 예술의 덧없는 아름다움에 매혹 당하는 까닭은 제 안의 하염없음 때문일 거다. 시인 라이너 마리아 릴케Rainer Maria Rilke는 왜 "아름다움이란 우리가 간신히 견디는 무서움의 시작"(『두이노의 비가』 제1 비가)이라고 했을까?

아름다움은 인간이 헤아릴 수 없는 심연이다. 아름다움이 현현하는 순간은 신비의 찰나이며, 숭고한 진실 그 자체다. 아름다움이란 고요와 별, 무지개, 태초의 바다, 피어나는 꽃들, 뭇 생명이 탄생하는 찰나들, 약동하는 우주다! 그 앞에서 약하고 가난한 것들을 슬프게 하는 것들은 울부짖음과 으르렁거림, 악과 메마름, 비열과 기만과 술수들이다. 오오, 아름다움이란 그런 것. 아름다움 속에서 정원의 꽃은 피어나고, 지층을 덮은 광대한 바다의 파도는 솟구쳐 오른다. 숲속의 옹달샘에서는 맑은 물들이 펑펑 솟고, 꿀을 모으는 양봉 통마다 꿀들은 가득 차오른다.

'심미적 경험'을 주제로 한 문광훈의 사색적 예술 에세이를 읽는다. 『숨은 조화』는 미학의 교본이 될 만하다. 우리는 시, 음악,

춤, 회화, 조각 등을 매개로 해서 다양한 예술 체험을 한다. 심미적 경험은 삶에 어떤 영향을 미치는가? 문광훈은 요하네스 베르메르의 회화, 클로드 모네의 '생 라자르 역', 유진 스미스의 사진, 기형도의 시 등 여러 장르의 예술 작품들을 감상하고 그 의미를 꼼꼼하게 독해하면서 예술이 인간 내면에 일으키는 변화의 파장을 드러내 보여준다. 그것을 여는 열쇠어가 바로 '숨은 조화'다. 문광훈은 또 다른 책 『한국 인문학과 김우창』에서 "예술은 사람과의 관계에 그리고 세상살이에 스며 있는 무상성의 심연을 깨우쳐준다"고 말한다. 우리는 예술 경험을 통해 아름다움이 일으키는 파장 속에서 '무상성의 심연'으로 빠져든다.

이 책의 핵심어이기도 한 '숨은 조화'란 무엇일까? 책의 한 파트인 「숨은 조화-봄버들에 대한 명상」에 따르면 예술 경험이란 바로 이 '숨은 조화'를 심미적인 차원에서 겪어내는 과정이다. "신이 그러하듯, 자연은 진실로 숨은 조화 속에 있다. 이 숨어 있음 속에서 이것은 스스로의 다양하고 이질적인 모습을 드러낸다. 자연의 다양한 이질성은 때때로 모순되고 혼란스럽게 보일 수도 있다. 그러나 그것이 늘 대립적인 것은 아니다. 그것은 은폐된 질서-숨은 조화의 신비 위에 자리하기 때문이다." 자연이 은닉하고 있는 '숨은 조화'란 결국 아름다움 그 자체다.

우리는 예술을 통해 이 아름다움을 겪는데, 이를 심미적 경험이라고 말한다. 심미적 경험은 왜 중요한가? 심미적 경험은 자연에서보다 예술 작품에서 더 자주 마주친다. 그것은 일상적인 것과는 다른 경험, 즉 심오한 느낌, 기쁨, 감정의 파동을 동반한다. 아름다운 시와 그림이나 음악은 우리 자아와 감성을 뒤흔들고, 우리에게 예술적 충격을 안기면서 내면을 얼어붙게 한다. 예술 작품에 구현된 아름다움이 일으키는 흥분은 우리에게 더 많은 자유를 주고, 삶의 풍요로움을 느끼도록 이끌며, 감각적·실존적 갱신에 이르게 한다.

인간은
슬퍼하고 기침하는
존재

셀 수도 없을 만큼 많이, 달걀노른자로만
과자를 구워주시던 따스한 제과기, 어머니

_세사르 바예호, 고혜선 옮김, 『오늘처럼 인생이 싫었던 날은』
(다산책방, 2017년)

쓸쓸한 날에는 "인간은 슬퍼하고 기침하는 존재"라고, "음습한 포유동물, 빗질할 줄 아는 존재"라고 노래한 세사르 바예호Cesar Vallejo의 시집을 찾아 읽는다. 바예호가 어머니를 노래한 시를 읽을 때 내 마음은 울컥 한다. 어머니는 바쁜 천사를 대신해서 이 땅에 온다고 했다. 내게 왔던 천사가 지상에서 소명을 다하고 떠난 지 몇 해가 지나간다. 바예호는 어머니에 대해 "어머니는 텃밭에서 왔다갔다 하신다./이미 맛이 간 맛을 보아가면서./어머니는 지금 너무도 부드럽고/날개, 큰 날개처럼 가볍고, 사랑스러우시다"(「먼 걸음」)고 쓴다.

올해도 어머니 기일을 혼자 조용히 보냈다. 모란과 작약이 피기 전에 돌아가신 어머니에 대한 기억의 부피가 사는 일에 치여 차츰 얇아지는 것은 서글픈 일이다. 시골집 거실에 어머니와 둘이 있던 어느 쓸쓸한 저녁의 한 장면이 떠오른다. 어머니는 심상한 어조로 죽으면 화장해 달라고 부탁을 했는데, 어머니의 죽음을 염두에 두지 못했던 탓에 나는 놀라고 무언가에 찔린 듯 아팠다. 어머니의 목소리에서 슬픔이나 쓸쓸함은 느껴지지 않았다. 그 목소리가 하도 담담해서 내 마음은 패는 듯 아팠을 것이다.

나는 사춘기 때 고분고분하지 않았다. 자식이 고분고분하지 않으니 다루기 까다로웠으리라. 모성의 부재 속에서 보낸 유년기 내 무의식에 가라앉은 앙금이 원인이었을지도 모른다. 어머니는 내 어린 입술에 젖을 물리고 배부르게 먹였겠지만 내겐 그런 기억이 남아 있지 않다. 열두어 살쯤 되었을 때 서울에서 온 한 소년을 만났다. 어머니의 고향 친구의 아들이었다. 우리는 곧 친해졌다. 그는 제 엄마의 젖이 모자라 내 어머니의 젖을 얻어먹었다는 이야기를 꺼냈다. 나는 몰랐던 이야기라 어리둥절했지만 나중에는 기분이 야릇해졌다. 슬프기도 하고 화가 나기도 했다. 누구 잘못도 아니었지만 젖 떼자마자 떨어진 슬픔, 분노와 고통이 내 무의식 어딘가에 각인되어 있었을지도 모른다.

농부의 딸로 자란 어머니는 배움이 많지는 않았다. 하지만 선량하고 아득한 눈빛을 가졌으니 딱히 불우하다고 할 수는 없다. 우리 식구가 도시 변두리에서 최저 생계수준의 삶을 이어가는 동안 어머니는 궂은일을 마다하지 않고 가족 부양의 책임을 혼자 짊어졌다. 어머니가 모란과 작약꽃을 사랑하고, 구불구불 흘러가는 강물과 골짜기를 사랑하셨다고 쓸 수는 없다. 어머니는 가난이라는 최저 낙원에서 영혼이 깎이고 고통과 슬픔을 왜 혼자만 감당해야 하는지 영문도 모른 채 견뎌냈다고 쓸 수 있을 뿐이다.

아버지가 돌아가시고 서울에서 홀로 남은 어머니를 시골에 마련한 거처로 모셨다. 늙어가는 아들과 늙은 어머니 사이에는 세월

장 프랑수아 밀레, 〈어머니와 아들〉
1857년, 캔버스에 오일, 프랑스 파리 루브르 박물관 소장.

의 더께가 두터워져 그럭저럭 안온했다. 어머니가 텃밭에 작물을 심어 가꾸는 것을 낙으로 삼고, 나는 서재에서 책이나 꾸역꾸역 읽었다. 아들이 묵언수행 하는 라마승이었다면 노모는 착한 보살 같았다. 어머니는 변덕스러운 운명에 시달리다가 한 요양병원에서 시난고난하는 생애를 마감했다. 한 상조회사의 도움을 받으며 동생들과 어머니의 장례를 치렀는데, 나는 시종 담담했다.

살아가는 내내 가족 생계의 무거움에 짓눌린 채로 가난의 무두질이 거듭되며 어머니의 착한 본성은 거칠어졌다. 어머니 영혼은 삭막해지고, 부드러움과 덕성은 말라붙었을 테다. 시나 음악 같은 예술의 효용성을 받아들이지 못한 어머니에게 나는 맞서고 엇나갔다. 철부지 아들의 성냄과 엇나감에 난감했을 어머니는 아들 걱정으로 지새운 밤들도 있었을 게 분명하다.

바예호는 어머니를 이렇게 노래한다. "셀 수도 없을 만큼 많이, 달걀노른자로만/과자를 구워주시던 따스한 제과기, 어머니"라고! 어린 짐승 새끼들은 수시로 어머니에게 먹을 것을 내놓으라고 보챈다. 그때마다 어머니들은 자식에게 제 살과 피를 덜어 배고픔을 면하게 했다. 평생 따스한 제과기 노릇을 그치지 않는 어머니에 대한 고마움을 모른 채 사는 자식들은 한심하여라! 어머니들은 노화가 진행되며 몸피가 눈에 띄게 줄고, 죽어서는 나비보다 꽃잎보다 더 가벼워진다. 어머니가 묻힌 땅도 그 무게를 느끼지 못했으리라. 세

월이 갈수록 어머니를 겨냥했던 내 분노와 메마름이 불효의 증표였
다는 회한에 자꾸만 가슴이 아린 것이다.

예술가란
아름다움에 갇힌
종신수

작가가 늘 조심할 것은 상식적인 안목에 붙잡히는 것이다. 늘 새로운 눈
으로, 처음 뜨는 눈으로 작품을 대할 것이다.

_김환기, 「뉴욕일기」, 1968. 07. 02.

2019년 11월 23일, 서울옥션 홍콩 경매에서 김환기의 '점화點畵' 연작 중 하나인 〈우주Universe〉가 한 수집가에게 131억 8,000만 원에 낙찰이 되었다. 경매장 여기저기에서 감탄이 쏟아지며 한순간 술렁거렸다. 추상 회화의 변방인 한국에서 마크 로스코Mark Rothko에 견줄 만한 추상 회화의 거장이 탄생하는 순간이다. 김환기의 '점화' 연작이 한국 현대회화의 경매에서 최고가를 고쳐 쓰리라는 기대는 진작부터 있었다. 〈노란색 전면 점화〉가 63억 원에, 이듬해 〈고요 Tranquillity〉가 65억 원에, 다시 〈붉은색 전면 점화〉가 85억 원에 잇달아 낙찰되면서 한국 미술품 최고가를 고쳐 써왔기 때문이다.

2023년 7월 어느 날, 경기도 용인의 호암미술관에서 '김환기 전'을 보았다. 평일임에도 전시장은 관람 인파로 넘쳐났다. 김환기의 대표작을 한자리에서 볼 수 있는 드문 기회이기 때문일 것이다. 2층 에는 〈론도〉, 〈산〉, 〈산월〉, 〈야상곡〉 같은 초기 수작들이 걸리고, 1층 에는 뉴욕 시절의 '점화' 연작이 전시되었다. 2층 전시관을 돌아보고 계단을 거쳐 1층 전시관으로 들어서는 순간 눈앞을 막아서는 대작들에 압도되었다. 벅찬 감흥에 눈이 번쩍 뜨인 것은 다른 무엇에서 경험할 수 없는 예술의 경이와 신비가 촉발하는 에피파니의 찰나

였기 때문이리라.

김환기는 1963년에 록펠러재단의 기금을 받으며 뉴욕에 둥지를 틀고 작업에 몰두했다. 국민소득 100달러 안팎이던 저개발국가에서 온 중년 화가에게 뉴욕은 무엇이었을까? 작가 E. B. 화이트E. B. White는 뉴욕이 "예술과 상업과 스포츠와 종교와 엔터테인먼트와 금융의 응축체"이고, "원하는 사람 누구에게나 고독이라는 선물과 사생활이라는 선물을 선사"한다고 썼다. 뉴욕은 세계 도처에서 몰려온 젊은 배우들, 시인들, 발레리나들, 화가들, 기자들로 북적이는 '원형경기장'이나 다름없었다. 예술가들은 재능과 자본이 밀집된 메가시티에서 부나방들이 불길로 뛰어드는 것 같이 몰려와 성공과 실패를 겪고, 저마다 영광의 순간과 무용담을 지어내는 것이다.

김환기는 인생의 즐거움을 포기하고 고행을 일삼는 수행자처럼 그림에 몰입한다. 그는 죽자 살자 그린다고 고백한다. 가족과 벗들에게서 외따로 떨어져 외로움을 견디며 종일 일하고 밤에도 그림 그리기를 쉬지 않았다. 그림 때문에 건강을 해칠 정도였다. 예술에서 거저 얻어지는 것은 단 하나도 없다. 제 생의 에너지를 아낌없이 쓰며 사물과 세계를 탐색하고 낯선 영역으로 두려움 없이 성큼 나아가는 게 예술가들이다.

예술이건 기업이건 인습에 갇혀 자기 복제나 되풀이하거나, 익숙함에 안주하는 태도는 사망선고를 받는다. 어느 분야에서건 성

폴 고갱, 〈우리는 어디에서 왔으며 누구이고 어디로 가는가〉
1897년, 캔버스에 오일, 미국 보스턴 미술관 소장.

공하려면 실험과 실패를 두려워하지 않고, 이미 성취한 것을 깨고 부수는 용기를 통해 창조적 혁신으로 거듭나야 한다. 1965년 1월 10일, 김환기는 "종일 제작. 점화를 전부 뭉개고 다시 시작"이라고 적는다. 일기에 이런 구절은 드물지 않다. 그는 그림을 뭉개고 부숴 버린 뒤 다시 시도하기를 거듭한다.

김환기는 1970년 한국일보사에서 시행한 '제1회 한국미술대상전'에서 〈어디서 무엇이 되어 다시 만나랴〉를 출품해 대상을 거머쥐는데, 그림 제목은 김광섭의 시 「저녁에」의 한 구절에서 빌려왔다. 푸른색 기조의 화폭에 벌집 같은 사각형이 이어지고, 그 사각형 안에 점들을 찍은 '점화'가 세상에 처음으로 드러난다. 그 점들은 닮았지만 자세히 보면 크기와 모양이 제각각이다. 화면 가득히 점을 찍으며 화가는 무슨 생각에 빠졌을까? 뉴욕이라는 거대도시의 고독 속에서 서울의 벗들에 대한 추억과 그리움을 되새김질하지 않았을까?

그는 초기 그림에서 자주 등장하는 달, 산, 구름, 학, 항아리, 여인 따위의 의고적 소재에서 벗어나 '점화'에 이르러 반추상에서 완전한 추상 세계로 들어선다. 1965년 1월 24일 일기에 "선과 점을 더 밀고 가보자"고 다짐하는데, 선과 점은 구상적인 것들이 품은 일체의 군더더기를 깎아낸 가장 단순하고 기하학적인 요소들이다.

화가는 죽음이 다가옴을 직감하며 자신이 평생 그림에 갇혀 산 '종신수'임을 깨닫는다. 한국이 낳은 추상 회화의 대가는 1974년

7월 7일에 뇌출혈로 쓰러져 수술을 받지만 회생하지 못하고 숨을 거둔다. 1930년대 일본에 유학 가서 현대 회화를 공부하고 아방가르드의 전위로 활동을 펼치다가 뉴욕에 정착한 지 11년 만에 뉴욕주 포트체스터의 유나이티드 병원에서 생을 마치고, 뉴욕주 발할라 산마루의 켄시코 묘지에 조용히 묻혔다.

'점화' 연작은 우주적 심연을 찾는 실험의 결과물이다. 나는 그 '점화'들 앞에서 무엇을 보고 느꼈는가? 그 '점화' 연작 앞에서 내 심장은 펄럭이고, 감정은 비등점으로 끓어오르고, 눈가에는 이슬이 맺혔다. 한 화가가 생의 에너지를 고갈시키며 일념으로 도달하고자 한 추상 회화의 정점과 마주해서 느낀 것은 저 너머의 숭고함이 주는 법열감과 아름다움이 일으킨 벅차 오른 감흥이다. 추상 회화에 헌신하고 고투한 한 화가가 찾은 미의 황홀경, 삶의 관조적 찬가, 우주적 환희의 철학에 감응했다.

예술가의 공훈은 사물과 세계에 대한 우리의 인식을 혁신하는 데 있다. 그들은 우리 상상을 자극해 오래된 것을 새롭게 보게 하고, 다른 무엇과도 견줄 수 없는 기쁨을 선사하며, 섬광 같이 번뜩이는 영감과 쇄신의 계기를 선사한다. 그런 예술가를 만나는 행운을 누린다면 기필코 낡은 인간에서 해방되어 새 품성의 인간으로 다시 빚어지는 경이와 마주칠 수 있다.

휴식은
행복의
중심이다

인간으로서 우리는 언제나 두 가지를 동시에 필요로 한다. 다른 하나는
'사람들과의 교류'이며, 또 다른 하나는 '자신과의 만남'이다. 오늘날
많은 사람들에게 결여되어 있는 것은 바로 자신과의 만남이 아닐까. 우
리가 끊임없이 노출된 소통이라는 테러는 독약이나 다름없다. 하루에 단
한 시간만이라도 통신을 하지 않는다면 우리는 생각할 수 있는 가장 큰
혁신의 동력과 창의력을 얻어낼 수 있다.

_울리히 슈나벨, 김희상 옮김, 『휴식』(걷는나무, 2011년)

젊은 시절, 세속의 성공을 위해 경주마처럼 내달렸다. 그게 잘 사는
건 줄만 알았다. 몇 년 지나자 내가 피폐해졌음을 지울 수가 없었다.
어느 날 출근하는 도중에 돌연 차를 돌려 국도를 달려 지방의 한 절
에 닿았다. 내 안에서 누군가가 '도망가라, 도망가라!'고 외쳤던 것
이다. 그렇게 외치는 환청이 울려왔다. 내가 도착한 절은 해방 전 한
작가가 은둔하던 곳이고, 근처에는 국립수목원이 있었다. 나는 절
사무소에 들러 며칠 묵을 방을 구했다. 절에 딸린 계곡 근처의 작은
방들을 외부인에게 개방한다고 했다.

　　나는 절밥을 먹고 며칠 동안은 낮이고 밤이고 내쳐 잠을 자고,
깨어서는 얼이 빠진 채 계곡을 내려가는 물소리에 귀를 기울였다.
따로 챙겨온 책도 없고, 음악을 들을 오디오 기기도 없었다. 나는 혹
사당하고 소진되었다. 그래, 무엇보다 휴식이 필요했어! 쉼이란 '아
무것도 하지 않는 시간'이다. 아무것도 하지 않은 채 느긋함으로 꽉
채워진 시간의 누림이었다. 나는 초조나 불안 한 점도 없이 편안했
다. 내 안의 느긋함이 그 초조와 불안을 잠재운 탓이다. 느긋함이란
행위의 번잡함에서 벗어나는 것이다. 독일 철학자 마르틴 하이데거
Martin Heidegger는 느긋함이 "우리에게 완전히 다른 방식으로 세계

속에 머무를 수 있는 가능성"을 부여한다고 말한다.

　휴식이란 무위 속에서 자기 자신을 자유롭게 놓아두는 것이다. 무위는 아무것도 하지 않음이 아니라 쉼의 능동성을 누리는 일이다. 목적지향적인 행위에 자신을 들이미는 것에 단호하게 반대하고, 그 대신에 좋아하는 일의 즐거움을 향유하는 것이 휴식의 본질이다. 무위와 함께 내적인 충만감을 누리는 것, 그것이 쉼의 실체다. 절에서 한 일주일을 보내면서 나는 소진에서 벗어나 회복되었다. 집으로 돌아가기 위해 구두끈을 묶으면서 콧노래를 부르고 있는 나 자신에게 깜짝 놀랐다. 자, 돌아가자! 다시 한번, 살아보자!

　죽을 만큼 힘들어졌을 때 휴식 욕구는 자연스러운 것이다. 인간에겐 휴식과 멈춤이 필요하다. 신경과학자들은 바쁘게 사는 타임푸어time poor는 뇌에서 사고하는 영역이 줄어든다고 지적한다. 삶의 속도를 늦출 때 뇌의 공포 중추는 작아진다. 시간에 쫓기는 사람은 불행에 쉽게 빠질 수가 있다. 시간은 "내 살과 뼈와 여자와 개"(유희경, 「빛나는 시간」)를 뚫고 지나가는 그 무엇이다. 명상과 침묵을 하며 시간이 느려지는 걸 경험해보라. 하루 27분 동안만 자기 신체에 집중하는 명상을 하면 대뇌 회백질이 증가한다고 한다. 쪼그라든 뇌가 제 본 모양으로 돌아가는 것이다.

　젊은 시절 바쁘게 살면서 내면의 빈곤감과 불행을 실감했다. 그 불행은 나 스스로 자초한 결과다. 그건 내가 쉬는 법을 잃었던 탓이다. 불행한 사람은 대개는 자아의 전일성이 깨진 상태다. 그런 사람은 제 존재가 왜소하고 무의미하다고 느끼며 삶의 방향과 리듬을 잃은 채 허둥대며, 피상적이고 거짓투성이인 것에 관습적으로 매달린다. 나는 쉴 줄 몰랐고 자신을 돌보는 일에 실패했던 것이다. 당신이 지혜로운 사람이라면 지금 당장 느긋한 마음으로 이 순간에 집중하라!

　　과연 우리가 잃어버린 것은 무엇이었을까? 우리는 심심함, 소소한 정신적 기쁨, 벗들과 담소를 나누는 즐거움, 음악이나 산책을 즐기는 한가로움을 잃어버렸다. 일을 하다 보니, 나는 꽤나 성과를 내고, 스스로 유능하다는 착각에 빠졌다. 자신이 대견해서 더 많은 일을 벌이고, 그걸 수습하느라 바빴던 것이다. 그건 타인의 명령이나 강제에 의해서가 아니라 자발적인 행위였다. 자신을 더 많은 일로 내모는 사람은 자기 착취자다. 피로는 자기 착취의 결과이고, 일종의 과부하로 생기는 질병이다.

　　오늘날 노동은 기술과 숙련된 노동, 자기 시간을 임금과 맞교환하는 일이다. 이때 노동자는 고용주와 계약을 하고 자기를 복종적 주체의 자리에 내려놓는다. 후기 근대사회에 나타난 노동자들은 모두 '성과 주체'들이다. 철학자 한병철은 근대 이후의 노동자들을 "자기 자신을 경영하는 기업가"(『피로사회』)라고 말한다. 누구의 강요 없이 일하며 성과를 내라고 자기를 다그치는 사람은 자기의 경영자일 것이다. 오늘날 타자가 강제하는 의무를 지는 대신 자유의지와 자기 선택을 따르는 이들은 자신의 가해자인 동시에 피해자다. 피로는 그 피해의 한 양태다. 피로는 모든 이가 성과 주체로 나서서 자기 착취를 한 결과다.

바이러스가 아니지만 신체 역량을 초과한 노동은 우리 근육과 신경계에 침투하고, 피로의 포화 상태에 이르게 한다. 피로는 노동이 드리우는 응달이다. 성과 주체의 사회에서 나타나는 문제는 존재의 약동을 앗아가는 피로의 과잉이다! 한 젊은 택배 기사가 과로사를 하면서 큰 충격을 주었다. 그는 "너무 힘들어요!"라고 호소했는데, 누구도 그 말에 주의를 기울이지 않았다. 피로가 작게 쪼개진 죽음이라면 과로사는 작은 피로들의 누적이 만든 큰 죽음이다. 이 희미한 죽음의 전조는 자기 의지에 반하는 현재에 대한 예속화에서 나타난다. 과로사는 소진 증후군이 가닿은 극단인데, 이것은 "자아가 동질적인 것의 과다에 따른 과열로 타버리는 것"(『피로사회』)이다. 노동자는 신체 죽음에 앞서 피로가 덮친 상태에서 소진 증후군을 맞는다. 이것은 의사疑似 죽음, 즉 신경 시스템의 과부하로 인한 번아웃 신드롬burnout syndrome이다.

나이 들어갈수록 번잡함을 피하고 한 걸음 뒤로 물러서서 고요한 생활을 해야만 한다. 그것은 느린 삶이고, 단순한 삶이며, 시간이 파편화되어 흩어짐과는 다른 응집된 삶이다. 항상 바쁘고 번잡하게 사는 사람은 자기 시간의 주인이 되지 못한다. 늘 시간이 없다고 말하는 이들은 자기 의지대로 시간을 쓸 수 없다는 뜻이고, 그건 자기 시간을 다른 무엇을 위해 희생한다는 의미다. 고요한 생활을 하는 이들은 세계의 찬란성을 온전하게 느끼는 가운데 시간을 자기의 뜻대로 쓴다. 나는 나이가 들면서 원고를 쓰거나 책 읽는 시간을 줄이고 더 많은 시간을 내 시간으로 누리려고 한다.

　자연은 늘 우리의 욕망과 필요에 부족함 없이 응답한다. 빵과 우유를 내주고, 헐벗음을 가릴 옷도 내준다. 휴식은 숨을 가지런히 하면서 저를 돌아보는 기회를 얻고, 낮에는 몸을 움직이고, 밤에는 잡념 없이 깊은 잠에 드는 일이다. 그리하여 몸과 마음이 두루 건강하고 평안을 누리도록 애써야 한다. 가족이나 이웃들과 어울리고 묵상을 하고, 가끔은 놀이와 오락을 즐겨라! 산책을 즐기고 시집을 읽거나 음악을 들으며 심미적 욕망을 충족하라! 일과 쉼 사이의 균형을 잘 유지하는 것이야말로 정말 잘 사는 것이다.

여성에게
자기만의 방을
허하라

슬프게도 펜을 드는 여성은 주제넘은 동물이라 간주되어 어떤 미덕으로
도 그 결함은 구제될 수 없다네. 그들은 말하지, 우리가 우리의 성과 방
식을 착각하고 있다고. 교양, 유행, 춤, 옷치장, 유희 이것이 우리가 바
라야 할 소양이라고. 쓰고, 읽고, 생각하고, 탐구하는 것은 우리의 아름
다움을 흐리게 하고, 시간을 낭비하며, 한때의 남성 정복을 방해한다고.
반면 지루하고 굴욕적인 집안 살림이 우리의 최고 기술이자 쓰임새라고
누군가는 주장하지.

_버지니아 울프, 이미애 옮김, 『자기만의 방』(민음사, 2006년)

여성 작가에게조차 자기만의 방이 허락되지 않던 시대는 어두운 터널처럼 길었다. 자기만의 방이 없다는 것은 자기만의 사유, 자기만의 오롯한 자유, 자기만의 해방 공간이 없다는 뜻이다. 여성은 방 없이 방치되었다. 여성이 글쓰기를 위해서 자기만의 방을 요구하는 일은 발칙한 일로 여겨졌다. 서구에서조차 "슬프게도 펜을 드는 여성은 주제넘은 동물"이라고 여겨지던 야만의 역사가 이어졌다. 이건 참담하고 비이성적인 처사일 테지만, 남성 지배주의 역사 속에서 이런 차별이 엄존했다.

버지니아 울프Virginia Woolf는 그런 현실을 통렬하게 비판하며 주체적 공간을 당당하게 요구한다. 『자기만의 방』에서 "글쓰기에 놀라운 자질을 가진 여성조차 책을 쓰는 것은 우스꽝스러운 일이며 더욱이 정신이 분열되었음을 보여주는 것이라고 믿었다는 사실을 발견할 때, 우리는 여성의 글쓰기에 대해 만연한 적대감의 정도를 측정할 수 있습니다"고 쓴다. 여성이 쓰고, 읽고, 생각하고, 탐구하는 것을 적내시하던 야만의 시대는 어떠했나? 창조의 시간은 절대로 부족할 수밖에 없었다. "여성에게는 자기만의 것이라 부를 수 있는 시간이 채 삼십 분도 되지 않는다."

인간 누구에게나 자기만의 방이 필요하다. 방은 우리의 현존을 회임하고 양육하는 자궁이고, 아직 형태가 분명하지 않은 자아가 출현하는 무대다! 방의 공간성은 시간의 소여 속에서 의미화할 수 있다. 시간은 이내 그 의미들을 휘발시킨다. 방들은 기억과 망각 사이에서 아주 희미한 반反-시간성으로만 겨우 반짝거릴 수 있는 것이다. "수수께끼 같은 이 방들을, 방의 벽들에 남아 있는 흔적들, 소리를 죽인 속삭임들, 억제된 감정들, 음모들, 밀도 있는 풍부한 삶과 상상의 숲속 오솔길들"(미셸 페로, 『방의 역사』)이다. 영구적인 방은 없다. 방은 미래에서 와서 빠르게 과거로 흘러간다. 삶이 그렇듯이 과거의 방들은 시간의 흐름 속에서 삼켜지고, 이윽고 사라지는 것에 속한다.

방들은 삶을 분할하고, 그 분할은 삶의 계기적 시간의 나눔이다. 시간은 공간에 제 흔적들을 새긴다. 공간은 시간의 흔적들이 새겨지는 명판이다. 시간은 부재와 망각의 형식으로서만 불러올 수 있다. 흘러간 시간, 과거의 역사는 공간 안에, 부재와 망각으로 명멸한다. 우리는 방에서 태어나고 방에서 살다가 방에서 죽는다. 방들만큼 사람의 욕망, 태도, 경험의 출현이 잦은 무대는 없을 것이다. 방을 둘러싼 스캔들을 추적하고, 개별자들의 기질과 취향을 은밀하게 기르는 공간들이 내는 목소리에 귀를 기울이자. 그것은 방에 대한 의미 있는 사유로 나아가는 촉매, 혹은 하나의 시작점이다.

"방은 실재적인 동시에 상상의 공간이다. 네 개의 벽과 천장, 바닥, 문, 창문이 방의 물질적인 측면을 이룬다. 방의 규모와 형태, 장식은 시대와 사회 환경에 따라 갖은 방식으로 나타난다. 방의 밀폐성은 마치 성사처럼 집단과 남녀, 그리고 개인의 내밀성을 보호한다. 따라서 문과 방의 마스코트인 열쇠, 그리고 신전의 장막과도 같은 커튼이 상당히 중요하다."(미셸 페로, 『방의 역사』)

방에서 휴식, 출산, 긴 잠, 욕망, 사랑, 모의, 협잡, 명상, 기도, 독서, 집필, 칩거, 병, 임종이 이루어진다. 방은 침실이고, 서재, 은신처이자 휴식처다. 그뿐만 아니라 사생활이 번성하는 소굴이고, 동굴이며, 덮개가 있는 피안이다. 우리는 일생 중 많은 시간을 방에서 보낸다. 자신만의 공간을 갖고자 하는 욕망은 아주 오래된 것이다. 어린 독서광이었던 나는 얼마나 방을 갈망했던가? 자유롭게 뒹굴고 책을 읽으며 글을 끼적일 수 있는 나만의 방에 대한 갈망은 가난한 집의 장남이던 내게는 불가능의 꿈이었다.

방에 대한 욕망은 개인적인 자유를 누리고자 하는 은밀한 욕망과 결부되어 있다. 그 욕망은 "문명과 시간을 관통"한다. 이 방에서 사람들은 삶의 역사를 쓴다. 사랑과 기쁨의 역사를, 불행과 증오의 역사를. 무수한 방은 저마다 이야기들을 품은 작은 우주이기도 할 것이다.

나는
나를 파괴할
권리가 있다

타인에게 피해를 주지 않는 한, 나는 나를 파괴할 권리가 있다.
_프랑수아즈 사강, 마약 상습 복용으로 재판에서의 법정 증언.

프랑수아즈 사강은 부자 실업가의 딸로 태어나 가난이란 걸 모르고 자랐다. 명문 소르본대학에 입학했지만 학업에 흥미를 잃고 카페에서 담배나 피우며 빈둥거렸다. 열여덟 살 여름, 바닷가 휴양지에 머무르며 헤밍웨이와 스탕달의 책을 탐독하며 보냈다. 파리의 한 아파트에 처박혀 겨우 6주 만에 첫 장편소설 『슬픔이여 안녕』을 써냈다. 남프랑스 해변 별장에서 펼쳐지는 시니컬한 열여덟 살 소녀와 아버지, 아버지의 연인 사이에 벌어지는 질투와 사랑, 슬픔의 나른함과 달콤함을 담은 소설이다.

1954년, 발랄하고 재기 넘치는 열아홉 살 작가의 등장과 당시로는 파격인 스캔들을 담은 소설로 프랑스 보수 사회는 두 번이나 화들짝 놀랐다. 사강의 첫 소설은 대중의 호기심에 불을 지피며 1년 만에 33만 부가 팔렸다.

사강은 천재 작가라는 칭송을 받고 엄청난 인세를 벌어들이자 술과 파티로 이어지는 사교생활에 빠져든다. 별장과 재규어 스포츠카를 샀다. 1957년 스포츠카를 타고 과속 운전을 하다가 센강 강변 도로에서 절벽으로 굴렀다. '사강, 교통사고로 죽다'는 뉴스가 떴으나 기적으로 살아났다. 병원에 입원해 치료 과정에서 다량의 모르핀을 맞았는데, 그 중독의 후유증으로 또 다른 고통을 마주해야 했다.

하지만 그에게 후회란 없었다. 『해독 일기』에서 "나는 내 안에 있는 짐승을 감시하는 짐승이다"고 썼을 뿐이다. 사강은 그 뒤로도 여러 번 자동차 사고로 죽을 고비를 넘긴다. 1958년 스무 살 연상인 출판사 편집인 가이 슈웰리에게 구애를 펼쳐 결혼한 뒤 사교 모임을 끊고 집에 들어앉아 소설을 썼다.

잘 알려져 있다시피 사강은 스포츠카의 액셀러레이터를 맨발로 밟으며 고속도로를 달리는 걸 좋아했다. 자동차가 고장 나면 버리고 새 자동차를 샀다. 사강은 자동차 말고도 독서, 위스키, 재즈, 모차르트, 마약, 도박을 사랑했다. 거액의 카지노 빚으로 파산하고도 "도박은 삶의 권태에서 벗어나기 위한 정신적인 열정"이라고 했다. 온갖 환락으로 넘치는 '즐거운 인생'을 만끽하다가 코카인 흡입으로 기소되어 법정에 섰을 땐 "나는 나를 파괴할 권리가 있다"는 유명한 말을 남겼다. '자기 파멸권' 주장은 세상을 떠들썩하게 했으나 법원은 그 권리를 인정하지 않았다. 마흔 살 이후 사강은 급격하게 쇠락했다. 항구 도시 옹플뢰르에서 심장과 폐 질환으로 눈을 감았다.

취향은 우리를 즐겁게 하고, 삶을 풍요롭게 하는 데 보탬이 된다. 후천적 학습으로 얻은 사치, 특정 사물이나 경향에 끌리는 것을 취향이라고 한다. 취향은 가벼운 미적 감수성이고, 의식의 지향이며,

삶을 향유하는 방식의 일부다. 20세기 후반 들어 삶의 원리로서 도덕이나 인생 중대사를 결정하는 척도를 제시하던 이성의 힘은 과거에 견줘 약해졌다. 그 대신 취향이 삶을 그러쥐는 힘은 더 세졌다. 취향은 소비생활이나 직업 선택에 두루 영향을 미치고, 과거에 견줘 훨씬 더 큰 지출을 일으킨다. 그럼에도 감성과 취향이 이념이나 도덕을 대체하는 시대로 들어섰다. 오늘날 우리를 쥐락펴락하는 것은 이성이 아니라 감성이고, 도덕이 아니고 취향이다.

"문학, 그 무모하고 덧없는 것에 맹렬했던 사람"으로서 사강을, 말년에 전 재산을 잃고도 글쓰기를 멈추지 않았던 사강을 나는 연민한다. 자유분방한 탐닉과 중독의 삶에 자신을 바치며 제 모든 소유를 아낌없이 불태운 작가를 미워하기란 어려운 일이다. 일찍이 문학의 세례를 받고, 이 하염없는 것에 인생이란 판돈을 걸었다는 점에서 우리는 닮았다. 하필 왜 문학이었을까? 문학이란 환幻을 빚는 것. 그것은 사람들이 추구하는 돈과 명예를 쌓는 것에 별 도움이 되지 않는다. 문학은 다만 속수무책으로 아름답고 무용할 뿐이다.

군중은
강력한 전염성을
갖는다

군중은 생겨나는 그 순간부터 더 많은 사람들이 거기에 가세하길 바란
다. 성장하려는 욕구, 이것이야말로 군중의 가장 중요한 특성이다. 군중
은 손에 닿는 모든 자를 붙잡으려고 한다. 그래서 자연적 군중은 열린
군중이다. 이 군중의 확장에는 한계가 없다. 이것은 어느 방향, 어느 곳
으로도 열려 있다는 뜻이다. 군중은 가능한 한 모든 자를 받아들인다.
그리고 바로 이 때문에 궁극에 가서는 산산조각이 나지 않을 수 없다.

_엘리어스 카네티, 강두식 옮김, 『군중과 권력』(바다출판사, 2010년)

작가이자 사회학자인 엘리어스 카네티Elias Canetti는 불가리아에서 태어나 독일에서 활동한다. 1981년에는 노벨문학상을 수상했다. 1960년에 출간한 『군중과 권력』이 국내에 번역된 것은 1980년대다. 출간한 『군중과 권력』을 읽은 뒤 단박에 군중에 대한 다양한 시적 메타포에 매혹되었다. "살아남는 순간은 권력의 순간이다. 죽음을 목격하며 느꼈던 공포감이 사라지고 서서히 만족감이 생겨나게 되는데, 그것은 죽은 사람이 자신이 아니라 다른 사람이기 때문이다"는 구절은 오래 기억에 남았다.

찰스 매케이Charles Mackay의 『대중의 미망과 광기』나 귀스타브 르 봉 Gustave Le Bon의 『군중 심리』와 『혁명의 심리학』이 군중의 부정적인 힘, 그 병리학적인 측면에 초점을 맞춘다면, 카네티의 『군중과 권력』은 군중의 원형을 고대 종교와 다양한 신화에서 찾는다. 카네티는 곡식·숲·비·바람·모래·불·바다에서 군중이라는 집합적 단위를 드러내는 군중 상징을 끌어낸다. 우선 불은 번지며 전염성이 강하고 만족할 줄을 모른다. 이 파괴적인 불은 살아 있는 듯이 활동하며 넓게 퍼진다. 이는 군중의 속성과 정확하게 겹쳐진다. 군중은 강력한 전염성을 갖고 빠르게 퍼져나간다. 불이 그렇듯이 무서운 기세로 먹잇감을 삼켜버린다. 군중은 사람이 모이는 곳이라면 어디서나 발생하는데, 그 생성의 자발성과 급작스러움이 불의 속성과 일치한다.

군중은 모이고 흩어지며, 움직이고 멈추고, 커지고 줄어들며, 성장하고 쇠퇴한다. 무엇보다도 먼저 군중은 제 안의 파괴욕, 무차별적인 파괴로 제 위용을 과시한다. 성난 군중이 지나간 뒤에 집과 건물이 파괴되고 그 잔해를 목격하는 일은 흔하다. 그들은 문과 유리창을 부수고 벽을 허무는데, 문·유리창·벽으로 된 외부와 내부를 가르는 경계를 무너뜨리는 것이다. 개별자를 고립시키고 폐쇄시키며 경계를 지워냄으로써 군중은 스스로 경계를 넘어섰다는 안도감과 만족감을 얻는다. 군중이 파괴의 수단으로 쓰는 도구 중에서 가장 치명적인 것은 불이다. 불길은 사방으로 퍼지고 여러 불길이 합쳐지며 더 많은 것을 삼켜버린다. 불은 군중을 은유하는 가장 강력한 기표다. 모든 것을 집어삼킨 뒤 불이 소멸하듯 군중 역시 제 내부의 파괴성을 방출한 뒤에는 스스로 소멸한다.

군중은 병리 현상인가? 아니면 변화와 혁명의 실마리인가? 1987년 6월 항쟁 때 서울시청 광장을 메운 군중을 보면서 사람들은 가슴이 뜨거워졌다. 군중이 가진 자기 증식의 본성을 보았던 카네티는 "증가하지 않는 군중이란 단식 상태에 있는 것"이라고 말한다. 군중의 원형은 '무리'다. 카네티는 부족·혈족·씨족이라는 기왕의 사회적인 개념을 무리로 대체하고, 이것을 사냥의 무리, 전투의 무리, 애도의 무리, 증식의 무리로 나눈다.

군중은 개인들의 집합체가 아니라 사람 내면의 무의식에 숨은 정신이 특수한 상태에서 집중화되어 나타나는 현상이다. 군중은 발현의 위계에서 스스로 이미지의 볼모가 된다. 군중 상징의 볼모가 되어버린 사람들은 개별 존재가 갖는 분별력과 이성의 통제력, 자유의지, 도덕성 등을 더는 발휘하지 못한다. 홀로 서 있는 사람과 군중의 일원이 되어버린 개별자는 같은 사람일 수가 없다. 군중에 휩쓸리면 저 자신을 개별적 존재로 서게 했던 개성, 품성, 사회적 배경, 혈통과 언어들이 밋밋하게 평준화한다. 군중은 개별 존재들 사이의 차이들을 없애 균질화하는 내부적 압박 아래에서 더는 개별자이기를 포기하고 군중으로 제 형질을 바꾸는 것이다.

인류 역사는
폭력의
역사다

명예, 영광, 이데올로기에 덜 고무되고 부르주아적 삶의 쾌락에 더 유혹
되는 세상에서는 사람들이 덜 살해된다.

_스티븐 핑커, 김명남 옮김, 『우리 본성의 선한 천사』
(사이언스북스, 2014년)

인류의 역사와 폭력의 역사는 하나로 겹쳐진다. 스티븐 핑커Steven Pinker는 전쟁, 약탈, 학대, 강간, 살인, 고문 등 잔혹한 폭력들로 얼룩진 인류 폭력의 자료들을 집대성하고, 거기에 덧붙여 고고학, 민족지학, 인류학 등의 자료들을 훑고 분석한다. 기원전 8000년에서 오늘까지 방대한 역사를 들여다보면서 폭력의 양상이 어떻게 변화했는지를 명석하게 설명하고 그려낸다. 인류는 기나긴 역사 동안 폭력의 다양한 양상인 "전쟁, 노예제, 독재, 제도적 가학성, 여성 억압"을 말끔하게 없애지 못했다.

　　인간 이성 안에서 작동하는 감정 이입, 자기 통제, 도덕 감각은 분명 폭력의 감소에 보탬이 되었을 테지만 폭력에 저항하고 그 덫에서 벗어나려는 인간의 노력은 아주 더디게 전진했을 뿐이다. 우리는 지난 세기에 유례없이 끔찍한 폭력을 겪었다. 제1차 세계대전과 제2차 세계대전이 그것이다. 두 차례의 세계대전을 겪으면서 수천만 명의 무구한 생명을 잃었다. 그럼에도 핑커는 '끔찍한 폭력이 넘쳐나는' 오늘날이 과거보다 폭력이 감소한 시대라는 결론에 이른다. 현재의 인류는 역사상 가장 평화로운 시대를 살고 있다! 나는 이 낙관적인 결론에 선뜻 동의할 수가 없었다. 과연 오늘날이 과거에 견줘서 폭력이 줄고 인간의 잔혹함이 덜 발현되었다는 주장이 역사적 사실과 부합할까?

인간의 폭력성은 타고 난 것인가, 아니면 사회적 환경의 영향 탓인가? 과연 인류의 문명화 과정은 폭력성의 순화와 평화에 대한 감수성을 키우는 데 기여했을까? 이것을 입증하는 일은 쉽지 않은 도전일 테다. 핑커는 인간이 기본적으로 선한 본성을 갖고 태어나지도, 그렇다고 선천적으로 악하지도 않다고 설명한다. 다만 제 본성 안에 폭력성을 잠재하고 태어나기보다는 "협동과 이타성을 추구하도록 이끄는 동기"들을 갖고 있다고 보았다. 그 증거들로 사회생활을 하며 감정 이입, 자기 통제, 도덕 감각을 더 빠르게 학습하는데, 그것이 편협한 관점에서 빚어지는 증오와 혐오의 덫에서 벗어나는 데 도움이 된다는 것이다.

인간 폭력에 대한 성찰은 "순수로부터의 타락, 종교 경전과 위계의 도덕적 권위, 인간 본성의 타고난 사악함 혹은 자애로움, 역사를 추진한 힘, 그리고 자연, 공동체, 전통, 감정, 이성, 과학에 대한 도덕적 가치 평가 등등"을 복합적으로 살펴보아야만 한다. 인간은 기이하고 모순되며 괴물스럽고, 동시에 천진한 품성과 천재적인 두뇌를 가진 존재다. 진리를 궁구하는 존재이면서도 "하찮은 지렁이"에 견줘질 정도로 비천한 존재가 인간이다. 우리는 "진리를 간직한 자이면서도 불확실함과 오류의 시궁창" 같다는 블레즈 파스칼의 인간 통찰에 공감할 수밖에 없다.

　『우리 본성의 선한 천사』에는 '인간은 폭력성과 어떻게 싸워왔는가'라는 부제가 붙어 있다. 한 해 중 한가로운 계절을 골라 1,000쪽이 넘는 이 '벽돌책'의 완독에 도전한다. 다른 작업을 하면서 틈틈이 읽는 까닭에 완독까지는 한 달쯤 걸린다. 왜 이 두꺼운 책을 거듭해서 읽는가? 무엇보다도 폭력에 대한 성찰이 흥미롭고, 저자의 박식함에 매혹된 탓이다. 이 책을 읽는 일은 인간 이해에 한 걸음 더 진보하게 한다는 굳은 믿음 때문이다. 반복해서 읽기는 책 읽기에 대한 집중력 회복 훈련이고, 사유의 나태에 대한 방지책이다. 이 책을 읽을 때마다 내 뇌는 늘 집중하고 좋은 자극을 받는다. 또다시 한가로운 계절이 찾아오면 『우리 본성의 선한 천사』를 늘 머리맡에 두고 읽을 것이다.

책은 부적이자
죽음을 상기시키는
상징물이다

책은 내게 부적이요, 죽음을 상기시키는 상징물이 맞다. 그러나 책은 장난감이기도 하다. 나는 내 책을 가지고 노는 게 좋다. 책에다 표시를 남기고, 손때 탄 느낌을 불어넣기 좋아한다. 책장에 책을 쌓아놓았다가 옮기고 새로운 기준-높이, 색상, 두께, 출신, 출판사, 작가의 국적, 주제, 유사성, 다시 읽게 될 확률 등-에 따라 재배치하기를 좋아한다. 그러고 나서는 또 책을 원래 자리로 돌려보내곤 한다. 무작정 책을 끄집어내어 인상적인 대목을 읽어주는 방법으로 우리 집에 불쑥 찾아온 멍청이를 당황하게 만드는 것도 좋아한다. 책을 소유하는 순간부터, 아직 첫 페이지도 펼치지 않은 책이라 해도, 어떤 면에서 그 책이 내 삶을 바꾸었다는 느낌이 든다. 나는 내 책을 옷이나 신발이나 음반을 다루듯 한다.

_조 퀴넌, 이세진 옮김,
『아직도 책을 읽는 멸종 직전의 지구인을 위한 단 한 권의 책』
(위즈덤하우스, 2018년)

한때 내 소망은 종일 책만 읽는 것이었다. 책만 읽고 살 수만 있다면 소원이 없겠네! 나는 그랬다. 책은 다른 세상으로 나아가는 문에 달린 손잡이였다. 그 손잡이를 비틀어 문을 연다면 내 눈앞에 다른 세상이 펼쳐졌다. 새로운 책 앞에서 나는 심장이 뛰고, 기쁨과 기대에 차 설레기도 했다. 설악산 공룡능선이나 지리산 피아골 어디에도 늑대 한 마리도 남아 있지 않고, 그 많던 포수도 사라진 메마른 나라에서 책을 읽는 기쁨과 보람을 소망한 것은 내가 한심한 탓이다. 책 읽는 사람을 기이한 동물 보듯 쳐다보는 게 요즘 세태다. 아직도 책을 읽는단 말이오? 누군가는 이렇게 꾸짖을지도 모른다.

어쩌다 책상 앞에 어깨를 구부리고 앉아 쓰는 직업을 갖고 살게 되었다. 원고료와 인세로 생계를 꾸리느라 인생의 3분의 2를 책상 앞에 앉아서 허비했다. 작가의 일이란 '꿈, 낳기, 창작'이다. 그 일은 '우리를 통해 존재하고자 하는 것들'에게 몸을 주어 존재하게 이끈다. 다른 직업을 가졌다면 나는 더 행복했을까, 하고 묻는다. 국가재해보험국에서 근무하며 퇴근한 뒤 자기 방에서 타자기로 소설을 썼던 프란츠 카프카는 언젠가 '가구를 만드는 장인'이 되고 싶어 했지만, 그 꿈을 이루지 못한 채 소설 몇 편을 쓰고는 죽었다.

〈지푸라기라도 잡고 싶은 짐승들〉이란 기발한 제목의 영화에서 '지푸라기'는 기어코 움켜쥐어야 할 희망과 구원의 수단이다. 오죽하면 '지푸라기'라도 잡고서 제 궁지를 털어낼 생각을 했을까? 변변한 기술도, 유산 한 푼도 상속받지 못한 채 세상의 모든 책을 읽고, 모루와 화덕에 관한 시 한 편을 적는 것에 제 인생을 거는 염결한 영혼들이야말로 '지푸라기'를 잡고 사는 궁핍한 짐승들이 아닌가! 지푸라기라도 잡고 싶은 절박한 마음으로 책을 읽는 사람은 어디에 있는가?

왜 그토록 책 읽기에 매달렸을까? 조 퀴넌Joe Queenan은 이렇게 대답한다. "나는 다른 곳에 있고 싶어서 책을 읽는다. 그래, 지금의 우리 사회가 그나마 합리적으로 살 만한 세상이라는 것은 안다. 하지만 책이 제시하는 세상은 그보다 훨씬 낫다. 가난에 시달리거나 뭔가 중요한 것을 잃어버린 사람이라면 더욱더 그럴 것이다. 극빈자 임대주택에서 표준에 한참 미달인 부모와 살던 어린 시절부터 나는 내일이 없는 사람처럼 책만 읽어댔고, 현실에서 도망치고 싶은 이 욕망이야말로-그날그날, 아니 매시간-독서의 가장 강력한 동기라고 굳게 믿어왔다." 나는 다른 세상으로 도피하려고, 아직 살아보지 않은 세상으로 숨으려고 그토록 책 읽기에 매달렸는지도 모른다.

홍적세 초중기의 빙하기에 인류 99퍼센트가 멸종한 것은 90만 년 전 일이다. 당시 지구의 번식 가능 인구는 고작 1,280명! 이런 위기가 닥치고 11만 7,000년 뒤 인류의 조상인 호미닌hominin 종이 나타난다. 지구에 바글거리는 80억 가까운 인류는 그 호미닌 종과 똑같은 유전자와 염기서열을 가진 후손들이다. 오늘 도착한 90만 번째 가을에 나는 아내가 끓인 이밥과 아욱국, 미역줄기무침과 구운 갈치 토막 살을 발라먹고 책이나 쉬엄쉬엄 읽으며 아름답고 쓸모없는 시를 끼적이고 있다. 나는 아직도 책을 읽는 멸종 직전의 지구인을 위한 단 한 권의 책을 기다리는 사람이다. 누가 내게 말해다오. 그저 종일 책만 읽고 싶어 하는 내가 정녕 무위도식하는 자인가? 아, 누가 이 한심한 영혼의 뺨을 철썩 때려다오!

어둠 속
촛불이면
좋으련만

ⓒ 장석주, 2024

초판 1쇄 2024년 3월 4일 찍음
초판 1쇄 2024년 3월 8일 펴냄

지은이 | 장석주
펴낸이 | 강준우
기획·편집 | 박상문
디자인 | 최진영
마케팅 | 이태준
인쇄·제본 | (주)프린팅허브

펴낸곳 | 인물과사상사
출판등록 | 제17-204호 1998년 3월 11일

주소 | (04037) 서울시 마포구 양화로7길 6-16 서교제일빌딩 3층
전화 | 02-325-6364
팩스 | 02-474-1413

www.inmul.co.kr | insa@inmul.co.kr

ISBN 978-89-5906-741-1 03810

값 19,000원